KB206514

마지막 꿈
El último sueño

알마 인코그니타 Alma Incognita
알마 인코그니타는 문학을 매개로,
미지의 세계를 향해 특별한 모험을 떠납니다.

EL ÚLTIMO SUEÑO

Original Edition copyright © 2023,
Penguin Random House Grupo Editorial, S. A. U.
Text copyright © 2023, Pedro Almodóvar
Cover Illustrations copyright © 2023, Javier Jaén

Korean Translation Copyright © ALMA Inc., 2025
This Korean edition is published by arrangement with
Penguin Random House Grupo Editorial, S. A. U. through Greenbook Agency,
South Korea(www.grb-agency.com).

이 책의 한국어판 저작권은 그린북 에이전시를 통해
저작권자와 독점 계약한 (주)알마에 있습니다.
저작권법에 의해 한국 내에서 보호를 받는 저작물이므로
무단전재와 무단복제를 금합니다.

마지막 꿈
El último sueño

페드로 알모도바르
Pedro Almodóvar

엄지영 옮김

일러두기
- 주석은 모두 옮긴이 주다.
- 인명 및 지명은 국립국어원 외래어표기법에 따르되, 일부는 원어에 가깝게 옮겼다. 일부 작품의 경우 국내에 소개된 표기를 따랐다.
- 본문에 소개된 책, 영화 등 가운데 페드로 알모도바르의 창작물에만 원어를 병기하였다.

롤라 가르시아, 내 동생 아구스틴과 호나스 페이로를 위해

또한 거기에는 그가 누구와도 나눌 수 없던 소중한 순간에 대한 이야기들이 담겨 있었다. 자신의 강연에 참석했거나 콘서트에서 우연히 마주친 소년들을 무심히 쳐다보는 시선. 그러다 가끔 서로 마주치던 강렬한 눈빛. 그는 자신에게 경의를 표하는 이들을 보며 즐거워했고 자신을 보려고 몰려든 군중에게 감사를 표했지만, 항상 기억에 남는 것은 그런 우연한, 그리고 조용하고 은밀한 만남이었다. 그런 시선의 은밀한 에너지가 전하는 메시지를 일기에 기록하지 않았다는 것은 상상할 수 없는 일이었을 것이다.

콜럼 토빈,《마법사: 토마스 만 이야기》★

★ Colm Tóibín(1955~). 아일랜드의 소설가, 시인, 극작가로 그가 2021년에 발표한《마법사》는 소설 형식으로 쓴 토마스 만의 전기이다.

서문

•
....

나는 자서전을 쓰라는 요청을 여러 차례 받았지만, 매번 거절했다. 간혹 다른 사람이 내 자서전을 쓰고 싶다는 제안을 해오기도 했지만, 나라는 사람에 대해 이야기하는 책을 본다는 생각만 해도 여전히 알레르기 반응이 일어난다. 나는 여태껏 일기조차 제대로 써본 적이 없다. 몇 번 써보려고 했지만, 두 페이지를 넘긴 적이 없다. 그런 점에서 이 책은 나의 첫 번째 자가당착을 의미한다. 이 책은 단편적이고 불완전할 뿐 아니라, 어딘가 수수께끼 같은 자서전에 가장 가깝다. 하지만 독자는 이 책을 통해 영화 제작자이자 이야기꾼(작가)으로서 내가 어떤 사람인지, 그리고 이런저런 것들이 내 삶에 어떻게 뒤섞여 있는지 최대한 많이 알게 될 것이다. 그런데 내가 방금 쓴 내용에는 더 많은 자가당착이 존재한다. 나는 한 번도 일기를 써본 적이 없다고 했지만, 그렇지 않다는 것을 증명하는 네 편의 글이 여기에 등장한다. 어머니의 죽음을 이야기한 글, 테포스틀 란으로 차벨라를 찾아갔던 이야기,[1] 공허했던 어느 하루에 대한 기록, 그리고 〈나쁜 소설Una mala novela〉이다. 이 네 편의 글은 내 삶의 모습을 순간 속에서 포착하고 있다. 이러한 이야기 모음집(나는 장르를 구분하지 않고 이 모든 것을 이야기라고 부른다)은 내가 쓰는 것(글), 내가 촬영하는 것(영화), 그리고 내가 살아내는 것(삶)이 얼마나 밀접한 관계를 맺고 있는가를 여실히 보여준다.

발표되지 않은 이야기들은 롤라 가르시아가 일일이 정리해서 내 사무실 — 그 안의 수많은 다른 원고 뭉치들 옆 — 에 따로 보관해놓았다. 롤라는 이런 일뿐만 아니라 다른 수많은 일도 처리해주는 나의 비서다. 이사를 많이 다닌 탓에 뒤죽박죽 쌓인 서류 더미 속에서 낡은 파란색 서류철 몇 개를 간신히 찾아낸 것도, 그리고 거기서 그 이야기들을 한데 모아 정리해준 것도 그녀다. 롤라와 자우메 본드필은 의논 끝에 그 원고들을 다시 정리하기로 결정했다. 나는 그 글을 쓴 뒤로 두 번 다시 읽어보지 않았다. 다행히 롤라가 따로 보관해두었으니 망정이지, 나는 그런 게 있다는 것도 까맣게 잊고 있었다. 그녀가 한번 읽어보라고 권하지 않았다면, 수십 년이 지난 지금 그 글을 읽을 생각조차 하지 않았을 것이다. 롤라는 내가 그 글을 읽고 어

---

[1] 테포스틀란은 멕시코 모렐로스주에 위치한 도시로, 멕시코시티 주변에서 가장 인기 있는 관광지 중 하나다. 특히 테포스테코 신전 유적으로 유명하다. 차벨라 바르가스Chavela Vargas(1919~2012)는 코스타리카 태생의 멕시코 가수이자 시인으로, 테포스틀란에 그녀가 살던 집(카사 차벨라Casa Chavela)이 남아 있다.

떤 반응을 보이는지 확인하려고 몇 편을 신중하게 골랐다. 나는 〈이상한 삶의 방식Extraña forma de vida〉[2]의 사전 제작과 후반 작업[3] 사이의 한가한 틈을 이용해 그 글들을 읽었다. 하지만 그 글들에 일절 손을 대지 않았다. 왜냐하면 과거의 내 자신과 그 이야기들을 당시의 모습 그대로 기억하고, 중학교와 고등학교를 졸업한[4] 이후로 내 삶과 주변의 모든 것이 어떻게 변했는지 확인하고 싶었기 때문이다.

나는 어렸을 때부터 내게 작가의 재능이 있다는 것을 알았기 때문에 항상 글을 썼다. 그 무렵 나는 나의 문학적 재능에 대해서는 확신하고 있었지만, 어느 정도의 성과를 이룰 수 있을지에 대해서는 전혀 확신이 없었다. 내가 어렸을 때 쓴 글 가운데 문학과 글쓰기에 대한 깊은 애정이 드러나는 이야기로는 두 편(1967년부터 1970년 사이에 ─대부분 오후와 저녁 시간을 이용해─쓴 〈미겔의 삶과 죽음Vida y muerte de Miguel〉, 그리고 같은 시기에 쓴 〈나쁜 소설〉)이 있다.

나는 그 이야기에 빠져들면서, 그것들을 어디에서 어떻게 썼는지 떠올려보았다. 그러자 마드리갈레호[5]의 우리 집 마당에서 올리베티 타자기로 〈미겔의 삶과 죽음〉을 쓰고 있는 내 모습이 눈앞에 아

★2 2023년 76회 칸영화제에서 발표한 30분 분량의 단편 서부영화로 페드로 알모도바르가 감독과 각본을 맡았다. 아말리아 로드리게스의 노래에서 영감을 받았다고 한다.
★3 사전 제작Pre-production은 영화나 드라마 등을 제작할 때 촬영 이전 작업을 총칭하는 용어이고, 후반 작업post production은 실제 촬영이 모두 끝난 뒤에 이루어지는 생산 작업을 말한다.
★4 알모도바르는 스페인 서부의 엑스트레마두라 자치주에 속한 카세레스에서 살레시오 수도회 중학교와 프란치스코 수도회 고등학교를 졸업했다.
★5 카세레스에 위치한 도시.

련히 떠오른다. 머리 위에는 포도나무 넝쿨이 얼크러져 있고, 가죽을 벗긴 토끼 한 마리가 딱새처럼 흉한 몰골로 줄에 묶여 있다. 또는 1970년대 초, 텔레포니카Telefónica★⁶ 사무실에서 업무를 마친 후 몰래 글을 쓰고 있는 내 모습이 떠오르기도 한다. 그런가 하면 내가 살았던 여러 집의 창문 앞에 앉아 글을 쓰던 모습도 떠오른다.

이 이야기들은 나의 영화 작업을 보완하는 역할을 한다. 때로는 내가 살고 있던 그 순간을 즉시 반영하기도 했지만, 어떤 경우에는 몇 년 후 영화화되었거나(〈나쁜 교육La mala educación〉과 〈페인 앤 글로리Dolor y gloria〉★⁷의 일부 시퀀스), 아니면 앞으로 그렇게 될 예정이다.

내가 쓴 이야기들은 모두 입문 단계의 텍스트(나는 그 글들의 완성도가 높지 않다고 생각한다)로, 권태로운 일상에서 벗어나기 위해 만들어진 것이 대부분이다.

1979년, 나는 모든 면에서 과한 파티 디푸사Patty Diphusa(〈어느 섹스 심벌 여배우의 고백Confesiones de una sex-symbol〉) 캐릭터를 만들어 냈고, 이 세상에 홀로 내버려진 내 삶의 첫날을 그린 이야기(〈마지막 꿈El último sueño〉)로 새 천년을 시작했다. 그 후, 〈씁쓸한 크리스마스Amarga navidad〉 — 여기서 나는 차벨라에 관한 세트 피스★⁸를 포함시

★⁶ 스페인에 본사를 둔 다국적 통신 기업으로, 과거에는 국영기업이었다. 알모도바르는 영화감독이 되기 위해 1967년 마드리드로 상경한 후, 여러 직업을 전전하다 텔레포니카에서 행정 보조로 12년간 근무했다.

★⁷ 〈나쁜 교육〉은 2004년 알모도바르가 각본과 감독, 제작을 맡은 영화이다. 〈페인 앤 글로리〉 역시 알모도바르가 각본과 감독, 제작을 맡은 영화로 2019년에 상영되었다.

★⁸ 영화나 연극에서 어떤 효과를 내기 위한 예술적 표현이나 소도구 또는 인상적인 효과를 남기기 위해 사용되는 특정한 장면, 곡, 또는 사건 등을 가리킨다.

마지막 꿈

켰는데, 그녀의 목소리는 여러 편의 내 영화에서 결코 잊을 수 없는 방식으로 되살아난다 — 를 포함한 모든 이야기에서 나는 내 자신에게로 시선을 돌리고, 〈화산같이 살다간 이여, 안녕Adiós, volcán〉, 〈공허했던 어느 하루의 기억Memoria de un día vacío〉, 〈나쁜 소설〉에 등장하는 인물로 변신한다. 나 자신이기도 한 이 새로운 인물은 파티와 정반대이지만, 실제로는 같은 사람이다. 새로운 세기가 시작되면서 나는 더 음침하고 더 뚱하고 더 우울한 사람으로 변해갔으며, 점점 확신이 없어지고 불안감과 두려움만 커져갔다. 그리고 바로 이러한 나의 모습에서 영감을 얻는다. 내가 만든 영화, 특히 지난 6년 동안 만든 것들이 이를 증명해준다.

모든 것이 이 책에 담겨 있다. 1970년대 초, 마드리드에 막 도착했을 무렵 나는 이미 운명의 길을 따라가고 있었다. 〈방문La visita〉이 2004년에 마침내 〈나쁜 교육〉이라는 제목으로 영화화되었지만, 돈만 있었다면 나는 그 전에 〈아름다운 광녀 후아나Juana, la bella demente〉와 〈거울 의식La ceremonia del espejo〉으로 감독 데뷔를 했을 것이고, 그 이후의 영화도 계속 제작했을 것이다. 하지만 〈속죄La redención〉와 앞서 언급한 〈미겔의 삶과 죽음〉처럼 마드리드에 도착하기 전, 그러니까 1967년부터 1970년 사이에 쓴 이야기들도 있다. 이 두 이야기를 보면 한편으로는 당시 내가 고등학교를 막 졸업했다는 사실이 드러나 있고, 다른 한편으로는 젊은 시절의 고뇌와 방황, 시골 마을에 계속 갇혀 살지도 모른다는 두려움, 가능한 한 빨리 도망쳐 마드리드로 가야 한다는 절박한 심정(나는 그 3년 동안 가족과 함께 카세레스의 마드리갈레호에서 살았다)이 분명하게 나타나 있다.

그때 쓴 이야기들은 웬만하면 그대로 두려고 했지만, 〈미겔의 삶과 죽음〉의 경우에는 그냥 넘어갈 수가 없었다. 문체가 지나치게 꾸민 듯한 감이 없지 않아 원래의 느낌을 유지하되 살짝 수정했다. 이 작품은 50여 년이 지난 지금 읽어도 가장 놀라운 이야기 가운데 하나다. 이 글을 쓸 당시에 이야기가 전개되는 방식, 즉 삶을 거꾸로 이야기한다는 아이디어를 생각해냈던 일이 또렷이 기억났다. 그것이 가장 중요한 점이고 ― 이렇게 말해도 될지 모르겠지만 ― 가장 독창적인 점이었다. 수십 년이 지난 뒤, 나는 〈벤자민 버튼〉*[9]이 나의 아이디어를 그대로 베꼈다고 생각했다. 내가 쓴 글은 스토리 자체가 평범하고 진부했으며, 그 당시 빈약하기 짝이 없던 나의 인생사와 크게 다르지 않았다. 중요한 것은 그 아이디어였다. 지금 그 이야기를 읽어보면, 내가 주로 기억과 끊임없이 흘러가는 시간 앞에서 느끼는 무기력함에 대해 말하고 있다는 것을 알 수 있다. 그런 생각을 하면서 글을 쓴 것이 분명한데, 이를 까맣게 잊고 살았다는 게 놀랍다. 1970년대에 쓴 이야기에는 종교 교육이 빠짐없이 등장한다.

1979년 파티 디푸사라는 인물이 탄생하면서 내 이야기에 급격한 변화가 일어났다. 1970년대 후반에 찾아온 격변기 이전이나 이후였다면 나는 이 인물에 관해 어떤 글도 쓸 수 없었을 것이다. 나는 타

★9 2009년에 개봉한 미국의 로맨틱 판타지 영화 〈벤자민 버튼의 시간은 거꾸로 간다〉를 말한다. 데이비드 핀처가 감독한 이 영화는 F. 스콧 피츠제럴드의 《벤저민 버튼의 기이한 사건》과 앤드루 숀 그리어의 《막스 티볼리의 고백》을 바탕으로 제작되었다.

마지막 꿈

자기 앞에 앉아 이런저런 일을 하고 빠른 속도로 글을 쓰며 사는 내 모습을 떠올려보았다. 그리고 이 세상에 홀로 내버려진 내 삶의 첫날을 그린 〈마지막 꿈〉으로 20세기를 마무리했다. 내가 이 짤막한 기록을 꼭 포함시키고 싶었던 이유는 여덟 페이지짜리 글이 지금까지 내가 쓴 글 가운데 가장 뛰어나다고 생각하기 때문이다. 그렇다고 내가 훌륭한 작가라는 의미는 아니다. 그런 수준의 글을 적어도 200페이지 이상 썼다면 또 모를까. 〈마지막 꿈〉은 어머니가 돌아가셨기 때문에 나올 수 있는 글이었다.

영화 〈나쁜 교육〉, 그리고 그것과 〈방문〉의 관계 외에도, 내 영화에 등장하고 또 내 영화를 형성하는 많은 주제가 이 책에 담겨 있다. 그런 주제들 중 하나가 바로 콕토의 〈인간의 목소리〉[10]에 대한 집착 혹은 강박으로, 이미 〈욕망의 법칙La ley del deseo〉[11]에서 다루어졌고 〈신경쇠약 직전의 여자Mujeres al borde de un ataque de nervios〉[12]의 출발점이 되기도 했다. 그리고 〈브로큰 임브레이스Los abrazos rotos〉[13]에서 다시 등장했다가 결국 2년 전 틸다 스윈튼과 함께 만든 〈휴먼 보이스The Human Voice〉[14]로 바뀌었다. 또한 〈지나치게 많은 성별의 변화Demasiados cambios de género〉는 〈내 어머니의

★10 1928년 프랑스의 작가 장 콕토가 쓴 독백극 혹은 1인극으로, 한 방에서 한 명의 등장인물이 한 대의 전화기를 가지고 연기하는 1막짜리 극이다.
★11 알모도바르가 감독과 각본을 맡은 영화로 1987년에 개봉되었다.
★12 1988년 개봉한 블랙 코미디 영화로, 이를 통해 알모도바르의 이름이 전 세계적으로 알려졌다.
★13 2009년에 개봉된 로맨틱 스릴러 영화이다.
★14 2020년에 제작한 30분짜리 단편영화로 베를린영화제에 출품되었다.

모든 것Todo sobre mi madre〉*¹⁵의 핵심 요소 중 하나인 절충주의, 즉 장르뿐만 아니라 내 영화 세계에 큰 영향을 미친 작품들 — 콕토의 독백 외에도, 테너시 윌리엄스의 〈욕망이라는 이름의 전차〉(욕망을 의미하는 엘 데세오El Deseo는 내 프로덕션 회사의 이름이기도 하다)와 존 카사베츠의 영화 〈오프닝 나이트〉 — 의 혼합에 관해 이야기하고 있다. 나는 내 손에 들어온 것이나 내 눈앞을 지나간 것은 모두 차지해 내 것으로 뒤섞어버렸다. 따라서 그것이 〈지나치게 많은 성별의 변화〉에 나오는 레온처럼 한계에 이르는 일은 없었다.

영화 제작자로서의 내가 태어난 것은 포스트모더니즘이 폭발적으로 성장하던 시기였다. 아이디어는 어디에서나 나오고, 모든 스타일과 시대가 공존할 뿐 아니라 장르에 대한 어떤 편견이나 게토,*¹⁶ 시장도 존재하지 않았다. 그 당시에 존재하던 것이라고는 삶에 대한 욕망과 무언가를 만들어내고자 하는 욕망뿐이었다. 나처럼 세계를 정복하고 싶었던 사람에게 그 시대는 가장 이상적인 환경이었다.

나는 첫 번째 유년기를 보낸 라만차*¹⁷의 안마당이나, 한동안 죽치고 살았던 어두컴컴한 록콜라,*¹⁸ 두 번째 유년기를 보낸 감옥처럼 음침하기 짝이 없는 살레시오 기숙학교에서 영감을 얻을 수 있었다.

★15 알모도바르의 1999년 작으로 제52회 칸영화제에서 감독상을, 72회 아카데미 외국어영화상을 수상했다.
★16 원래는 유대인이나 소수민족이 거주하는 지역을 가리키지만, 여기에서는 틀에 박힌 작업 방식을 의미한다.
★17 스페인 마드리드 남쪽에 위치한 지역.
★18 마드리드 시내에 있는 콘서트홀로 1981년부터 1984년까지 수많은 록밴드 및 가수들이 공연을 펼쳤다. 원래 이름은 살라 록콜라Sala Rock-Ola이다.

마지막 꿈

돌이켜보면 혼란스러우면서도 빛나는 시절이었다. 내가 합창단의 솔리스트로서 부른 라틴어 미사곡이 살레시오 시절을 그린 공포극의 배경음악으로 사용되었으니까(〈페인 앤 글로리〉).

이제는 나를 영화감독으로 키운 세 곳이 어디인지 밝힐 수 있다. 여자들이 보빈으로 레이스를 뜨면서★19 노래하거나 마을 사람들 흥을 보던 라만차의 안마당, 1977년부터 1990년 사이의 격정적이고 자유롭던 마드리드의 밤, 1960년대 초 내가 암울한 종교 교육을 받았던 살레시오 수도회 소속 기숙학교가 바로 그곳이다. 이 모든 것뿐만 아니라, 단순히 내 영화를 제작하는 회사가 아니라 광기에 가까운 열정, 에피퍼니, 그리고 마치 우리가 볼레로 가사의 주인공인 것처럼 따라야 하는 법으로서의 **엘 데세오**에 관한 것도 이 책 속에 담겨 있다.

★19 바늘 대신 보빈에 감은 실을 서로 교차하거나 얽어 수직手織 레이스를 만드는 것을 말한다.

차례

•
....

서문 ..9

방문 ..21
지나치게 많은 성별의 변화 ..51
거울 의식 ..75
아름다운 광녀 후아나 ..102
마지막 꿈 ..132
미겔의 삶과 죽음 ..140
어느 섹스 심벌 여배우의 고백 ..170
쓸쓸한 크리스마스 ..192
화산같이 살다간 이여, 안녕 ..219
속죄 ..227
공허했던 어느 하루의 기억 ..249
나쁜 소설 ..264

욕망의 지도 그리기, 혹은 이상한 세계를 꿈꾸기_엄지영 ..277
또 한 명의 페드로 알모도바르, 말하자면 가지 않은 길_정성일 ..283

LA VISITA
방문

•
....

엑스트레마두라에 있는 어느 작은 도시의 거리, 스물다섯 살가량의 여자가 지나치게 화려한 모습으로 지나가는 사람들의 시선을 끌고 있다. 때는 한낮으로, 그 자체로 이목을 끄는 그녀의 옷차림은 햇빛 아래에서 훨씬 볼썽사납다. 하지만 그녀는 놀란 행인들의 시선에 아랑곳하지 않고 태연하게 걸어간다. 마치 오래전부터 치밀하게 짠 계획을 실행에 옮기고 있는 것처럼 여자는 조금도 주저하지 않고 당당하게 움직인다. 그녀의 드레스와 모자, 그리고 갖가지 액세서리는 〈악마는 여자다〉[1]에서 마를레네 디트리히가 자신과 세사르 로메로의 여권을 발급하는 데 키를 쥔 관리를 유혹할 때 입었던 의상과 같은 것이다. 이 여자의 움직임은 단순히 유명 스타를 연상시키

---

[1] 1935년에 개봉한 로맨스 영화로, 요제프 폰 스턴버그가 감독을 맡았다.

는 정도가 아니라, 아예 그녀의 움직임을 빼다박았다. 이처럼 시대에 어울리지 않게 세련되고 화려한 이미지는 작은 도시에서 너무나 비현실적이고 충격적으로 느껴진다.

살레시오 수도회 학교 정문 앞에서 잠시 걸음을 멈춘 여자는 방금 전 거리를 걸을 때와 마찬가지로 당당하게 건물 안으로 들어간다. 여자의 태도에는 전혀 주저하는 기색이 없다. 학교가 익숙한 곳인 양 거침없이 움직인다. 그 순간, 수위실에서 한 신부가 아연한 표정으로 그녀를 만나러 나온다.

"무슨 일로 오셨죠, 아가씨?" 그는 언짢은 기색이 역력한 얼굴로 묻는다.

"교장 신부님을 만나러 왔는데요." 여자는 상대의 기를 죽일 정도로 자연스럽게 대답한다. 신부는 주눅 든 표정으로 그녀를 바라보며 자신 없는 목소리로 말한다.

"학교에 계신지 모르겠네요."

"지금 교장실에 계신 걸로 알고 있습니다."

여자는 단호하게 잘라 말하는 편이다. 여자의 넘치는 자신감은 자기 말 속에 담겨 있을지 모르는 도발을 지워버리고도 남는다. 신부는 무슨 말을 해야 할지 몰라 여자를 위아래로 훑어보기만 한다. 절대로 이 여자를 들여보내면 안 돼, 어쩌면 저리도 해괴망측한 옷차림을 하고 있을까. 그는 조용히 생각한다.

"글쎄요, 그런데 여긴 남자아이들이 다니는 학교인데……."

"그래서요?"

"그러니까…… 내 말은…… 그런 드레스를 입고……."

"내 드레스가 뭐 어때서요?" 여자는 어딘가에 얼룩이 묻었거나 찢어진 데가 있을지 모른다는 생각이 들었는지 자기 옷을 이리저리 살펴본다. "이 드레스가 마음에 안 드세요?"

"아뇨, 그런 게 아니라……."

"그럼 대체 뭐가 문제죠? 여기 학생들이 여자를 한 번도 본 적이 없다는 말씀을 하시려는 건가요?"

"아가씨!"

그러자 여자가 얼른 그의 말을 자른다.

"교장 신부님은 사무실에 계신가요, 안 계신가요?"

"지금 당장 교장 신부님을 만나 뵙기는 어려울 겁니다."

"아주 급한 일로 온 거예요. 저만큼이나 교장 신부님에게도 중요한 문제고요. 굳이 안내해주실 필요는 없어요. 교장실이 어디인지는 잘 알고 있으니까요. 제 동생이 여기서 공부했기 때문에 자주 왔거든요."

그러더니 여자는 대답을 기다리지도 않고 안뜰로 이어지는 좁은 복도로 들어선다. 신부는 놀란 표정으로 여자의 뒤를 쫓아간다.

"아가씨! 아가씨!"

"저기 왼쪽에 있는 문으로 가면 되죠?"

"네, 거깁니다." 신부는 문 안으로 사라지는 여자의 모습을 멍하니 바라본다.

안뜰에는 아무도 없다. 오늘은 휴일이라 대부분의 기숙사 학생들은 밖에, 그러니까 도시에 나가 있다. 학교에는 처벌로 외출 금지가 내려진 학생들과 공부하는 학생들밖에 없다. 여자는 여봐란 듯이 안뜰로 이어지는 계단을 내려간다. 그러고는 신부가 알려준 문으로 향한다. 여자는 문을 두세 번 두드리고 기다린다. 들어오세요. 안에서 남자의 목소리가 흘러나온다. 여자는 문을 열고 들어간다. 마흔다섯 살쯤 된 신부가 책상에 앉아 있는데, 그녀가 들어오는 것을 보고 놀란 표정을 감추지 못한다.

"누구시죠?"

"그런 눈으로 쳐다보지 마세요. 저는 교장 선생님 옛 제자의 누나예요. 동생을 대신해서 선생님과 이야기를 나누러 왔어요." 여자가 조용히 미소 짓는다.

교장 신부는 언짢은 표정으로 그녀를 마주보면서도, 무슨 이야기일지 궁금해한다.

"어떤 학생을 말하시는 거죠?"

"저는 루이스 로드리게스 바아몬데의 누나예요."

그 이름을 듣고 신부의 표정이 바뀐다. 그는 더욱 호기심 어린 눈빛으로 여자를 바라본다. 그는 그녀의 외모를 무시하고, 그녀의 말이 사실이라는 것을 확인할 수 있는 단서를 찾는 데 관심을 집중한다.

"루이스의 누나라고요?" 그가 기대에 찬 표정으로 묻자, 여자는 쌀쌀맞게 고개만 끄덕인다. "저는 당신 동생의 좋은 친구였죠. 동생은 결코 평범한 학생이 아니었습니다." 신부의 말에서 그리움이 묻

마지막 꿈

명하게 느껴진다.

"동생에 관해 말씀드릴 게 있어서 왔어요."

"정말 기쁘군요. 그를 본 게 정말 오래전 일인데! 우린 정말 좋은 친구였어요……. 하지만 아이들은 학교를 마치고 나면 우리를 까맣게 잊어버리죠. 안부가 궁금해 루이스에게 편지를 몇 통 썼지만, 답장을 안 하더군요. 요즘 어떻게 지내고 있죠? 그사이 많이 변했겠군요. 이제 어엿한 어른이 되었을 테니까요. 자세히 보니 그 아이와 많이 닮으신 것 같네요. 눈도 똑같고요."

그녀는 말없이 진지하게 듣고만 있다.

"물론 저야 하느님의 소명을 받아 성직자가 된 몸이라 자식이 없지만, 여느 아버지와 마찬가지로 이제 막 새로운 삶을 시작하는 아이들을 보호하고 가르쳐야 하죠." 그는 잠시 말을 멈춘다. 여자는 눈 한번 깜박이지 않고 그를 유심히 살펴보고 있지만, 그는 눈치채지 못한 채 회상에 잠긴다. "당신의 동생인 루이스는 제게 아들 같은 존재였어요. 이렇게 와주셔서 정말 기쁩니다. 이름이 어떻게 되시죠?"

"파울라예요."

"제게 하실 말씀이 많은 것 같군요. 하지만 우선 여기 왜 오셨는지부터 말씀해주세요."

"안 좋은 소식을 전해야 할 것 같네요."

"무슨 일이죠?"

"몇 달 전 부모님이 교통사고로 모두 돌아가셨어요."

"어떻게 그런 일이! 정말 안타깝군요."

교장 신부는 큰 충격을 받은 듯 침통한 표정을 짓는다. 그는 파울라가 사무실에 들어온 후로 그녀의 기이한 옷차림을 잊으려고 애쓰고 있었다. 사실 그는 그녀가 루이스의 누나라는 사실만으로도 뛸 듯이 기뻤다……. 하지만 그녀의 부모님이 모두 돌아가셨다는 것을 알게 된 지금, 그런 이야기를 저토록 냉정하게 말하는 그녀의 태도가 괜스레 마음에 걸린다. 그녀의 일거수일투족, 특히 지나치게 화려하고 부적절한 옷차림이 도저히 이해되지 않는다. 분위기를 어색하게 만들지 않기 위해 그는 이에 대해 아무 말도 하지 않기로 한다. 그러다보니 그가 원하던 솔직하고 진심 어린 대화를 나누기가 힘들다.

"예상하시겠지만 우리는 도저히 감당할 수 없을 만큼 큰 충격을 받았어요." 파울라가 계속 말한다. "지난 몇 달 동안은 정말 견딜 수 없을 정도로 힘들었지만, 그래도 이제는 조금씩 기운을 되찾기 시작했어요."

외설적인 의상을 휘두른 파울라의 입에서 나오는 그 말이 거짓처럼 들리지만, 그녀의 당당하고 위엄 있는 말투는 이의를 제기할 여지를 주지 않는다.

"주님이 도와주실 겁니다. 그분을 믿으세요. 당신은 혼자가 아니에요."

두 사람은 잠시 침묵을 지킨다. 그런데 신부가 돌연 그녀에게 묻는다.

"그때 루이스는 어땠나요……?"

"루이스는 부모님과 함께 있었어요. 세 사람 모두 살아남지 못했어요."

"하느님 맙소사! 루이스!"

신부로서는 상상할 수 없을 정도로 끔찍한 소식이었다. 그는 책상 겸 테이블에 꼼짝 않고 앉아 넋이 나간 듯 멍한 눈으로 파울라의 얼굴을 바라본다. 하지만 그가 바라보고 있는 건, 여자가 아니라 루이스다. 그의 입에서 루이스라는 이름이 거듭 흘러나오는 동안, 그의 두 눈에 눈물이 가득 고인다. 파울라는 무표정한 얼굴로 그를 바라본다. 그렇게 시간이 잠시 지나간다.

"죄송합니다. 당신의 동생을 무척 사랑했거든요. 제게 아이가 있었다고 해도, 그 정도로 사랑하지는 않았을 겁니다. 그 아이가 자라고 성숙해가는 모습을 옆에서 지켜봤는데. 아, 정말이지 너무 끔찍하군요. 사고를 당했을 때 몇 살이었죠?"

"스물네 살이었어요."

교장 신부는 완전히 낙담한 모습이다. 그 소식은 그에게 크나큰 충격을 주었다. 그는 다시 파울라를 바라본다. 시간이 지날수록 그 드레스가 더 우스꽝스러워 보이고 달갑지 않다. 한편으로는 불행한 사건을 그처럼 무덤덤하게 말하는 그녀의 태도에 화가 치민다. 자기 부모와 동생이 죽었다는 말을 어쩌면 저리도 무심하게 말할 수 있단 말인가? 맞은편에 앉아 있는 파울라는 믿을 수 없을 정도로 담담해 보인다. 마치 죽음조차 그녀를 건드릴 수 없다는 듯이. 저 오만한 태도 뒤에 대체 무엇이 숨겨져 있는 걸까?

"동생이 마지막으로 찍은 사진을 가져왔어요. 갖고 싶어 하실 것 같아서요."

"아, 물론이죠. 그렇고말고요."

처음에 교장 신부는 파울라에 대해 더 잘 알기 전까지는 옛 제자에 대한 감정을 지나치게 드러내지 않는 편이 낫겠다고 생각했다. 하지만 루이스에 대해 너무나 이야기하고 싶었던 나머지, 자신의 발언을 자제할 생각을 전혀 하지 못했다. 그는 제자의 누나를 바라보면서 자신의 실수를 깨닫는다. 하지만 예전에 루이스의 부모님이 아들을 만나러 왔을 때 그들에게 했던 것과 똑같은 말을 했을 뿐이다. 그때 루이스의 부모님은 그녀와 전혀 다른 반응을 보였다. 그들은 자기 아들이 학교에서 가장 중요한 사람으로부터 보호받고 있다는 사실에 큰 자부심을 느꼈다. 루이스의 소식에다 파울라의 무덤덤한 태도를 보면서 신부는 참담하고 불안한 기분이 든다.

"받으세요." 그녀가 말한다. "사고 나기 얼마 전에 찍은 거예요."

그것은 루이스의 생애 마지막 시기에 찍은 최고의 사진 중 하나였다. 그는 알몸이었고, 사진은 배꼽까지만 나오게 찍혀 있었다. 사진 속에서 루이스는 마치 침묵으로 모든 것을 털어놓으려는 듯한 눈빛으로 정면을 응시하고 있었다. 신부는 항상 그에게 사진을 보내달라고 부탁했지만, 루이스는 끝내 그의 청을 들어주지 않았다.

"많이 변했네요. 하지만 길거리에서 만났면 틀림없이 알아봤을 겁니다. 그 아이가 죽다니, 믿을 수가 없군요."

슬픔에 젖어 있는 신부에게 파울라는 냉소적으로 응답한다.

"어쨌든 당신에게는 그 아이의 죽음이 우리가 느끼는 만큼 끔찍하지 않을 거예요."

"그게 무슨 소리죠?" 신부는 그녀의 말을 이해할 수 없다.

"하느님은 당신의 편이시니, 큰 위안이 되겠죠. 여러분에게 닥친 불행은 전혀 다른 가치를 지니고 있을 테니까요."

교장 신부는 따지려는 듯 그녀를 바라보다 결국 침묵을 지킨다.

"우리의 사역에도 불구하고 아무것도 인간의 고통으로부터 우리를 보호해주지 못해요." 그는 짜증스러우면서도 허탈한 나머지 이렇게 반박하지만, 감정이 폭발해서 저 뻔뻔스러운 여자에게 따끔하게 한마디 쏘아붙이는 일이 일어나지 않도록 안간힘을 쓴다. "이제 그 이야기는 그만하고, 동생에 대해 이야기해주세요. 최근 몇 년 동안 뭘 하고 살았는지, 그리고 어떤 사람이었는지 말이에요."

"지난 몇 년 동안 동생에게 가장 중요한 것은 문학이었어요. 거기에 가장 큰 관심을 가지고 있었죠. 그런데 그 아이는 자신의 작품에 대해 전혀 확신을 갖지 못했어요. 아직 배워야 할 게 많았던 건 사실이지만, 아주 흥미로운 글도 많이 썼답니다. 물론 본인은 전혀 만족스럽지 못했겠지만요. 우리는 서로를 아끼고 사랑했어요." 파울라는 차분히 말을 이어나간다. 차가운 표정이 조금 사라지기는 했지만, 그녀의 얼굴이 점점 굳어져간다. "우리는 함께 자랐기 때문에 나는 동생을 나 자신만큼이나 잘 알고 있었죠. 우리 사이에는 아무 비밀도 없었어요. 동생도 분명히 교장 신부님을 만나고 싶어 했을 거예요. 제가 여기 찾아온 것도 그래서예요."

파울라는 차분하면서도 거침없이 말한다. 그녀의 말에는 은근한 위협이 도사리고 있다. 교장 신부는 너무 긴장한 나머지 어떤 말투로 말해야 할지 결정을 내리지 못한다. 시간이 지날수록 분위기가 점점 어색해진다. 그는 상황을 악화시키지 않기 위해 어떻게 해야 할지 갈피를 잡지 못하고 있다. 지금 당장은 여자가 루이스에 대해 이야기하기를 바랄 뿐이다. 하지만 바로 그 순간, 파울라가 립스틱과 작은 손거울을 꺼내더니, 놀라 눈이 휘둥그레진 교장 신부 앞에서 관능적으로 입술을 칠하기 시작한다. 이처럼 기괴한 방식으로 도발해오자 교장 신부도 더 이상 참지 못한다.

"아가씨, 도가 지나치다고 생각하지 않나요?"

"지나치다니, 뭐가요?" 그녀가 그의 말을 끊고 그를 똑바로 쳐다본다.

"이처럼 경박한 태도 말입니다."

그러자 파울라가 따뜻하게 미소를 지으며 대답한다.

"음, 하지만 저는 경박한 것을 아주 좋아한답니다."

"왜 하필 그런 옷차림을 하고 나를 만나러 온 거죠? 유행에 맞지도 않을 뿐만 아니라 정말 보기 흉하군요."

분위기가 갑자기 험악해졌는데도, 여자는 놀라기는커녕 오히려 자신만만한 표정을 지으며 더 공격적인 자세로 나온다.

"물론 신부님이시니까, 속세의 모든 것이 다 위험하고 외설적으로 보이겠죠."

마지막 꿈

"대체 무슨 말을 하는지 모르겠군요." 신부는 더 이상 불쾌감을 숨기지 않는다.

"그럼 제가 이 드레스를 입고 온 이유를 설명해드리죠." 여자는 마치 무슨 이야기를 들려주기라도 할 것처럼 상냥하게 말한다. "마를레네 디트리히라는 유명한 스타가 있는데, 혹시 아시나요?"

"아뇨." 신부는 마지못해 대답하면서도 정신 나간 이 여자가 대체 어디로 튈지 궁금하다.

"저는 디트리히를 정말 좋아해요. 오래된 영화에서 그녀는 이것과 똑같은 드레스를 입고 등장해요. 그리고 그 영화의 다른 장면에서 이런 노래를 부르곤 했죠……."

파울라는 자리에서 일어나 노래를 부르기 시작한다. 신부는 그녀를 만류하며 제발 조용히 하라고 사정하지만, 여자는 아랑곳하지 않고 끝까지 부른다. 오히려 그녀는 그를 보이지 않는 관객의 하나로 여기고 유혹하려 한다.

"당장 그만둬요. 이제 됐으니까 그만하라고요!" 당황한 교장 신부가 어쩔 줄 몰라 하며 중얼거린다.

파울라는 경멸의 미소를 지으며 대답한다.

"이건 단지 시작일 뿐이라고요!"

"여기 온 이유가 뭡니까?"

"제 동생에 대해 말하려고요." 여자는 마치 아무 일도 없었다는 듯이 천연덕스럽게 말한다. "그리고 그가 시간이 없어서 미처 하지 못했던 일을 대신하려고요."

"그런데 꼭 그런 옷차림을 했어야 하나요?"

"그럼요."

"루이스에 대한 추억이 없었다면, 당신과 한마디도 나누지 않았을 겁니다."

"그건 내가 할 소리에요. 나도 당신의 옷차림이 마음에 들지 않지만, 지금까지 한마디도 하지 않았어요."

"이런 매춘부 같으니."

"냄새를 잘 맡으시네요……."

"무슨 의도로 이러는지 모르겠지만, 더는 참을 수가 없군요. 당장 나가요!"

"방금 전까지 우린 동생에 대해 이야기를 나누고 있지 않았나요? 당신의 호기심은 어디로 간 거죠? 우리 교양 있게 행동하기로 해요." 그녀는 그에게 앉으라고 권한다. "그가 쓴 이야기 몇 편을 읽어 드릴게요. 흥미를 가지실 것 같은데. 제 기억으로는 그 아이가 글을 쓰기 시작한 곳이 바로 여기였어요. 난 동생이 쓴 성심聖心에 바치는 시 한 편을 아직도 가지고 있어요. 그 시 덕분에 그는 문학 수업에서 아주 훌륭한 평가를 받았죠. 당시 동생은 고등학교 1학년이었어요."

"네, 그 시라면 저도 잘 기억하고 있습니다." 신부는 줄에 매달린 꼭두각시 인형같이 이리저리 흔들리는 것처럼 보였다. "제가 그 과목을 담당하던 교사였으니까요. 루이스는 나이에 비해 감수성이 아주 풍부한 글을 썼습니다. 그가 포기하지 않고 계속 글을 썼다니 다행이네요."

마지막 꿈

"이미 말씀드렸듯이, 그의 주된 관심사는 글쓰기였어요. 동생이 쓴 이야기를 모은 책이 곧 출간될 예정이에요. 아직 인쇄 중이지만, 신부님 드리려고 몇 편 골라 왔어요."

"황당무계하기 짝이 없군요. 당신이 루이스와 놀라울 정도로 닮지 않았다면, 짓궂은 장난으로 여겼을 겁니다. 아무튼 이렇게 힘든 상황에서도 그의 글을 갖다주시다니 뭐라고 감사의 말씀을 드려야 할지 모르겠군요. 어서 읽어보고 싶네요."

"먼저 앞부분을 읽어드릴게요. 학창 시절을 추억하며 쓴 글들이에요."

"우리 이야기도 나오나요?"

"네, 들어보세요."

〈……한 달 동안 더 열심히 공부한 학생들―나는 대부분의 경우 그런 부류에 속했다―에게는 보상으로 하루 동안 특별 휴가를 준 반면, 나머지 아이들은 학교에 남아 수업을 들어야 했다. 날이 춥지 않으면 우리는 주로 시골에 갔는데, 아침 식사 후에 나가 저녁 시간에 돌아오곤 했다. 그럴 때면 언제나 우리를 인솔하는 교사 한 명이 따라왔다. 일반적으로 선생님도 우리만큼이나 즐거운 시간을 보냈기 때문에 그런 날은 포상 휴가나 다름없었다. 인솔 교사가 하는 일이라고는 우리 곁에 머무르며 아무 일도 일어나지 않도록 우리를 보살피는 것뿐이었다. 이러한 소풍이 좋은 결과를 낳았던 것은 전적으로 선생님과 함께 즐거운 시간을 보낸 덕분이었다. 일부 선생님들은 우리가 하루 종일 독창적이고 즐거운 놀이를 즐길 수 있도록 그날의 프로그램을 미리 준비하기도 했다. 다른 선생님들은 실화인지 아니면 **그 자리에서** 즉흥적으로 지어낸 것인지, 책에서 읽은 건지 정확히 알 수 없는 재미난 이야기를 수없이 들려주기도 했다. 물론 선생님은 자기가 실제로 겪었던 일이라고 장담하곤 했지만 말이다.

지금부터 소개할 소풍에는 서른 살 정도 된 세페리노 신부님이 따라왔다. 우리는 아름다운 봄날을 즐기러 부근의 산으로 갔는데, 그 옆으로 강이 흐르고 덤불숲이 펼쳐져 있었다. 사실 나는 세페리노 신부님과 그다지 가까운 사이가 아니었다. 그의 행동거지에는 세속적인 장난기가 배어 있어 자꾸 피하게 되었다. 나는 신앙심이 돈독하고 경건한 편이었고, 내가 생각하는 이상적인 사제는 전기傳記에 나오는 것처럼 항상 고결한 마음가짐으로 오로지 하늘만 쳐다보는 모습이어야 했다. 세페리노 신부님이 속세의 사람처럼 웃는 것을 보면서, 나는 그의 본분에 어울리지 않는 무언가가 있다는 생각을 지울 수 없었다.

나는 산 중턱의 나무 그늘 아래, 덤불로 가려진 곳에 누워 있었는데, 무슨 영문인지 바로 옆에 그가 누워 있었다. 나머지 아이들은 다른 곳에서 놀고 있었다. 분명 그 주변에 있었을 텐데, 어떤 아이도 보이지 않았다(세페리노 신부님이 어느 정도로 대담했는지 이제야 이해가 간다. 그 순간 누구라도 거기 나타날 수 있는 상황이었으니까). 그때 그가 무슨 말을 했는지 기억나지 않는다. 분명히 우리 둘 중 누구도 그 말에 관심을 두지 않았던 걸 보면, 어색한 침묵을 깨려고 그냥 한 말

마지막 꿈

인 듯하다. 그러던 어느 순간, 그가 수단*²의 중간에 있는 단추를 몇 개 풀더니, 내 손을 잡아 옷의 벌어진 틈으로 집어넣었다. 나는 두려우면서도 흥분에 휩싸여 몸을 떨기 시작했다. 나는 즉시 손을 빼냈지만, 그는 다시 내 손을 덥석 잡았다. 나는 안간힘을 다해 몸부림치다 결국 단념하고 그가 내 손으로 자위를 하도록 놔두었다. 그 순간 나는 호기심과 혐오감을 동시에 느꼈다. 그의 음모가 손에 닿자 들판의 마른 풀잎을 만지는 느낌이 들었다. 그러고 나서 학교로 돌아왔지만, 나는 그 사건을 도저히 받아들일 수 없었다. 불안을 떨쳐버리기 위해 나는 영적 멘토에게 도움을 청하기로 했다. 도움을 청할 마땅한 사람이 떠오르지 않았던 나는 그가 나를 도와줄 것이라고 스스로를 설득하려고 했다.

다음 날 점심 식사 후, 나는 그와 이야기를 나누기 위해 방으로 갔다. 내가 방문을 두드리자, 안에서 무슨 일로 왔는지, 누구인지 묻는 목소리가 들렸다. 내가 고해하고 싶다고 말하자, 그는 지금 바쁘니 저녁 기도 시간에 고해소로 오라고 했다(저녁 기도는 매일 저녁 식사 전에 참석하는 경건한 의식이었다). 그 무렵 나는 삶에 대해 엄청난 불신을 가지고 있었고, 극도의 무력감에 젖어 있었다. 나는 이러한 현실을 외면하기 위해 신앙으로 도피하려 했지만, 결과가 그다지 만족스럽지는 않았다. 나는 열 살밖에 되지 않은 어린 나이라 아주 독실한 신앙심을 느끼지는 못했지만, 그럼에도 신앙심 덕분에 버텨낼 수

★2 가톨릭 성직자들이 제의 밑에 받쳐 입거나 평상복으로 입는 긴 옷으로, 발목까지 내려온다.

있었다. 당시 나는 확실한 대죄에 빠졌다고 믿었고, 그 기분은 정말이지 견디기 어려웠다. 밤이 되기까지 남아 있는 시간이 내게 영원처럼 느껴졌고, 하느님이 언제든 나를 벌할 것 같은 기분이 들었다. 길을 가다 갑자기 번개에 맞을 수 있고, 보이지 않는 힘에 떠밀려 계단에서 굴러 떨어지거나, 학교가 와르르 무너지면서 나를 삼킨다 해도 지극히 당연하다고 생각했다.

마침내 나는 성당 안에 들어섰고, 내가 아직 살아 있다는 것에 대해 하느님께 감사드렸다. 고해소를 보자 괴로움이 사라졌다. 나는 서둘러 그곳을 향해 발걸음을 옮겼다. 잠시 무릎을 꿇고 내 양심을 되돌아보려고 했지만 집중할 수 없었다. 나는 그 앞으로 다가가 사제를 가리고 있는 커튼을 살짝 올리고 머리를 들이밀었다. 나는 여느 때와 마찬가지로 그가 내 말을 더 잘 들어주기 위해 내 어깨에 팔을 두르고, 그렇게 커튼 뒤에 숨어 나를 껴안은 채, 내 귀에 대고 항상 하던 말을 속삭일 거라고 생각했지만, 그렇지 않았다. 그는 나를 마주하자 불을 켰는데…… 그때의 기분을 어떻게 표현해야 할지 모르겠다. 아무튼 바로 앞에 앉아 있는 사람은 나의 영적 멘토인 호세 신부님이었는데, 그는 1940년대에 유행하던 빨간 벨벳 드레스와 금발 가발로 여장을 한 채 나를 향해 미소를 짓고 있었다. 메이크업은 그의 타고난 창백한 낯빛을 강조하고 있었고, 뺨은 발그레하게 물들어 있었다. 그리고 핏빛이 감도는 입술. 나는 감탄을 금할 수가 없었다.

"놀라지 마." 그가 달콤한 목소리로 말했다.

마지막 꿈

"이런 모습으로 만나게 될 줄은 몰랐어요, 신부님." 나는 머리가 빙빙 도는 것 같았다.

그는 내가 엄청나게 혼란스러워하고 있다는 것을 눈치채지 못한 듯, 최대한 간단하게 물었다.

"마음에 드니?"

나는 단 한마디도 입 밖에 낼 수가 없었다. 그러자 그는 가르치는 듯한 말투로 설명했다.

"아름다움은 하느님이 주신 선물이기 때문에 아름다움을 가꾸는 것은 곧 하느님을 숭배하는 것이란다. 이렇게 꾸미니까 더 아름답지 않니? 우리 사역의 중요성은 옷을 어떻게 입고 다니는지와 별 상관이 없단다. 겉모습에 따라 사람이 달라진다[*3]는 말은 새빨간 거짓말이야. 사제의 본질은 내적이고 추상적인 데에 있지, 물질적인 장식과는 아무런 관련이 없어. 내가 이렇게 차려입은 이유는 재미있기도 하지만, 네가 마음을 비우고 다른 이들의 행동을 보다 유연하게 판단할 수 있도록 하기 위해서야. 무슨 말인지 알겠니?"

"네, 신부님." 하지만 내 마음속의 혼란은 더욱 커져만 갔다.

"지금 이 순간 내가 행하고 있는 것은 이웃에 대한 사랑, 자비의 행동이란다. 나는 네게 아름다움이 어떤 건지 몸소 보여주고 있는데, 혹시 넌 아름다움에 대해 관심이 없는 거니?"

[*3] 원어는 "el hábito hace al monje"로, '의복(복장)이 수도사를 만든다'는 의미이다. 외모와 꾸밈의 중요성을 의미하는 스페인의 속담으로, 여기서는 "겉모습에 따라 사람이 달라진다"로 옮겼다.

"아니에요, 신부님."

"너에게, 그리고 나 자신에게 아름다움을 보여줌으로써 우리 둘은 즐거움을 얻는 거지. 그렇다고 항상 이런 차림으로 다니겠다는 건 아니야. 물론 이를 금지하는 법은 없지만 말이다. 그런데 우리 수도회의 수사들은 전통적으로 검은색 수단을 입어왔기 때문에, 어쨌든 나는 수도회 설립자의 취향을 존중할 생각이야. 중요한 건, 우리 삶에는 아주 다양한 순간들이 있어서 때로는 남들과 다르게 옷을 입는 게 즐겁다는 점을 이해해야 한다는 거지. 자, 이야기가 끝나면 고해성사를 하도록 하자. 우선 영대領帶*⁴를 착용해야겠구나."

신부가 고해성사의 시작을 알리는 통상적인 예식문을 말하자, 나는 그 뒤를 이어 "제가 범한 죄를 고백합니다"라고 했다. 하지만 그 순간, 머릿속이 극도로 혼란해지면서 무슨 말부터 시작해야 할지 막막했다.

"자, 어서 말해봐. 뭘 고백하고 싶니?"

"그런데요…… 어떻게 말해야 할지 모르겠어요. 제게 끔찍한 일이 일어났어요. 그 당시에는 정말 역겨워서 견딜 수 없을 정도였는데, 저도 모르는 사이에 유혹에 굴복한 것 같아요."

나는 너무 긴장해서 정신이 하나도 없었지만, 소풍 때 있었던 일을 털어놓았다.

"사랑하는 루이스 군. 우리가 동물과 다른 점이 있다면, 우리는 유

---

*⁴ 기독교 성직자들이 예식을 행할 때 입는 제복 중의 하나.

혹에 빠질 수 있고, 선택할 능력을 가지고 있기 때문에 죄를 지을 수 있다는 거지."

"무슨 말씀인지 이해가 안 돼요."

"그러니까 세페리노 신부님이 한 행동은 충분히 이해할 수 있고 인간적이라는 말이야." 그는 나를 보며 부드러운 미소를 지었다.

"네. 그래도 겁이 나요. 어젯밤에는 제대로 잘 수도 없었어요. 잠깐씩 잠이 들어도 악몽에 시달렸고요. 사람들이 모두 저를 잡으려고 했다니까요. 게다가 지옥에 떨어질 거라는 생각, 그리고 제게 어떤 일이 생겨도 하느님의 은총을 받지 못할 거라는 생각이 머리에서 떠나지 않았고요……. 이건 중대한 죄가 맞죠?"

"얘야, 인간의 행동은 절대적인 가치를 갖고 있지 않아. 수많은 것들에 따라 달라지거든. 네가 겪은 일은 죄가 될 수도 있고, 아닐 수도 있단다."

"그렇지만 여섯 번째 계명*⁵은요?"

"십계명은 죄를 지으려고 하는 사람들 때문에 만든 거야. 죄를 지어야만 자기가 중요한 사람이라고 느끼는 사람들이 많거든. 우리가 하느님께 헌신하는 삶을 택한 것처럼, 어떤 이들은 우리를 창조하신 존재에게 끊임없이 불경을 저지르면서 살려고 하니까. 하느님은 좋은 아버지로서 이런저런 사람들을 모두 돌보셔. 우리는 모두 그분의 자녀들이란다. 우리가 하느님을 경배하는 길을 따라가고 있는

★⁵ 가톨릭교회의 여섯 번째 계명은 '간음하지 마라'이다.

것처럼, 어떤 이들은 그분을 불경스럽게 모독하는 길을 따라가고 있어. 하지만 네가 행동으로 하느님을 모독하려는 의도가 없었다면 죄는 존재하지 않는단다. 왜냐하면 네 행동은 다른 목적을 가지고 있으니까. 소풍 갔을 때, 세페리노 신부님은 네 몸에 마음이 끌렸다는 것을 보여주고 싶었던 것뿐이야. 그건 오히려 네가 기뻐해야 할 일이 아니겠니. 아무튼 그건 여섯 번째 계명과는 아무 상관도 없는 일이란다."

"무슨 말씀인지 이해가 안 돼요." 나는 더듬거리며 말했다.

"그래, 이 모든 것을 이해하기에는 너는 아직 너무 어려. 하지만 우리가 너에게 진정한 삶의 의미를 가르치려고 노력해야 하는 것도 바로 그 때문이야. 너의 부모님이 우리에게 네 교육을 맡기셨고, 그 것이 우리가 하는 일이야. 너는 교육을 통해 사물의 의미를 발견하게 되는데, 어떤 발견이든 항상 당황스럽고 혼란스러운 법이지. 이 모든 것이 네게 얼마나 힘든지 충분히 이해하지만, 우리 존재의 참된 가치를 너에게 제대로 알려주는 것이 우리의 의무란다."

나의 영적 멘토는 내가 기대한 것과 달리 나를 진정시켜주지도 않았을뿐더러, 오히려 나를 더 깊은 심연으로 내던져버렸다. 나는 세상에 홀로 버려졌다는 느낌이 들었고, 그 결과 끊임없이 나를 괴롭히는 악몽에 맞서 싸울 수 없었다. 나는 그 사건에 대해 누구와도 이야기할 수 없었다. 이제 모든 것이 내게 불리하게 돌아가고 있었다. 학생들과 선생들은 그런 지옥에서 아무렇지도 않다는 듯 천연덕스럽게 하루하루를 살아갔다. 지옥 같은 학교생활이었지만, 그들은 아

무 티도 내지 않았다. 태평스러운 그들의 모습이 내게는 커다란 위협이었다…….〉

"학교생활에 관해 쓴 장章 가운데 하나가 이렇게 끝나는데, 어떻게 생각하세요?" 파울라가 차분하게 묻는다.

신부는 너무 화가 나서 아무 말도 하지 못한다.

"이렇게 학생이 학교의 추악한 실상과 학교가 교묘하게 학생들을 망치는 수법을 글로 영원히 남긴 게 기쁘지 않으세요?"

신부는 자기 앞에 있는 인물이 증오스러웠지만, 용기를 잃지 않으려고 안간힘을 쓴다. 그녀에게 겁먹지 않은 척하려고 한다.

"그래서 무슨 말이 하고 싶은 거지?"

"난 이 일과 아무 상관도 없어요. 난 그저 내 동생, 사랑하는 루이스의 글을 물려받은 사람일 뿐이에요."

"역겨우니까, 당장 닥쳐!"

"나를 모욕하지 말아요. 망나니 같으니!"

"네가 매춘부라고 네 입으로 말했잖아. 죄를 업으로, 삶의 유일한 원동력으로 삼는 여자에게 내가 무슨 말을 하겠나?"

"당신이 교장으로 있는 학교에서 벌어지고 있는 비리에 대해 뭐라고 할 건가요? 나야 나를 원해서 자기 발로 찾아오는 남자들에게 몸을 주지만, 루이스는 열 살 때 어떤 무기를 가지고 당신 같은 자들과 싸웠죠? 당신들은 그 아이의 몸을 더럽혔을 뿐만 아니라 마음마저 비뚤어지게 만들고 극도의 혼란과 공포에 빠뜨렸어요. 더구나 그 모든 것이 신의 이름으로 저질러졌고요."

"그 입 닥치지 못해! 루이스가 절대로 그런 쓰레기 같은 글을 썼을 리 없어!"

"하느님의 사제께서 이성을 잃으셨군요." 파울라가 갑자기 그의 말을 가로막고 나선다. 그러고는 비아냥거리는 말투로 분노를 토해 낸다. "내가 당신을 모욕했다니, 정말 말 같지도 않네요. 그냥 쓸데없는 소리 몇 마디 한 것뿐인데. 더구나 당신은 그토록 높은 자리에 있고, 나는 당신을 감히 쳐다보지도 못할 만큼 미천한 신분인데?" 그녀는 마음속에서 끓어오르는 분노와 증오를 터뜨리기 전에 잠시 말을 멈춘다. "루이스는 당신들을 저주하면서 죽었어요! 그리고 난 그의 원한을 갚으려고 여기에 온 거고요! 그 아이는 스스로 복수할 시간이 없었으니까."

신부는 공포에 질린 표정으로 그녀를 바라본다.

"우리 부모님에게는 당신이 루이스에게 순수한 애정을 느꼈다고 한 말이 통했겠지만, 나한테는 어림도 없어요." 그리고 그녀는 신부의 말을 그대로 흉내 낸다. "나는 루이스를 내 아들처럼 사랑합니다." 말을 마친 그녀는 신경질적으로 웃는다.

"정말 가증스러워! 우리 부모님은 교장이 자기 아들 교육에 그렇게 애정 어린 관심을 가져주니 당연히 기뻐셨겠죠……! 가엾은 루이스, 그 당시 나도 너무 어려서 동생은 나도 믿지 못했어요. 그가 여기서 나왔을 때, 어떤 마음이었을지 생각해봐요! 그는 자기가 미쳤다고 생각했어요. 하지만 온갖 악행으로 루이스를 괴롭히던 유령

마지막 꿈

들은 결국 동생이 자신들의 손아귀에서 벗어나던 마지막 순간 붙잡혀 이 책 속에 갇힌 채 옴짝달싹 못하게 되었어요. 그래서 그 유령들을 왔던 곳으로 다시 돌려보내고, 또 그들이 했던 엄청난 짓을 당신들에게 보여주려고, 내가 그들을 당신과 동료들에게 데려온 거예요."

"완전히 돌았군!" 궁지에 몰린 신부는 노골적으로 반감을 드러낸다. "나를 욕보이려고 온 거지! 루이스가 그런 글을 썼을 리 없어. 네가 그의 누나라는 것도, 그가 죽었다는 것도 믿을 수 없다고." 그는 울먹이며 말끝을 흐린다.

그때 아무 일도 없었다는 듯 갑자기 파울라의 목소리가 바뀐다. 그녀는 훨씬 차분해지고, 어떤 식으로든 상황을 지배하고 있다.

"조금 더 읽어드리죠. 여기서 보낸 학창 시절은 루이스에게 가장 큰 영향을 미친 시기 중 하나였고, 이 이야기에는 당신도 등장해요."

신부는 거부하고 싶었지만, 자신이 완전히 궁지에 몰렸다는 것을 알고 있다. 그 순간, 그는 파울라를 내쫓아버릴 수도, 그녀가 두 번째 이야기를 시작하려는 것도 막을 수 없다는 것을 깨닫는다. 그녀에게 맞설 만한 무기도 없는 데다―그 이야기에서 어떤 내용이 나오든―자신이 진정으로 사랑했던 학생인 루이스가 어떻게 변했는지 알고 싶었기 때문이다.

파울라가 다시 글을 읽는다.

〈……교장 신부님을 위한 축제 준비는 거의 두 달 전부터 시작되었다. 그 축제는 모든 학생들과 선생님들이 최선의 노력을 다해 준비한 아주 근사한 행사였다. 나는 축제 준비를 위해 많은 모임에 참여하느라 공부를 소홀히 할 수밖에 없었다. 모든 종류의 경연 대회가 열렸고, 어떤 종교 행사에서도 빠질 수 없는 미사는 내가 본 것 가운데 가장 화려했고, 가장 길었다. 나는 합창단의 솔리스트였다. 또한 연극 공연, 시 낭송회, 운동회 등도 있었다. 학생들에게 가장 큰 기쁨을 선사한 것은 그날 나온 특식이었다. 특히 운동경기의 결승전은 정말 흥미진진했고, 뜨거운 열기로 축제의 정점을 찍었다. 하지만 나는 운이 없게도 결승전은커녕 특식도 제대로 즐기지 못했다. 서둘러 밥을 먹고 우리 식당과는 따로 떨어진 신부 전용 식당에 가야 했기 때문이다. 그 당시 학생들 사이에서는 그곳에 들어간다는 것 자체가 특권으로 여겨졌는데, 특히 그런 중요한 저녁 공연의 주인공으로 무대에 오르는 것은 보통 학생들이 꿈도 꿀 수 없는 일이었다.

식당에 들어선 순간 나는 눈을 의심할 수밖에 없었다. 식당에서 눈에 가장 잘 띄는 곳에 가시면류관을 쓴 예수그리스도의 유화 작품이 한 점 걸려 있었는데, 당연히 그림의 주제는 전적으로 종교적이었지만 그 표현 방식이 무척이나 놀라웠기 때문이다. 측면에서 바라본 그리스도의 상반신이 그려져 있었는데, 그리스도는 고개를 살짝 들고 어깨를 앞으로 약간 내민 모습이었다. 마치 앤디 워홀의 유명한 먼로 사진 작품에서처럼 쾌락과 고통이 뒤섞인 표정으로 입을 크게 벌리고 있었다. 가시면류관은 어깨 조금 아래쪽의 살에 단단히

　　　　　　　　　　　　　　　　　　마지막 꿈

박혀 있었고, 그로 인해 그의 두 팔이 몸통에 딱 달라붙어 있었다. 목 아래에 둘린 가시 사이로 어깨가 튀어나와 있었다. 가시 때문에 살에서 가는 핏줄기가 실처럼 솟아나오고 있었다.

테이블은 길었고, 신부들은 성찬聖餐에 참석한 사도들처럼 자리 잡고 있었다. 나는 그들의 특이한 차림새를 보고 기절초풍하는 줄 알았다. 신부들이 모두 화려한 여성용 파티 드레스를 입고 있었던 것이다. 한 명은 1920년대 플래퍼 스타일★6의 옷을, 다른 한 명은 실존주의자인 쥘리에트 그레코★7처럼 검은색 드레스를 입었고, 그리고 또 한 명은 플라멩코 드레스★8 차림에 관자놀이에 애교 곱슬머리를 붙여놓았다. 그 밖에도 클레오파트라처럼 차려입은 신부와 유명 스타처럼 화려한 깃털 장식에 반짝이는 비키니 차림을 한 신부도 있었다. 식당은 그야말로 진정한 축제, 대규모 가면무도회 같은 분위기를 풍겼다. 기쁨에 들떠 있는 그들의 모습을 보고 나는 덜컥 겁이 났다. 신부들은 겉모습만 바뀐 게 아니라, 같은 사람들인가 싶을 정도로 다르게 행동했다. 평소 우리를 사디스트처럼 엄격하게 대하던 사람들이 상황이 바뀌자 저렇게 유쾌하고 떠들썩하게 놀 수 있을 거라고는 상상조차 하지 못했다. 나는 터무니없을 정도로 무절제

★6 1920년대에 등장한 신여성 또는 그들의 스타일로, 기존의 통념과 관습을 무너뜨린 직선적이고 소년 같은 외형, 깃이나 소매가 없는 짧은 드레스, 큰 모자와 짧은 머리 모양 등으로 대표된다.
★7 Juliette Gréco(1927~2020). 프랑스의 샹송 가수이자 배우로, 2차 세계대전 후 생제르맹데프레의 지하 술집에 출입하면서 실존주의의 뮤즈로 인기를 누렸다.
★8 플라멩코를 출 때 입는 화려한 드레스로, 네크라인이 깊게 파이고 몸에 달라붙는 상의와 주름을 많이 잡은 러플과 프릴로 장식한 긴 치마로 이루어져 있다.

하고 경박한 모습에 놀라 말문이 막혔다.

사실 그들은 검은색 수단을 입었을 때보다 훨씬 화려하고 재미있었지만, 상상조차 하지 못했던 그들의 낯선 모습은 안 그래도 연약하고 무기력한 내 마음을 뒤흔들어놓았다. 그들은 누나 친구들이 파티에 가기 전 우리 집에 모여 신기해하는 내 눈앞에서 마지막으로 단장할 때처럼 즐거워하며 나를 맞이했다. 어떤 신부는 내 뺨에 입을 맞춰 빨간 입술 자국을 남기기도 했다. 나는 한참 후에야 그 사실을 깨닫고는 수치스러워 얼굴이 화끈거렸다. 나는 내 공연이 시작되기 전에 누가*[9]와 사탕, 그리고 여러 가지 과자를 받았다. 그 순간, 어떻게 해야 할지 몰라 난감하면서도, 속으로는 더 자연스럽게 행동하지 못하는 나 자신을 자책했다. 하지만 신부들은 모두 어색해하는 나를 이해해주었을 뿐만 아니라 재미있어했다. 그들의 그런 태도가 나를 더 힘들게 만들었다.

드디어 절정의 순간이 다가왔다. 갑자기 사방이 조용해지더니 한 신부가 자리에서 일어났다. 다른 이들과 마찬가지로, 그의 눈도 기쁨과 술기운으로 반짝거렸다. 그는 모든 축하 행사에서 관례적으로 하는 인사말을 했다.

"제가 이 자리에서 할 수 있는 말보다 훨씬 더 재미있는 이야기도 있고, 볼거리도 많기 때문에 최대한 짧게 말씀드리려고 합니다. 모두를 대신하여 ― 그는 교장 신부를 쳐다보았다 ― 그리고 제 자신의

★9 흰 빛깔의 무른 사탕. 설탕, 물엿, 녹말 엿 따위를 끓여 땅콩, 밤, 살구 따위를 섞어서 굳혀 만든 과자.

이름으로, 하느님께서 도와주신 덕분에 이 학교를 이토록 훌륭하게 이끌어오신 교장 신부님에게 경의를 표하고자 합니다. 아무쪼록 이처럼 보잘것없는 저녁 행사를 통해 우리의 신앙심과 헌신의 정신을 더 강조할 수 있게 되기를 바랍니다. 이를 위해 매력적인 목소리를 가진 루이스가 존경하는 교장 신부님의 애창곡 중에서 엄선한 레퍼토리로 우리를 기쁘게 해줄 것입니다."

홀 한가운데 자리 잡은 나는 뜨거운 열기에 들떠 공연을 시작했다. 그리고 노래를 부르기 전에 첫 번째 곡을 소개했다.

"교장 신부님께서 이탈리아의 인기 가곡 〈돌아오라 소렌토로〉를 좋아하신다고 알고 있습니다. 그래서 이번에는 베난시오 신부님이 특별히 교장 신부님을 위해 쓰신 가사를 붙여 불러보겠습니다."

교장 신부는 테이블 중앙에서 감동받은 듯한 표정으로 나를 쳐다보았다. 그리고 〈돌아오라 소렌토로〉는 〈정원사〉라는 노래로 바뀌었다. 가사는 이랬다.

정원사여, 정원사여,

밤낮으로 그대의 꽃들 사이에서

사랑의 불꽃으로

그들의 색을 밝혀주네요.

그대는 그리움의 손길로

모든 꽃받침을 어루만지는군요,

그대의 꿈을 품고 있는 하늘을 쳐다보며.

그리고 정원사여, 꽃잎이 불타고 있는

그대의 꽃들은,

감사의 마음으로 하나되며

그대를 그윽한 향기로 감싸는군요.

주님께서 그대의

사랑에 맡기신

꽃을 돌보면서

그대의 일을 계속하시구려.

　다음 날, 그는 나를 자기 사무실로 불러 축하해주더니 며칠간 자리를 비울 거라고 했다. 그러고는 작별 인사로 내게 입을 맞춰도 되는지 물었다. 나는 대답 대신 어깨를 으쓱했다. 그러자 그가 다가와 나를 꼭 껴안았다. 나는 떨고 있었다. 그 모습이 역겨웠지만, 야릇하게도 수단에 가려진 그의 몸에 끌리면서 불안한 마음이 들었다. 그는 내 뺨에 입을 맞추기 시작했는데, 흥분을 주체하지 못하고 곧장 내 입술로 넘어왔다. 그는 내 입술에서 절대 떨어지지 않을 것 같았다. 나는 그의 손아귀에 잡힌 인형처럼 느껴졌다……》

　파울라가 글을 다 읽자 사무실에는 짙은 정적이 감돈다. 교장 신부는 무슨 말을 해야 할지 몰라 당황한 눈치다. 어쩌면 루이스의 말을 따라 그 장면을 하나하나 되살리느라, 아니면 그 순간 그러한 폭로에 항변하고 싶어도 방법이 생각나지 않아서 그런 건지도 모른다.

두 번째 이야기는 그를 완전히 무너뜨리고 말았다. 테이블 위에는 종이 외에도 필기구와 편지봉투 뜯는 칼이 놓여 있다. 분노에 눈이 먼 신부는 파울라에게 달려들어 편지 뜯는 칼로 그녀의 가슴을 찔렀다. 여자는 바닥에 힘없이 쓰러졌고, 드레스의 상단 부분이 벌건 피로 물들기 시작했다. 피를 보자 신부의 분노가 가라앉는다. 파울라가 손에 쥐고 있던 종이 몇 장이 그녀 옆으로 떨어진다. 그녀가 방금 읽은 이야기를 통해 되살아난 루이스에 대한 기억이 그녀를 따라 바닥으로 떨어져내린다.

"세상에. 내가 무슨 짓을 한 거지?" 공황 상태에 빠진 신부가 외친다.

"난 당신을 증오해." 파울라는 남자 목소리로 중얼거리듯 말한다.

교장 신부는 어쩔 줄 몰라 하며, 아직 살릴 수만 있다면 지혈이라도 시키기 위해 그녀의 옷을 벗기려 한다. 그는 감히 누구에게도 알릴 엄두를 내지 못하지만, 도움을 청하지 않고 그녀가 저렇게 계속 피를 흘리도록 내버려둘 수도 없다. 마침내 그는 결심하고 수위실에 있는 신부를 부른다. 그가 오기를 기다리는 동안 신부는 드레스의 윗부분을 풀어놓는다. 편지봉투 뜯는 칼이 그녀의 가슴에 정확히 박혀 있다. 파울라는 마지막으로 "난 당신을 증오해"라는 말을 남긴 후, 미동도 하지 않는다. 신부는 그녀의 브래지어를 벗겨내고 심장에 귀를 바싹 댄다. 손에 들고 있는 브래지어는 피에 흠뻑 젖은 패드로 가득 채워져 있다. 자세히 보니, 파울라는 젊은 남자의 가슴을 하고 있다. 교장 신부는 마침내 그 방문의 의미를 깨닫고 미친 듯이 울부짖는다.

"오, 루이스!"

그러고는 그의 시신 위에서 목 놓아 울기 시작한다.

"루이스! 루이스! 내 손으로 루이스를 죽이다니……."

그는 브래지어에 들어 있던 패드로 화장을 지우려고 하지만, 오히려 그의 얼굴을 피로 칠갑한 꼴이 되고 말았다. 가발을 벗기고 귀걸이를 빼자 파울라는 기괴한 모습으로 변하지만, 신부의 눈에는 피와 화장으로 가려져 있는 그의 참모습이 보인다. 이상한 모습의 피에타★10처럼 신부는 루이스를 끌어안는다. 원하는 대로 그의 온몸을 품 안에 다 안을 수는 없지만, 쉬지 않고 그에게 입을 맞추며 미친 사람처럼 그의 이름을 소리쳐 부른다.

사무실에 들어온 수위실 신부는 그 모습을 보고 경악을 금치 못한다.

★10 십자가에서 내린 그리스도의 시체를 무릎 위에 놓고 애도하는 마리아를 표현한 주제로, 중세 말부터 르네상스 시대의 조각, 회화에서 많이 볼 수 있다. 그중에서도 미켈란젤로의 조각상이 가장 유명하다.

DEMASIADOS CAMBIOS DE GÉNERO
지나치게 많은 성별의 변화

•
....

EL SEGUNDO TRANVÍA
두 번째 전차

나는 신장 결석 수술을 받고 나서 소변기를 매단 채 하룻밤 동안 병원에 입원한 적이 있다. 짙은 레드 와인 빛깔의 소변이 요도 카테터*¹를 통해 소변기로 흘러 들어갔다. 내가 입원하기 전 레온은 병원에 같이 가겠다고 고집을 부렸지만 그의 간호를 받는 것이 왠지 부담스러워서(물론 고마웠지만) 오지 말라고 했다. 병원 직원들은 연극보다 영화를 통해 그를 더 잘 알고 있었고, 그의 존재는 많은 이들의 눈길을 끌었다. 그리고 연기를 제외한 모든 일을 지나칠 정도로 즐겁게 하던 레온답게 그는 내게 약간 과장된 인정과 아량을 내게 베풀 기회를 놓치지 않으려 했다. 하지만 그는 연기할 때만큼은 결코 과장하는 법이 없었다.

★1 요도에 삽입해 소변을 빼내는 관 모양의 기구.

"하여간 지금은 잘 겪어내야 하는 상황이야." 그는 병원에서 하룻밤을 보내는 것의 의미를 이렇게 정의했다. 아마 그는 인간으로서의 경험보다는 배우로서의 경험을 언급하려고 했던 것 같다. 레온은 천생 배우였다. 그가 살면서 가장 잘한 일과 가장 못한 일은 모두 연기, 즉 그가 맡고 싶어 했던 배역, 그리고 완전히 다른 작품이 될 정도로 원작을 왜곡하면서까지 간절히 원했던 작품들과 관련이 있었다. 그는 배우로서 자신의 한계를 뛰어넘고 때로는 비정상적일 정도의 도전에 가까운 배역과 작가의 의도를 완벽히 소화하기 위해 주제를 불가능할 정도로 뒤섞었다. 뿐만 아니라 지극히 포스트모던적이고 당돌하면서도 격정적인 정신을 지니고 있었다. 이처럼 파격적인 그의 정신세계는 자만심, 반항적 태도, 타인에 대한 무관심이 규범처럼 결합되어 있었다. 그런 이유로, 그의 연인이기도 했던 나 같은 감독에게 그는 매혹적이면서도 두려운 인물이었다.

자상하고 열정적인 연인이던 레온은 우리가 처음 영화계에 뛰어든 시절, 마치 신들린 것 같았다. 그런 덕분에 그가 제대로 연기를 해냈을 때(그런 일은 자주 있었다), 그 경험은 말로 표현할 수가 없을 정도였다. 25년이 지나고 25킬로그램이나 늘어난 후에 〈욕망이라는 이름의 전차〉로 돌아온 그는 여전히 매혹적이고 멋진 모습을 하고 있었다. 레온이 블랑슈 뒤부아★²라는 인물에 아무리 관심이 많다고

★2 〈욕망이라는 이름의 전차〉의 주인공으로, 미국 남부 농장의 지주이지만 어린 시절 결혼한 남편의 충격적인 죽음과 농장의 몰락으로 받은 정신적인 고통을 남자들과의 욕정으로 벗어나려는 인물로 그려진다.

하더라도 그의 신체적 특징이나 성별 때문에 현실적으로 그 배역을 맡기는 어려웠다. 따라서 그 문제를 놓고 그와 논쟁하는 것은 생각조차 못한 일이었다.

"성별이라니? 어떤 성별을 말하는 거지?" 레온이 투덜거렸다. "우리가 언제 성별 따위에 신경 쓴 적 있어? 나는 블랑코 델 보스케[*3]라는 이름으로 등장할 거고, 살을 조금 뺄 거야. 그런 다음 그 짐승 같은 코왈스키[*4]와 뜨거운 섹스를 나눌 거라고. 테너시가 다시 깨어난다면, 남자가 코왈스키와 관계를 맺는 것을 보고 무척이나 기뻐할걸. 코왈스키에게는 연약한 블랑슈와 섹스를 하는 것보다 그 편이 훨씬 굴욕적일 테니까. 나는 말이야, 코왈스키가 술에 취해 결국 남자와 자게 될 거라고 늘 생각했어."

그렇게 각색하면, 블랑코는 에스텔라[*5]의 사랑하는 오빠 — 그녀가 애정과 연민을 느끼는 오빠 — 가 될 것이다. 뜻밖에도 오랜 감옥생활을 끝낸 블랑코가 침울한 모습으로 돌아온다. 그는 어느 학교의 뛰어난 수학 교사였지만, 심지어 범법자들 사이에서도 악명이 자자한 범죄를 저질러 불명예를 안았다. 에스텔라는 블랑코가 감옥에 갇히게 된 어두운 사연을 알고 있지만, 궁핍한 상황에 처한 오빠를 여

[*3] 블랑슈 뒤부아를 스페인어로 옮긴 것이다. 둘 다 "하얀 숲"이라는 의미를 가지고 있는데, 여성의 이름이라 여성명사("블랑슈")로 쓰인 프랑스어 이름과 달리 스페인어로는 — 배우의 성별을 따라 — "블랑코"라는 남성명사로 바꾸었다.
[*4] 〈욕망이라는 이름의 전차〉에 등장하는 인물로, 폭력적이고 눈앞의 이득과 육체적 욕망을 갈구하는 현실적인 인간의 전형이다. 블랑슈와는 지속적으로 갈등하는 관계로, 끝내 그녀를 강간함으로써 그녀의 환상을 깨고 물리적이고 육체적인 힘을 과시한다.
[*5] 블랑슈의 동생이자, 코왈스키의 아내인 스텔라의 스페인어식 이름이다.

전히 아끼고 사랑한다. 하지만 남매가 아무리 둘러대고 숨겨도, 결국 코왈스키는 블랑코가 한 남자아이를 성적으로 학대하다 철창에 갇혔다는 사건의 전모를 알아내고 만다.

많은 어려움이 있었지만, 나는 지나치게 그로테스크해지지만 않으면 원작에 매우 근접할 수 있을 거라고 레온을 설득했다. 그런 다음 곧바로 작업에 착수해서, 45세에 90킬로그램이나 나가는 레온이 여장을 하지 않고도 블랑슈 뒤부아 역을 맡을 수 있도록 테너시 윌리엄스의 드라마를 각색했다. 우리 둘 모두에게 힘든 도전이었다.

결국 블랑코의 존재는 블랑슈보다 더 큰 충격과 당혹감을 안겨주었다. 실제로 레온은 병 때문에 출감한 인물을 연기해야 했기에 체중을 줄였고, 날씬해진 몸매 덕분에 예전의 매력을 어느 정도 되찾았다. 감옥 생활을 연기하기 위해 거친 태도를 몸에 익힌 탓인지 그는 육체적으로 코왈스키처럼 짐승 같은 매력을 발산했지만, 더 어두운 분위기를 풍겼다. 그는 땀에 찌든 마초와 그의 패거리를 집에서 내쫓고, 여동생 에스텔라와 단둘이 살면서 그녀의 아기를 돌보고자 했다. 내가 절대 쓸 수 없을 거라고 생각했던 대본과 연출을 통해 그는 어려운 배역을 다시 한 번 훌륭히 소화해냈다. 신인 시절 우리 둘이 처음으로 함께 공연한 말로의 〈에드워드 2세〉[6]에서 그랬던 것처럼 레온은 도발적이고 빛나는 연기로 관객에게 놀라움과 매혹을 선

★6 영국의 극작가 크리스토퍼 말로Christopher Marlowe(1564~1593)가 1590년에 발표한 작품이다.

사했다. 당시 스무 살의 무명배우였던 레온은 특유의 교활함과 부드러움을 발산하면서 정육점 주인 아들의 역할을 맡아 관객을 압도하는 연기를 펼쳤다. 그의 신들린 연기 덕분에 마리아 게레로 극장에 모인 국왕과 모든 관객들은 물론, 심지어 나조차 미칠 듯한 사랑에 빠질 수밖에 없었다. 매일 밤 공연이 끝난 후, 나는 우리를 사로잡은 성공의 기쁨을 만끽하며 행복해했다. 〈에드워드 2세〉 이후, 그는 첫 번째 〈전차〉에서 코왈스키 역을 연기했다.

그를 처음부터 알고 있던 이들에게 두 번째 〈전차〉는 메타 연극적인 공연이었다. 그 작품에서 우리는 25년 전의 레온과 그 이후 정신이 오락가락하는 레온 - 블랑코 - 블랑슈 간에 오가는 대화를 목격했다. 그는 폴란드인★⁷만큼이나 힘이 넘치고 거만했지만 그보다 지적이었으며, 주변 사람들을 무장해제시킬 정도의 남성성과 치명적인 여성성이 뒤섞여 있었다. 이 공연이 테너시 윌리엄스의 특성을 잘 살렸는지는 잘 모르겠다. 아쉽게도 그렇지 않았던 것 같다. 시들고 미쳐버린 여인 블랑슈를 통해 물씬 배어나던 서정성은 사라지고, 가족 드라마가 강하게 드러나면서 더 거칠고 더 음산하며 좀 더 장 주네★⁸의 향기를 풍기는 현대적인 공연으로 탈바꿈했다. 주네는 가끔 우리가 하는 작업에 새로운 맛을 입히는 소스와 같은 존재였다.

★7 스탠리 코왈스키를 가리킨다.
★8 Jean Genet(1910~1986). 프랑스의 실존주의 시인이자 소설가, 극작가이다.

레온은 기쁨으로 한껏 들떠 있었다. 우리에게 가장 강렬한 기쁨을 안겨주는 것은 가장 마지막으로 거둔 승리이다. 처음으로 성공을 거두었을 때는 우리에게 시간이 없을 뿐만 아니라 그런 성취를 다시 얻는다는 것이 얼마나 힘든지 아직 모른다.

블랑코 델 보스케 이후, 나는 완전히 지쳐 있었다. 영화 작업은 그럭저럭 돌아가고 있었지만 감독이자 작가로서 억지로 일을 하다보니, 레온이 요구하는 속도를 따라갈 수 없을 것 같았다. 25년 동안 지속되어온 그의 무절제한 생활은 애처롭고 기괴하게 보일 정도였지만, 나는 어떻게 하면 거기서 벗어나게 만들 수 있을지 막막하기만 했다. 그는 과거의 재능과 능력을 모두 잃어버린 듯했다. 나 또한 사랑하고 존경하는 배우에 맞게 텍스트를 바꾸고 왜곡할 동기를 잃어버렸다. 어쩌면 나는 레온에 대한 열정을 잃으면서, 그를 위해 대본을 쓰고 연출하는 재능도 함께 잃어버렸는지 모른다.

두 번째 〈전차〉가 끝나고 몇 달이 지났을 무렵, 우리가 함께 꿈꾸어왔던 일이 끝나가고 있다는 느낌이 어렴풋이 들었지만 언제쯤 떠날 힘이 생길지는 알 수 없었다. 독재 권력 아래에서 신음하는 국민들은 오랜 세월 냉장고에 샴페인을 넣어둔 채 독재 정권이 무너지거나 독재자가 자연사할 때까지 기다린다. 그 세월 동안 변화에 대한 열망을 겉으로 드러내지 않은 채, 그날이 올 때까지 묵묵히 준비하는 것이다. 그런 기분이 들자 나는 결국 레온의 곁을 떠날 수밖에 없었다.

마지막 꿈

¡¿DE VERDAD ME PREGUNTAS CÓMO ME SIENTO?!
정말 내 기분이 어떤지 묻는 거야?!

첫 번째 〈전차〉를 무대에 올리고 몇 년 지났을 때, 우리는 텔레비전에서 로셀리니 감독★⁹의 30분짜리 단편영화 〈사랑〉을 보았다. 이 작품은 장 콕토의 〈인간의 목소리〉를 영화로 각색한 것으로, 안나 마냐니★¹⁰가 주연을 맡았다. 나는 십대 때 이 영화를 처음 보고 나서 완전히 매료되었다. 이 작품을 책으로만 읽은 레온은 마냐니가 연기하는 것을 보고 자신의 취향에 딱 맞는 작품이라는 것을 깨달았다.

그런데 이 영화를 두 번째 봤을 때, 나는 내 열의가 많이 식었다는 것을 알고 놀랐다. 여전히 재능과 섬세한 매력이 넘치는 마냐니(실제로는 그와 정반대되는 성격의 여배우였다)를 보고 어떻게 감동하지 않을 수 있을까. 하지만 그 작품은 너무 제한된 자원으로 촬영된 탓에 세월의 시험을 견디지 못했다. 장 콕토의 텍스트는 이미 시대에 뒤떨어져 있었다. 위대한 작가들에게도 종종 그런 일이 일어난다. 그 작품이 쓰인 지 60년이 지난 지금, 마냐니가 연기한 것처럼 순종적인 여

★⁹ Roberto Gastone Zeffiro Rossellini(1906~1977). 이탈리아의 영화감독으로 네오리얼리즘 운동의 선구적 인물 중 한 사람이다. 대표작으로 〈무방비 도시〉, 〈전화의 저편〉 등이 있다.
★¹⁰ Anna Magnani(1908~1973). 이탈리아 시칠리아 출신의 배우로 하층계급의 세속적인 여성을 호소력 있게 묘사한 것으로 유명하다. 로베르토 로셀리니의 〈무방비 도시〉로 주목받으면서 네오리얼리즘의 아이콘이 되었다. 테너시 윌리엄스가 1949년에 발표한 희곡 〈장미 문신〉은 마냐니를 염두에 두고 쓴 작품으로 알려져 있다.

성은 존재하지 않을뿐더러, 어떤 여성도 그녀에게 공감하지 않을 것이다. 나는 레온에게 이런 의견을 밝혔지만, 그는 내 이야기에 전혀 귀 기울이지 않고 혼자 신나게 아이디어를 구상하고 있었다.

"이 작품으로 뭘 할 수 있을까?"

"아무것도. 이런 작품으로 뭘 만들 수 있겠어?" 내가 대꾸했다.

"나는 이 작품을 처음 읽고 나서 마음이 통하는 특별한 느낌이 들었어. 그런데 영화를 보고 나니까 그런 느낌이 더 강해져. 그런 기분이 든다는 건, 뭔가 해야 한다는 뜻이라고." 레온이 덧붙여 말했다. "나는 이런 느낌을 아주 잘 알고 있어. 그걸 느끼기 위해 산다고 해도 과언이 아닐 정도로."

"전화 통화는 남자들끼리도 할 수 있어. 우리 같은 남자들도 버림받을 때 괴로워하니까." 내가 덧붙였다. "물론 각색을 해야겠지만, 지금 독백을 말하는 거라면 당신이 충분히 연기할 수 있을 거야. 그런데 문제는 적어도 두 개의 독백을 더 선택해야 한 시간 반짜리 공연을 할 수 있다는 거지." 나 또한 뜻을 굽히지 않았다. "아니면 단편영화를 만들고 싶은 거야?"

"단편영화? 아니, 장편영화를 만들 생각이야. 뭐 좋은 생각 없어?"

"90분을 채우려면 한 시간 분량의 대본을 더 만들어야 한다고. 내가 보기에 그 정도의 분량을 덧붙이면 너무 길어질 것 같아."

"어떤 글을 쓰느냐의 문제겠지. 하지만 콕토를 뛰어넘는…… 좋은 아이디어가 필요해."

"우리에겐 아이디어 그 이상이 필요해." 내가 힘주어 말했다. "문제는 단순히 채우는 것이 아니라, 창조하는 거라고. 만약 독백이 영화 마지막 부분에 나온다면, 우리는 통화하기 전 한 시간 분량의 내용을 만들어내야 해. 전화가 오기 48시간 전으로 상황을 설정할 수도 있고. 그 절박한 시간 동안 주인공의 세계를 보여주는 거야. 그리고 전화가 오기 이틀 전에 그가 무엇을 했는지도 다룰 수 있고."

"짐을 다 챙겨놓고 이틀 내내 기다린다…… 그에게는 정말 길게 느껴지겠지. 분명히 신경이 곤두서 있을 거야." 레온이 말한다.

이런 식으로 사전에 이루어지는 대화는 대개 우리 작업의 정신과 동력을 보여주는데, 그러고 난 후 나는 혼자서 글을 쓴다.

우리는, 아니 더 정확히 말하면 나는 모든 것을 즉흥적으로 처리했다.

"그 이틀 동안 주인공은 도저히 집에 있을 수가 없어. 그는 옛 연인을 찾으러 거리로 나가지만, 끝내 만나지 못해. 하지만 그동안 자신이 몰랐던 것을 발견하기 시작하는 거야. 자신의 옛 연인과 결혼해 아들까지 낳은 여자가 있다는 사실 같은 걸 말이야."

"응. 그런데 난 이야기가 동성애 쪽으로 흐르지 않았으면 좋겠어. 그의 옛 연인은 양성애자야. 나는 그가 만난 남자 중에서 유일하게 오래 관계를 맺은 남자이고, 그의 성생활에서 휴식과 같은 존재야."

"레온, 이제 보니 정말 고리타분한걸! 동성애 이야기가 될까봐 걱정하는 거야?"

"동성애자가 아니더라도 두 남자는 서로 사랑할 수 있어. 나는 사람들의 열정에 관심이 있을 뿐이야. 성적 취향이나 성별 따윈 전혀 신경 쓰지 않는다고."

"알았어."

"그가 길거리로 나가 새로운 인물을 찾는다면, 차라리 여자들이 좋겠어. 아무튼 옛 연인은 양성애자야. 그러니까 당신은 그가 양성애자라는 사실을 드라마틱하게 표현해야 한다고. 지금까지 그렇게 한 사람은 아무도 없으니까. 양성애는 성 혁명에서 완전히 무시당했어. 따라서 옛 연인이 양성애자라는 사실은 내 배역에게 이중적인 좌절감을 안겨주는 셈이지. 그는 남성 연인의 단점과 여성 연인의 단점을 모두 가지고 있기 때문에 그의 파트너에게 불안감만 안겨줘. 파트너는 그가 자신의 모든 환상을 충족시켜줄 수 없다는 것을 잘 알고 있으니까……."

나는 양성애에 대한 그의 개인적인 분석을 전혀 고려하지 않았을 뿐더러, 굳이 그 사실을 입 밖에 꺼내지도 않았다. 내 머릿속에서 글쓰기 기계가 이미 작동하기 시작했으니까.

"더 많은 인물을 등장시키려면, 주인공의 집 대문을 열면 돼." 나는 그에게 말했다.

"어떻게?"

"집을 임대하는 거야. 그는 그 아담한 사랑의 둥지에서 더 이상 살 수 없어. 집 안에 있는 모든 것이 떠나간 남자를 떠올리게 할 테니까. 그가 집에 불을 지르지 않은 것만 해도 기적이야. 이렇게 하면 그는 아주 다양한 인물을 만날 수 있을 거야. 심지어 그 집을 임대하기 위해 여자 친구와 함께 방문한 연인의 아들을 만날 수도 있고, 연인의 전 부인을 만날 수도 있을 거야. 또한 테러리스트와 관계를 맺었다는 이유로…… 경찰을 피해 도피 중인 직장 여자 동료도 찾아올 수 있고……. 생각해보니까 이거 재미있겠는데."

"코랄 코미디*11를 말하는 거야? 그런데 난 다른 인물들이 웃긴다는 게 좋은지 모르겠어."

"당신이 연기할 인물은 다른 이들의 문제에 얽히지만, 결국 그 안에서 구원받아."

"난 지금껏 한 번도 선한 인물을 연기해본 적이 없어. 왠지 나한테는 안 어울릴 것 같은데."

"그는 착한 게 아니라 히스테릭한 인물이야. 케리 그랜트*12나 잭 레먼*13을 한번 생각해보라고. 당신이 맡은 인물이 다른 이들을 도와주는 건 단 한순간도 가만히 있지 못하는 상태, 즉 순전한 히스테리 때문이야."

"전화 통화는 완전히 잊어버렸네."

"맞아. 이제는 필요 없어." 나는 그러한 발견에 놀라며 말했다.

"그러면 콕토는 어떻게 하지?"

"콕토도 필요 없어. 게다가 그의 원작을 살리면 저작권료도 지

★11 여러 스토리라인과 다양한 인물이 등장하다 클라이맥스에서 연결이 이루어지는 코미디 영화를 가리킨다. 대표적인 예로 로버트 올트먼 감독의 〈숏 컷〉(1993)을 들 수 있다.
★12 Cary Grant(1904~1986). 앨프리드 히치콕, 하워드 호크스, 조지 큐커, 리오 매케리 등 수많은 감독들의 영화에 출연한 미국의 배우다.
★13 Jack Lemmon(1925~2001). 미국의 배우로, 1955년 〈미스터 로버츠〉에서 펄버 소위 역을 맡아 능청스러운 연기로 아카데미 남우조연상을 수상했다.

불해야 한다고. 이제 남은 것은 본질적인 문제, 그러니까 한 여자……."

"제기랄, 남자라니까 그러네……!"

"한 남자가 있는데, 게이는 아니지만 다른 남자에게 미친 듯한 열정을 느껴. 그 남자 역시 게이는 아니야. 이런 상황 속에서도 그들은 수년 동안 부부처럼 지내. 케리 그랜트와 랜돌프 스콧★14처럼. 두 사람은 원룸 아파트에서 같이 살면서 함께 자고 함께 일어났지만, 할리우드에서는 그들이 동성애자가 아니라고 선언했잖아."

"제발 말 좀 빙빙 돌리지 마."

"콕토의 작품에서 가장 중요한 문제가 남아 있어. 자기 연인이 짐을 챙기러 오기를 기다리는 한 남자. 그리고 버림받은 주인의 슬픔을 함께 나누는 개 한 마리. 이 문제와 더불어 아파트를 임대하기 위해 찾아오는 손님들 이야기만 있으면, 계략 희극★15 정도는 충분히 쓸 수 있을 거야."

"괴로움과 외로움을 잊어서는 안 돼. 내가 연기할 건 바로 그런 거니까."

"아냐, 그렇지 않아. 이건 희극이 될 거라니까. 이제 글을 쓸 거야."

그리고 나는 곧장 작업에 착수했다. 그로부터 3개월 후, 〈정말 내

★14 George Randolph Scott(1898~1987). 미국의 배우로, 주로 서부극에 출연했다. 한때 케리 그랜트와 동성애 관계라는 소문이 돌기도 했다.
★15 작품에 계략과 음모의 내용을 담고 있으며, 좋은 사람이 나쁜 사람을 처벌하거나 꼼짝 못하게 한다는 권선징악적 구도의 희극을 말한다. 셰익스피어의 《베니스의 상인》이 대표적이다.

기분이 어떤지 묻는 거야?!)의 초고가 완성되었다. 하지만 제작비를 마련하는 데 많은 어려움을 겪었다. 나는 감독으로서 신인이었고, 그건 레온도 마찬가지였다. 우리가 연극계에서 잘 알려져 있었다고는 해도, 영화에서 성공을 거두리라는 보장은 없었다. 게다가 우리가 가벼운 코미디물을 만들고 싶어 한다는 의혹이 제기되었다. 우리는 그와 정반대의 이미지로 알려져 있었으니까 그런 의심을 살 만도 했다.

〈정말 내 기분이 어떤지 묻는 거야?!〉의 촬영은 레온이 나머지 출연진들에 대해 극심한 질투심을 보인 것을 제외하면 순조롭게 진행되었다. 영화에 출연한 두 명의 젊은 여배우가 폭발적인 코믹 연기를 선보이며 사람들의 관심을 사로잡자, 레온은 격분했다. 순전한 질투심. 그는 다시는 코랄 코미디를 하지 않겠다고 선언했다. 그는 웃기지 않았지만, 그렇다고 억지로 웃길 필요도 없었다. 모든 이야기의 흐름이 그가 맡은 인물에게로 모여들었기 때문에, 그가 자연스럽고 자신감 있게 그런 흐름에 대처하기만 하면 저절로 웃기는 상황이 연출될 수밖에 없었다. 그 인물의 희극성은 바로 그 점, 다시 말해 포기할지 말지 생각할 여유조차 주지 않는 황당하기 짝이 없는 상황에 있었다. 나는 행복했지만, 매일 밤마다 이어지는 레온의 터무니없는 넋두리를 참고 들어야만 했다.

편집 작업이 끝나고 이제는 음악을 만드는 일만 남았는데, 우리는 원곡자에게 지불할 돈도, 우리 마음에 드는 음악과 노래가 있다 하더라도 저작권료를 지불할 여유도 없었다. 레온은 그 문제를 대수롭지 않게 여겼고, 나는 영화에서 음악 저작권이 신성시되는 문제라는 걸 단호하게 말해야 했다. 저작권료를 지불하지 않으면, 상영관에서 영화 상영을 거부할 수 있다고. 실제로 그렇게 한다. 레온은 그런 사실을 제대로 이해하지 못했지만, 내가 진지하게 하는 말이라는 걸 알았다.

다만 진지하게 검토해볼 만한 한 가지 가능성이 있었다. 공산권이나 동유럽 국가들은 자국에서 영화를 상영할 때, 음악과 작곡 저작권료를 별도로 지불하지 않았다. 게다가 우리가 이런 나라들의 음악을 사용할 경우에는 저작권료나 판권료를 지불할 의무가 없다. 그래서 나는 사회주의국가에서 녹음된 음반에서 영화 주제곡을 찾기 시작했다. 결국은 스트라빈스키의 탱고, 쇼스타코비치, 쿠바의 감성, 볼라 데 니에베Bola de Nieve,★16 훌륭한 국립 오케스트라에 의해 연주된 버르토크 벨러의 음악처럼 주옥같은 곡들을 발견했다. 나의 음악적 취향은 아주 다양한 편이라, 이런 예술가들의 곡을 절묘하게 혼합함으로써 내러티브에 견고한 동시에 경쾌한 구조를 부여할 수 있었다.

영화는 개봉되자마자 엄청난 성공을 거두었다. 덕분에 촬영 내내 주인공과 여배우들의 사이가 험악했다는 사실을 눈치챈 이는 아무도 없었다. 신선함과 리듬감, 그리고 독창성 있는 대본이 전 세계를 휩쓸었다.

★16 쿠바 출신의 피아니스트이자 작곡가, 가수인 이그나시오 하신토 비야 페르난데스 Ignacio Jacinto Villa Fernández(1911~1971)의 예명이다.

마지막 꿈

기대 이상의 큰 성공을 거두었지만, 레온은 더 이상 코랄 코미디를 하지 않기로 결정했다.

"이렇게만 될 수 있다면 정말 좋을 텐데. 우리가 영화를 만들 때마다 스페인에서 300만 명의 관객이 관람하고 20개 국가에 배급된다면 얼마나 좋을까. 대체 뭐가 문제지?" 내가 그에게 말했다. 문제는 레온이 그 영화에서 가장 두드러져 보이는 배우가 아니라는 것이었다. 사실 그의 연기는 나무랄 데 없었지만, 오히려 이 영화를 촬영하면서 그런 점이 본인에게는 견디기 힘든 수모로 여겨졌을 것이다. 그는 퀴어 이미지를 피하기 위해 여배우들에게 둘러싸이기를 원했지만, 여배우들이 그를 압도하는 결과를 낳고 말았다.

레온은 다시는 영화를 찍지 않겠다고 다짐했다.

EL TRANVÍA Y LA NOCHE
전차와 밤

몇 년 후, 우리는 스페인에서 개봉되지 않은 존 카사베츠 감독의 영화 〈오프닝 나이트〉★17를 보기 위해 필모테카★18에 갔다.

★17 존 카사베츠 감독의 1977년 심리 드라마 영화로, 팬의 우연한 죽음을 목격한 여배우가 작품을 준비하는 동안 신경쇠약으로 어려움을 겪는 과정을 그리고 있다.
★18 스페인 필모테카Filmoteca Española. 스페인의 영화 유산을 연구 보존하기 위해 스페인 문화성 산하에 설립된 영화 및 시청각 예술 연구소이다.

사실 레온은 카사베츠 감독을 그다지 좋아하지 않는데, 웬일인지 함께 가겠다고 해서 나는 깜짝 놀랐다. 반면에 나는 그를 정말로 좋아했다. 카사베츠 감독은 내게 가장 큰 영향을 미친 미국 독립영화계의 선구자이지만, 레온은 그가 내게 어떤 영향을 미쳤는지 끝내 이해하지 못했다. 레온 눈에 〈술 취한 여자〉, 〈얼굴들〉, 〈그림자들〉과 같은 영화는 너무 지루했다. 레온은 오히려 할리우드 스타일의 영화를 더 좋아했다.

〈오프닝 나이트〉는 제너 롤런즈가 주연을 맡고, 항상 교활한 눈웃음을 짓는 것처럼 보이는 터프가이 벤 가자라가 호흡을 맞추었다.★¹⁹ 시간이 지나면서, 가자라가 연기한 감독은 내가 개인적으로 가장 공감하는 감독 캐릭터(영화든 연극이든)가 되었다. 이 영화는 뉴욕 공연을 앞두고 여러 주에서 시연회를 하던 어느 극단이 알코올중독자일 뿐만 아니라 점점 미쳐가고 있는 여주인공을 상대해야 하는 이야기를 다루고 있다. 이 영화는 레온과 나에게 일종의 계시였다. 이렇게 함께 감격하고 공감하면서 우리 둘은 다시 가까워졌다.

우리는 영화관을 나서며 마치 우디 앨런의 영화에 나오기라도 한 것처럼 열광적으로 찬사를 외치고 요란하게 손을 휘저었다. 영화가 이 정도로 마음을 사로잡고, 같이 있던 사람이 나보다 더 열광적으

★19 제너 롤런즈Gena Lowlands(1930~2024)는 존 카사베츠의 아내로 그의 영화 대다수에 출연했으며, 미국 연극계와 인디 영화계의 대모로 꼽힌다. 벤 가자라Ben Gazzara(1930~2012)는 미국의 배우로, 제너 롤런즈, 피터 포크, 시모어 카셀과 함께 존 카사베츠 사단의 일원이었다.

마지막 꿈

로 반응할 때의 기쁨이란 정말 말로 표현할 수 없다.

집에 도착하기 전, 레온은 그 영화가 우리 마음에 남긴 인상을 적확하게 요약했다.

"이제 우리의 두 번째 영화를 만들 때가 왔어."

"다시는 영화를 찍지 않겠다고 했잖아?"

"그건 〈오프닝 나이트〉를 보기 전이고." 레온이 대답했다.

나는 놀란 표정으로 그를 바라보았다. 그리고 그가 내게 대답할 때의 말투에서 확고한 결의를 느낄 수 있었다. 그 후 며칠 동안 레온은 계속 노트에 뭔가를 적었다. 우리는 영화를 더 잘 배우기 위해 필모테카의 상영 예정작을 모두 보러 갔다. (나중에 우리는 DVD를 구했지만, 레온은 일단 어느 영화에서 영감을 받으면 이것저것 따지면서 미적거리지 않고 돌진하는 스타일이다. 그는 그 영화를 소화시키고 완전히 자기 것으로 만드는 동시에, 출처를 완전히 잊어버린다. 그러고 나서 그 열정을 내게 옮기면, 나는 그것을 형상과 언어로 표현한다.)

그의 구상은 이랬다. 블랑코 델 보스케가 주인공으로 나오는 〈욕망이라는 이름의 전차〉를 가지고 지방 순회공연을 하는 어느 극단의 이야기를 영화화하는 것이었다.

"또 〈전차〉야?" 내가 그에게 물었다. "그거라면 이미 연극으로 두 번이나 공연했잖아."

"극단이 무슨 작품을 공연하고 있는지는 상관없어." 레온이 말했다. "중요한 건 블랑코 역을 맡은 배우인 내가 다른 동료 배우들과 공연하면서 겪게 되는 지옥이니까."

"그럼 머틀 역을 맡고 싶은 거야? 제너 롤런즈가 맡은 역?"

"나는 술을 마시는 게 어떤 건지, 그리고 감독이나 작가와 사이가 안 좋다는 게 어떤 건지 잘 알아. 그러니까 이 작품을 쓸 때, 평소 나에 대해 싫어하던 것, 차마 글로 옮기지 못했던 것을 모두 담아도 돼. 나는 코왈스키 역을 맡은 배우(이 역은 게이가 아닌 젊고 근육질이며 야망에 불타는 배우가 맡아야 해)와 섹스를 할 거고, 머틀의 신경쇠약 증세도 전혀 낯설지 않아. 나도 그녀처럼 스타라고. 그래서 비 오는 날 밤, 배우들이 극장에서 나와 사인을 해줄 때까지 지루하게 기다려야 하는 팬들의 마음을 잘 알고 있어. 아이디어는 내가 가지고 있으니까, 당신은 그걸 글로 쓰고 연출해. 머틀은 이미 황혼기에 접어든 인물이야. 나이로 인해 문제를 겪고 있지. 다니엘, 나는 더 이상 어린애가 아니야. 내 나이에 어울리는 역할을 골라야 해……."

"그럼 우리가 저작권을 요구할 수 없는 거 아냐?" 내가 말했다. "제너 롤런즈가 아직 살아 있으니까……."

"그러니까 그녀에게 이 영화를 헌정하는 식으로 만들자는 거지. 영화 엔딩 크레디트에 그걸 넣으면 되잖아."

"이 세상의 모든 표절자들이나 모방자들은 늘 그런 식으로 변명해. 헌정한다고 말이야."

"우리는 다르다는 걸 당신이 책임지고 보여줘. 항상 그렇잖아. 물론 나는 제너 롤런즈가 아니지만, 순회공연을 하고 극단과 갈등을 겪는다는 게 어떤 건지 잘 알고 있어. 그건 당신도 마찬가지고……. 〈오프닝 나이트〉의 세계는 결국 우리 세계나 마찬가지야."

"하지만 배우들이 다른 작품으로 공연해도 되잖아."

"아냐. 우리가 만든 두 번째 〈전차〉 최신판이 가장 잘 맞아. 블랑코 델 보스케라는 인물이 머틀(우리 작품에서는 미르토라고 해야겠지)과 아주 잘 어우러지니까. 그 둘은 상호 보완적인 관계야. 중요한 건 배우가 점점 나이 들기 시작하면서 위기를 맞는다는 거야. 배우는 거의 불가능한 수준의 〈전차〉를 요구하기 때문에(극본을 내게 맞추려고 하다 겪은 문제점들을 떠올려봐. 게다가 그렇게 하니까 모든 게 잘 돌아간다는 걸 이미 확인했잖아. 당신이 불평했던 모든 게 이 〈전차〉의 감독에게 완벽하게 맞아떨어진다고) 작가는 물론, 감독과도 계속 부딪쳐. 이 문제에 대해서는 작가이자 감독으로서 당신이 겪었던 경험을 참고해봐. 나는 우리가 만든 〈오프닝 나이트〉가 전혀 억지스럽지 않다는 걸, 오히려 매우 현실적이라는 걸 이제야 깨달았어. 물 흐르듯 자연스럽게 전개된다고. 인물들은 지속적인 긴장 상태 속에 있는데, 이러한 압력솥은 머틀의 차가 극장을 나서다가 젊은 팬을 치어 죽이면서 결국 폭발하고 말지. 그 사건은 머틀/미르토에게 치명타가 되는 거야. 이런 젠장, 나 혼자 북 치고 장구 치고 다 했네. 대본이 완성되면 나도 거기 서명해야 할 것 같아."

그는 실제로 그렇게 했다. 그러고는 이렇게 덧붙였다.

"당신이 감독에 걸맞은 훌륭한 인물을 만들어낼 거라는 걸 알아. 당신에게는 자전적인 소재가 차고 넘치니까 말이야. 그렇지만 머틀이 빛나는 인물이 되는지 옆에서 지켜봐야겠어. 그녀가 지옥으로 내려갈 때 관객도 그녀와 함께 끌려가야 해. 우리가 영화를 보면서 제너 롤런즈와 함께 경험했던 것처럼."

나는 그의 말에 거의 넘어갔다. 굳이 내 입으로 그에게 말하고 싶지는 않았지만, 그 두 가지 전복, 즉 〈전차〉와 〈오프닝 나이트〉의 전복이 시계의 톱니바퀴처럼 잘 맞아떨어진 건 사실이었다. 내가 할 일은 머틀을 레온에 맞게 각색하는 것이었는데, 이미 〈전차〉는 완전히 그의 것이나 다름없었다. 그리고 분명 우리 자신의 삶, 그러니까 배우로서의 그와 감독/작가로서의 나는 무궁무진한 소재를 제공해주었을 뿐만 아니라, 이를 바탕으로 벤 가자라가 연기하는 감독과 제너 롤런즈가 놀라운 연기를 펼친 스타 배우 — 늘 술에 취해 있고 정신이 나간 — 에게 살을 붙이고 사실성을 부여할 수 있었다.

"당신은 제너 롤런즈의 수준에 맞추어야 하고, 나는 카사베츠와 작가 역할을 맡은 조앤 블론델[20]의 경지에 도달해야 할 거야." 나는 그냥 그렇게 말했다. 나는 이미 그의 설득에 넘어간 것이나 다름없었다.

"스페인에서는 그들을 아는 사람이 없으니까 그들과 우리를 비교하지 못할 거야. 그러니까 우리 작품은 매우 독창적이라고. 많은 비평가들이 이번 작품을 일종의 고백으로 여길걸."

"지금까지 내가 연출한 영화는 딱 한 편뿐이라는 사실을 명심해."

"그런데 그게 엄청난 성공을 거두었지. 솔직히 나는 아직도 그 이유를 모르겠어. 이번에 우리는 다양한 관점으로 사물을 보는 드라

[20] Joan Blondell(1906~1979). 미국의 배우로, 보드빌(음악과 춤을 곁들인 무대)에서 연기 생활을 시작해 관능적이고 퇴폐적인 분위기로 독자적인 연기 세계를 구축했다.

마를 만들 거야. 그건 우리가 연극에서 늘 해오던, 우리 전문 분야라고."

　이것은 레온이 어떻게 남의 것을 자기 것으로 만드는지를 분명히 보여주는 사례라고 할 수 있다. 그는 카사베츠의 작품을 도용했을 뿐만 아니라, 블랑슈를 블랑코라는 인물로 성별까지 바꾸는 과정에서 내가 제기한 주장과 의혹을 반영해 자기 캐릭터를 표현해달라고 부탁하기도 했다. 그래서 그는 내가 테너시 윌리엄스의 작품을 전복하려고 시도하는 동안, 자신이 내게 가했던 고통의 희생자가 되고 말았다. 이처럼 그는 마치 마술처럼 타인의 것을 가져다 쓰는 능력을 가지고 있었다. 때때로 나는 그의 그러한 능력에 매료되었고, 그럴 때마다 자제력을 총동원하고 분별력을 발휘하려고 노력했는데도 이질적이고 무례하기까지 한 레온의 아이디어에 푹 빠지고 말았다. 나 혼자서는 감히 이런 작업에 도전할 용기를 내지 못했을 것이다. 원작을 존중하는 내 생각이 이런 경우 편견으로 변해버렸기 때문이다.

　나는 〈전차와 밤〉을 썼고, 우리는 촬영에 들어갔다. 그 작품은 세계적으로 큰 성공을 거두었고, 레온은 많은 상을 받았다. 이 영화는 오스카와 골든글로브 후보에 오르기도 했다. 나는 나와 레온 사이의 남다른 케미를 인정할 수밖에 없었다. 물론 우리의 관계가 극한의 상황에서, 아니면 그가 나를 신기한 곳―그가 내게 터무니없는 짓과 도둑질을 제안할 때마다 느끼는 수치심이 오히려 영감을 불러일으키는 불길로 바뀌는 곳―으로 끌고 갔을 때만 유지되기는 했지만 말이다. 그 불길은 모든 면에서 나를 태워버렸지만, 그는 항상 무사했다.

레온은 서서히 기억력을 잃기 시작했다. 그 바람에 촬영장에는 메모지가 사방에 널려 있었다. 말론 브란도가 그렇게 한다는 소식을 들은 후 그는 세트장을 메모지로 채우기 시작했다. 이제는 자신의 기억도 좀 쉬어야 할 때라고 판단한 것 같다. 처음에는 아직 쉰 살도 채 되지 않은 그가 나이에 그렇게 집착하는 게 꽤나 놀라웠다.

〈전차와 밤〉을 통해 레온은 다시 내 마음속에 영감의 불꽃을 지폈다. 하지만 우리는 이미 오랫동안 매우 파괴적인 과정을 거치고 있었다. 그건 단지 우리의 관계가 악화되었다는 뜻이 아니라, 해체와 파괴가 급속하게 이루어지고 있다는, 즉 불행한 사태가 임박했다는 의미였다. 그럴 생각은 꿈에도 없었지만, 우리 둘이 함께해온 시대가 모든 면에서 종말에 이르렀다는 것을 알고 있었다. 겉으로만 봐서는 알 수 없는 법이다. 우리의 공동 작업은 여전히 잘 돌아가고 있었지만, 나는 우리에 대한 믿음을 이미 잃어버린 상태였다. 하지만 레온은 우리 둘에 대한 신뢰를 조금도 잃지 않았다. 그는 단지 자신이 신체적으로 실제보다 늙어 보인다는 사실만 깨달았을 뿐이다. 그의 작업에서 외모와 기억력이 결정적인 역할을 하는 이상, 그런 생각을 한 것도 무리는 아니다. 그처럼 기억력이 좋지 않은 사람에게는 연극보다 영화가 훨씬 더 적합했다. 그가 〈전차와 밤〉을 영화로 만들고 싶어 했던 것도 바로 그 때문이었다.

불가능한 작업이었지만 두 번째 〈전차〉와 무단으로 도용한 존 카사베츠의 걸작을 뒤섞은 지 1년이 지난 지금 우리는 여기, 병원에 있다. 몇 시간 전, 나는 신장 결석 수술을 받았다. 나는 오후 내내 잠만 잔 탓에 밤이 깊을수록 눈이 말똥말똥해졌다. 가끔 카테터를 빼달라고 하소연하기도 했다. 레온은 나뿐 아니라 다른 이들에게도 쾌락을 선사해준 부속기관, 즉 내 신체 일부에 카테터가 끼워져 있다는 것이 분명 흥미로운("흥미로운"이라고? 나는 스스로에게 물었다) 경험이 될 거라고 생각했다("다른 이들에게도?" 나는 다시 조용히 나 자신에게 물었다. 내 신체 일부, 그러니까 내 성기는, 내가 가진 모든 것과 마찬가지로, 오로지 그, 레온에게만 바쳤기 때문이다).

1분 후, 그가 코 고는 소리가 들렸다. 잠이 스르르 밀려왔지만, 코 고는 소리가 워낙 요란해서 나는 도저히 잠을 이룰 수 없었다. 결국 파리가 왱왱거리며 날아다니는 소리에 그만 선잠마저 깨고 말았다. 이렇듯 나는 잠을 잘 못 자는 편이다. 나는 여행갈 때마다 왁스 귀마개를 들고 다닌다. (특히 호텔에는) 내가 잠들 때까지 모습을 드러내지 않은 채 어둠 속에서 숨어 기다리는 불가사의한 소리가 수천 가지나 있기 때문이다. 병원은 아픈 손님들이 투숙하고 있는 소란스러운 호텔이나 다름없다. 왁스 귀마개 상자는 병실 옷장 안, 내 배낭 깊숙한 곳에 들어 있다. 나는 움직일 수가 없었다. 그렇다고 자고 있는 레온을 깨워 귀마개 상자를 찾아달라고 할 수도 없는 노릇이었다.

레온과의 직업상 관계, 더 나아가 애정 관계는 이렇게 요약할 수 있을 것 같다. 그는 내 말을 훔쳐서 자기 것으로 만들곤 했다. 그의 창작 과정은 평범하거나 굉장한 암시를 통해 나의 상상력을 자극하는 것으로 시작되었다. 내가 상상력을 통해 그 아이디어를 발전시키면, 그것이 아무리 기상천외한 것이라고 해도 그는 그 결과를 자기 것으로 거두기 위해 기다렸고, 내가 그걸 연출하게 만들었다. 물론 개인적인 차원에서 충실한 마음가짐과 신의는 아예 존재하지 않았거나, 존재하더라도 단 몇 달 동안뿐이었다.

레온은 오랫동안 나와 생각과 삶을 함께 나눈 사이다. 아무리 그렇다고 해도 그가 거기에 모두 공감했던 것은 아니다. 나는 그가 내게서 많은 것을 빼앗아갔다고 했는데, 단지 우리 둘이 함께 만들었던 연극이나 영화에서만 그랬다는 뜻은 아니다. 그렇다고 내가 그에게 불만을 품고 있다는 건 아니다. 처음에는 당연히 힘들었지만, 결국에는 익숙해졌으니까. 나는 그동안 그의 섭식장애와 화학적 불균형, 그리고 성 장애 같은 문제를 참고 견뎌야 했지만, 이를 그의 탓이 아니라 내 잘못으로 여기며 살았다. 나는 단지 그의 예술적 환상을 실현하기 위한 수단으로 존재했을 뿐이다. 하지만 내가 이 문제를 하찮게 여긴다든가 억울하게 생각한다는 건 아니다. 그런 레온 덕분에 오랫동안 나는 계속 흥분이 고조된 상태로 미지의 영역을 탐색하고 움직일 수 있었다. 방탕한 데다 잔인하기까지 한 레온이었지만, 그와의 관계가 내게 일방적인 희생을 요구한 것은 아니다. 나 또한 그 덕분에 모든 면에서 크게 성장할 수 있었다. 한마디로 그는 나에게 최고의 학교나 다름없었다. 하지만 그건 이미 오래전의 일이다.

마지막 꿈

LA CEREMONIA DEL ESPEJO
거울 의식

•
....

백작이 탄 검은 마차가 밤을 가르며 지나갈 때마다 어둠이 점점 짙어져간다. 그곳은 인간과 동물이 지나다닐 수 없는 길이다. 마차는 마을과 아토스산*¹ 정상을 잇는 길 — 마을에서 산 정상까지 기본 생필품을 공급하는 도르래를 따라 길이 나 있다 — 을 따라 나아가고 있다. 세상으로부터 격리되어 초연한 분위기를 풍기는 아토스산 정상에는 수도사들이 모여 사는 봉쇄 수도원이 자리 잡고 있다. 마차는 마침내 수도원 입구에 멈춰 선다. 백작과 마차를 끄는 짐승들은 텔레파시가 통하는 사이다. 짙은 어둠이 깔린 밤. 검은 배경에 또 다른 검은 세계가 뒤덮여 있다. 그와 말들의 눈에서 번뜩이는 빛은 수도원의 문을 찾는 데 도움이 된다. 어둠은 백작에게 전혀 문제가

★1 그리스 마케도니아 지방에 있는 산으로, 동방정교회 수도원들의 발상지이다.

되지 않는다. 그는 문을 두드리기 전에 마차와 말들에게 작별 인사를 건넨다. 마차를 따뜻하게 안아주고는 말들의 두툼한 입술에 입을 맞춘다. 번개가 수도원의 벽을 뚫고 지나가는 듯 말들이 요란한 울음소리를 낸다.

그는 북받치는 감정을 이기지 못해 등을 돌리고, 지금까지 떼려야 뗄 수 없는 동반자였던 말들이 사라지는 모습을 쳐다보지 않으려고 애쓴다.

그는 수도원 문을 두드리고, 몇 분간 기다린다. 잠시 후, 문지기 안셀모 수사가 나와 문을 연다. 젊은 시절 안셀모 수사는 하느님 혹은 하느님의 지상 대리인을 만나기 전까지 연금술사가 되려고 했다. 그러나 아토스산의 공동체에 입회했고, 기도하지 않을 때는 자신의 텃밭을 가꾸는 데 전념했다. 그가 워낙 정성스레 가꾼 덕분에 모든 수도사들은 텃밭에서 양식을 풍족하게 얻을 수 있었다. 안셀모와 그를 거기로 데려온 장본인이자 영혼의 동반자인 오르텐시오 수사는 자연이 요구하는 만큼 텃밭을 가꾸는 데 시간을 할애해도 좋다는 특별 허가를 받았다. 그의 텃밭에는 암탉들이 있고, 따라서 병아리와 달걀도 있다.

안셀모 수사는 졸린 눈을 껌뻑이며 의아한 표정으로 백작을 바라본다.

"무슨 일이시죠?"

"귀찮게 해드려 죄송합니다, 수사님. 하지만 저는 아주 먼 길을 오느라 몇 시에 도착할지 가늠할 수가 없었습니다."

수사는 방문객의 품위 있는 태도와 차림새를 놓치지 않는다. 그때 오르텐시오 수사가 문소리를 듣고 안쪽에서 나온다. 그는 안셀모 수사가 낯선 방문객에게 질문을 되풀이하는 모습을 지켜본다.

"무엇을 도와드리면 될까요?"

"저는 속세를 떠나 평생을 기도에 바치기로 결심했습니다. 가능하다면 수도원장님과 이야기하고 싶습니다만."

"가급적이면 수도원장이신 베니토 수사님께 알려드리겠습니다만, 지금으로선 확실한 대답을 드릴 수가 없군요."

백작은 수수한 현관 안으로 들어와 기다린다. 오르텐시오 수사는 안셀모 수사를 불러 나직한 목소리로 속삭인다.

"누구죠? 무슨 일로 왔답니까?"

"잘 모르겠어요. 수도원장님을 만나 뵙고 싶답니다."

"다른 날 오라고 하세요. 이 시간에 수도원장님을 귀찮게 할 수는 없잖아요."

"속세를 떠나기로 했대요."

"여기서 은거한다고요? 그런데 그의 행색이 마음에 들지 않는군요. 뭔가 잘못 알고 온 것 같은데요. 누군가 저 사람에게 장난친 게 틀림없어요."

"어쨌든 수도원장님께 알려야 할 것 같습니다."

백작은 꼿꼿이 선 채 두 수사의 짧은 회의가 끝나기를 조용히 기다린다. 그는 오르텐시오 수사와 안셀모 수사를 빤히 쳐다본다. 두 수사 모두 빛나면서도 음침한, 그리고 금속처럼 무거운 그의 눈빛을 몇 초 이상 마주보지 못한다. 겸손해 보이려고 애쓰면서도 위압적인 우월감을 뿜어내는 존재의 눈빛이다.

"무슨 문제라도?" 백작이 묻는다.

"아닙니다. 지금 바로 수도원장님께 알려드리러 갈 겁니다. 혹시 잠드셨을 수도 있으니 먼저 확인하고요."

오르텐시오 수사는 백작과 함께 그 자리에 남는다.

"내가 위험한 인물이라도 되는 것처럼 쳐다보지 마세요." 그는 수사에게 간곡히 부탁하는 동시에 명령조로 말한다.

그와 함께 있으면 언제나 어떤 감정이 마음속에서 일어나는 동시에 그 반대 감정도 느끼게 된다.

"정말로 위험한 분이 아니신가요?" 수사가 묻는다.

"내가 위험한 사람이라고 생각해본 적은 한 번도 없습니다. 어쩌면 예전에는 그랬을지도 모르지만요……."

"우리가 여기서 어떻게 사는지 아십니까?" 수사가 묻는다.

"이 수도원에 대해 많이 듣긴 했지만, 여기 사시는 분들이 직접 설명해주시면 좋을 것 같군요."

"우리는 희생과 단념의 삶을 살고 있습니다. 기도와 수행에 전적으로 헌신하는 삶이죠. 우리는 생존에 꼭 필요한 일만 합니다. 나머지는 침묵과 단식, 그리고 묵상이 전부예요. 화학을 잘 아는 안셀모 수사는 내가 텃밭에서 기르는 약용식물로 치료법을 찾는 일을 맡고 있어요. 시간이 지나면서 자연의 실험실이 만들어졌죠. 하지만 선생이 병에 걸리면, 우리가 구해드린다는 보장은 없어요. 우리는 자연

속에서 은거 생활을 하고 있으니까요."

"나는 여러분의 생활 조건을 기꺼이 받아들일 준비가 되어 있습니다."

"일단 여기 들어오면 아무도 못 만나게 될 겁니다. 선생 같은 분의 출신과 과거는 이 수도원과 전혀 어울리지 않아요."

"이미 오래전에 나는 세상을 잊었고, 세상도 나를 잊었습니다. 수사님 말을 들으니 내가 여기 온 것이 틀리지 않았다는 게 확실하네요."

그때 안셀모 수사가 흥분을 감추지 못하고 그들의 대화에 끼어든다.

"수도원장님이 손님을 만나시겠답니다. 지금 방에서 기다리고 계세요."

오르텐시오 수사는 안셀모 수사의 흥분한 모습을 바라본다. 백작의 존재는 두 사람 모두에게 깊은 인상을 남겼지만, 오르텐시오 수사는 그것이 좋은 징조인지 확신이 서지 않는다. 안셀모 수사는 현관만큼이나 수수한 수도원장의 방으로 그를 안내한다.

백작은 수도원과 수도원장의 삶에 관해 조사해서 왔다. 세상 사람들은 자신에 대해 가혹할 정도로 엄격하고 생물학적 욕구를 철저히 외면해온 수도원장의 자세를 칭송한다. 숭고한 정신. 그의 자기 파괴적인 삶의 태도를 설명할 방법은 그것밖에 없었다.

종교가 항상 삶에서 안락함과 쾌락을 박탈한다고 믿는 베니토 수사는 오로지 육체의 생존만을 위해 지속적으로 훈련하는 것을 삶의 목표로 삼았다. 그의 일상생활은 인간 본성의 불확실성에 대한 하나의 도전이었다. 그의 생존은 기적이 가능하다는 것을 증명했다.

방은 비어 있었고, 바닥은 돌로 되어 있었다. 가구라고는 나무 책상과 의자, 그리고 침대가 전부였다. 백작은 침대를 훑어보다 수도원장이 침대 아래 딱딱한 돌바닥에 누워 있는 모습을 본다. 백작에게는 벽도, 침대도 존재하지 않는다. 그의 시선은 무한해서 가장 깊은 곳까지 투시한다. 하지만 그는 그마저도 지겨워 더는 자랑하지 않는다. 그는 이 수도원이 자신의 모든 장점을 없애고, 그것들을 단하나로 만들어주기를 바란다.

베니토 수사는 방문객이 무슨 생각을 하는지, 신체적으로 어떤 모습을 하고 있는지 궁금하다. 그래서 백작이 했던 것처럼 침대를 꿰뚫어 그의 모습을 보려고 하지만 뜻대로 되지 않는다. 그의 구두와 발목만 보일 뿐이다. 결국 수도원장은 침대 밑에서 나와 방문객에게 인사를 건넨다. 그들이 주고받는 눈빛은 단순한 시선이라기보다 팔씨름에 가까워 보인다. 이 시합에서는 누구도 승리를 거두지 못한다. 백작은 조금 전보다 겸손한 태도를 선보이며, 수도원장에게 보내던 이글거리는 눈빛을 거두어들인다. 그는 자신의 존재가 미치는 영향을 알고 있으며, 그것을 억누르려고 한다. 그는 자신의 실제 모습을 덜 드러내려고 애쓴다.

수도원장의 야윈 얼굴은 강철같이 단단한 의지, 자신에 대한 믿음, 그리고 타인에 대한 불신을 드러내고 있다. 아무리 엄한 척 인상을 써도 그의 눈은 아름답고, 성화상聖畫像처럼 신비스럽고 어두운

　　　　　　　　　　　　　　　　　　마지막 꿈

느낌을 준다. 그가 자신의 삶에 대해 품고 있는 모든 감정 중에서 가장 두드러지는 것은 불만이다. 그의 눈빛에는 꿈과 현실 사이에 가로놓인 심연을 받아들이지 못하는 자의 깊은 고뇌가 드러나 있다.

수도원장의 명성과 그의 글에 관한 소문이 마침내 백작의 귀에까지 들어갔다. 그렇지만 수도원장은 이 훌륭한 방문객의 정체를 알아차리지 못하고 있다. 그의 첫인상은 더할 나위 없이 좋다. 수도원장은 화려함과 창백함, 광채와 피곤함이 뒤섞인 그의 모습을 보고 크게 놀랐다. 백작의 모습에서는 무언가 헤아릴 수 없는 신비한 힘 같은 것이 풍겨나온다. 위엄이 서려 있는 동시에 왠지 공허한 느낌이 든다. 그 누구도 수도원장에게 이렇게 강렬한 인상을 남긴 적이 없다. 그는 안셀모 수사가 왜 그렇게 흥분하면서 방문객의 소식을 알렸는지, 이제야 그 이유를 알 것 같다.

"저는 트란실바니아*²의 백작인데, 이 수도원에서 은거하기 위해 먼 길을 달려왔습니다."

"이 수도원의 생활 수칙에 대해 들어보셨습니까?"

"침묵, 고독, 단식, 그리고 은거. 저는 세상에서 벗어나 하느님의 자비와 예수님을 묵상하면서 홀로 지내고 싶습니다."

"내 말을 들어보세요. 쉽게 접할 수 있는 쾌락과 안락함을 포기하는 게 어떤 건지 알고 계시나요? 당신의 모습을 한번 돌아보세요. 잠시 지쳤거나 환멸을 느낀 건 아닙니까? 나는 이미 그런 이들을 많

★² 루마니아 서북부 지방.

이 봐왔습니다."

"저는 그렇지 않습니다. 이 세상의 모든 쾌락과 사상을 경험해봤지만, 그 어떤 것에도 감동받거나 흥미를 느끼지 못했어요. 이미 오래전부터 동물들에 둘러싸여, 혼자서 절제된 삶을 살아가고 있습니다. 그리고 계속 이 세상을 두루 돌아다니고 있는데, 그거야말로 제가 그 어떤 것에도, 그리고 그 누구에게도 집착하지 않다는 것을 의미하죠."

수도원장은 낯선 이의 면면에 마음이 끌린다.

"언젠가 그가 우리 수도원 문을 두드릴 줄 알았어. 바로 오늘 밤, 방금 전 선잠이 들었던 내 머릿속으로 번개가 치면서 그의 도착을 알렸지. 나는 그를 만나기 전부터 그가 올 것을 예감했어." 수도원장은 혼잣말로 중얼거린다. 그의 생각을 읽은 백작은 자신의 도착을 알린 것은 번개가 아니라 말의 울음소리라는 것을 알지만, 아무 말도 하지 않는다. 베니토 수사는 자신에게 초자연적인 능력이 있다고 믿고 싶어 할 뿐만 아니라, 이를 과시하기를 즐긴다는 것을 잘 알고 있기 때문이다.

이처럼 두 남자는 말없이 눈빛을 주고받으며 머릿속으로 대화를 나눈다. 그런데 수도원장은 백작이 무슨 생각을 하는지 도무지 짐작하지 못한다. 달리 무슨 말을 해야 할지 떠오르지 않자 그는 백작에게 분명한 한 가지 사실을 이야기한다.

"지금은 너무 늦은 시간이거나 너무 이른 시간이에요. 안셀모 수사가 당신이 당분간 머물 방으로 안내할 겁니다. 처음 몇 달간 시험해보죠. 만약 당신이 진심으로 바라는 것이라면, 이곳이 당신의 집처럼 편안하게 느껴질 겁니다. 그리고 오르텐시오 수사를 도와 텃밭에서 일을 할 수도 있을 거고요. 물론 그가 일손을 필요로 하면 말이죠. 하지만 할 일이 많지는 않을 거예요. 자유 시간이 많을 테니 당신의 영혼은 맘껏 기도하고 묵상할 수 있을 겁니다. 내일 나는 여행을 떠납니다. 돌아온 뒤 당신의 마음이 바뀌지 않았는지 알 수 있겠죠. 그때도 당신이 여기에 있기를 바랍니다."

"저는 여기 있을 겁니다. 그 점에 대해서는 걱정하지 않으셔도 됩니다."

수도원장은 주기적으로 자리를 비운다. 그는 매슈 G. 루이스*³의 소설《수도사》를 읽고, 주인공을 파멸로 이끄는 모든 유혹이 자기에게도 나타나기를 바라지만 뜻대로 되지 않는다……. 하지만 백작의 등장으로 어쩌면 그의 평범한 운명이 바뀔지도 모른다. 본인은 절대 인정하지 않겠지만, 그는 여행하고, 수도원에서 자발적으로 행하는 단조로운 생활에서 벗어나는 것을 좋아한다. 그렇게 여행을 다니면서 그는 살아 있는 성자로서, 이 나라에서 가장 신망이 두터운 영혼의 인도자로서, 그리고 저명인사들의 권위 있는 조언자로서의 지위를 누린다. 또한 그는 타락의 늪에 빠진 남자와 여자를 가차 없이 유혹하기도 한다. 권력자들과 그들의 엄청난 부를 접하면서도 그는 자

★3 Matthew Gregory Lewis(1775~1818). 영국의 소설가로, 독일 초기 낭만주의의 영향을 받아《수도사》(1796)를 썼다. 당시 유행하던 고딕소설의 하나인 이 작품은 신성을 모독하고 외설적이며 도덕적으로 타락했다는 이유로 비평가들로부터 맹렬한 비난을 받았다.

신의 본모습을 잃지 않았고, 사람들이 그에 대해 말하듯 살아 있는 성자로서 맞서 싸워야 하는 그 어떤 악마의 조짐에도 가까이 다가간 적이 없다.

이상하게도 백작이 찾아온 후 떠난 여행은 그와 그의 신자들 모두에게 아무 성과가 없었다. 마음이 산란해진 수도원장은 이제 루이스의 《수도사》를 떠올리기는커녕 백작에 대한 생각에서 잠시도 벗어나지 못한다. 그리고 그 생각은 그를 매우 불안하게 만든다. 자기 징벌의 일환으로 그는 계획한 것보다 여행 기간을 더 늘리는가 하면, 수도원으로 돌아가고 싶은 욕망을 억누른다. 어쩌면 악마가 자신을 유혹하기 위해 이토록 인상적인 백작을 선택한 것인지도 모른다. 이런 생각을 할 때마다 불안감이 엄습해오지만, 수도원장은 마음 한편으로 약간의 안도감을 느끼기도 한다.

수도원장이 약속한 대로 백작은 수도원 내의 허드렛일에서 모두 면제된다. 종소리가 울리면 그는 식당과 교회에서 형제들과 만나지만, 나머지 시간에는 그들을 만나지 않는다. 다들 관심을 가지고 그를 지켜보면서도 감히 그를 방해할 엄두를 내지 못한다. 베니토 수사가 형제들에게 그에 대해 아예 생각조차 하지 말라고 권고했기 때문이다. 그는 백작이 주변 사람들의 무관심과 냉대가 어떤 것인지 몸소 체험해보기를 원했다.

백작은 식사 시간에 자주 빠지기 시작하더니 급기야는 아예 오지 않았다. 그는 음식을 거의 입에 대지도 않는다. 비밀 유지 서약과 수도원장의 권고로 인해 동료 수사들은 그의 건강 상태에 관심을 갖지 못한다. 안셀모 수사는 백작의 비밀을 지켜주려다 자칫 그를 죽음에 이르게 할까봐 걱정하는 반면, 백작을 시기하던 오르텐시오 수사는 차라리 그렇게 되기를 내심 바라고 있다.

몇 주 후 수도원장이 수도원으로 돌아온다. 그는 이번처럼 여행을 빨리 끝내고 싶었던 적이 없었다. 그러다보니 자기 손님에 대해 물어볼 여유조차 없었다.

수도원으로 돌아왔을 때 그에게서 받은 첫인상은 감탄, 놀라움, 시기심, 당혹감으로 요약할 수 있을 것 같다. 수사들은 그에게 백작이 교회와 방만 오가며 산다고 귀띔해준다. 정원을 산책하거나 길을 가다 멈춰 서서 해를 쳐다보는 경우는 드물다고 했다. 말로 표현할 수 없을 정도로 아름다운 일몰과 일출 광경을 쳐다보며 묵상하는 것은 수도원과 그 거주자들이 존재하는 이유였지만, 백작은 전혀 마음이 끌리지 않았다. 그는 벌써 몇 주째 식당에 발을 들여놓지 않았고, 그렇다고 그가 텃밭에서 감자, 양파, 아니면 상추를 몰래 가져가는 것을 발견한 사람도 없었다. 백작의 옆방에 기거하는 두 수도사는 그가 밤에 일어나 혼자 예배당에 가는 소리를 들었다고 주장했다. 여러 수사가 이른 새벽에 제단 앞에서 황홀경에 빠져 있는 그를 발견한 것도 여러 차례였다. 그 순간, 그의 모습은 인간 같아 보이지 않았다. 위엄이 넘치는 그의 모습은 바위처럼 단단하고 칠흑 같은 밤처럼 어두워 보였다.

수도원 공동체는 새로 온 손님의 행동이 그 어떤 비난도 받을 이유가 없다고 인정한다. 그러나 그곳의 공기는 불안과 긴장으로 가득 차 있다.

"그럴 거라고 예상했어요." 수도원장이 말한다. "그래서 돌아오는 데 이렇게 시간이 오래 걸린 겁니다."

아무도 그의 말뜻을 이해하지 못하지만, 베니토 수사는 자신조차 이해하지 못하는 엉뚱한 말로 수사들을 혼란스럽게 만드는 것을 좋아한다.

생각을 정리한 수도원장은 자기가 왔는데 얼굴도 안 내미는 백작이 괘씸해서 그의 방으로 다가간다. 문이 잠겨 있지만, 그는 수도원의 모든 문을 열 수 있는 열쇠를 가지고 있다. 방 안은 텅 비어 있고, 창문은 꼭꼭 닫혀 있다. 빛이 거의 들어오지 않아 어두컴컴하지만, 나무 창틀에 나 있는 두 개의 작은 틈새로 가느다란 빛이 새어 들어오고 있다.

침대보며 이불은 깔끔하게 정돈되어 있다. 잠을 잔 흔적이 전혀 없다. 수도원장이 돌아서려는 찰나, 어디선가 들려오는 백작의 목소리가 그의 발길을 붙잡는다.

"여행은 어떠셨는지요?"

수도원장이 깜짝 놀라며 돌아선다. 그러자 침대 아래에서 손님이 날렵하게 기어 나온다. 수도원장은 미처 침대 밑을 들여다볼 생각을 하지 못했다. 쓸데없이 딱딱한 돌바닥 위에서 쉬는 사람은 자기밖에 없을 거라고 생각했기 때문이다. 그는 자신도 공범이라는 생각에 몸을 부르르 떨며 백작에게 묻는다.

마지막 꿈

"침대 밑에서 뭘 하고 있는 겁니까?"

"쉬고 있었습니다. 저는 바닥이 더 좋거든요."

"나도 그래요."

차가운 돌바닥에 누워 있느라 얼어붙은 백작의 얼굴에서 조금의 감정도 읽을 수 없다. 수도원장은 자기가 강인한 정신력으로 유명하다는 말을 꺼낸다. 그러면 보통 때는 다른 이들도 그의 말에 동조하는 척하는데 백작과 함께 있을 때는 사정이 완전히 다르다. 그는 자신의 마음을 훤히 읽고 있는 것 같다. 실제로 수도원장은 백작 앞에만 서면 자신이 벌거벗은 것처럼 속이 다 드러나 보일 뿐만 아니라, 깃털처럼 가벼워지는 듯한 느낌마저 든다.

생소하기 짝이 없는 그런 느낌 때문에 그는 혼란스럽다. 당혹감에 머릿속이 멍해진 그는 조용히 자리를 떠난다.

백작은 수도원에 도착한 이후로 수도원장이 자기를 유심히 지켜보고 있다는 것을 안다. 그건 다른 수사들도 마찬가지이지만, 수도원장은 굳이 이를 숨기려 들지 않는다. 그건 권력과 지위의 문제다. 괜한 의심을 사지 않기 위해 백작은 당분간 야간 예배를 중단하기로 한다. 그러고는 수사들에게 보여주기 위해 없던 일과를 하나 추가한다. 그건 매일 아침 해가 뜨기 전에 텃밭으로 내려가 먹을 것을 가져왔다가 나중에 버리는 일이다. 아침마다 그는 수도원에 오면서 챙겨온 뻑뻑한 크림을 얼굴과 손에 바르고 나간다.

엿새째 되던 날 밤, 외로움이 가슴을 적시자 그는 하느님 앞에 무릎을 꿇고 싶은 강렬한 욕구를 느낀다. 그는 예배당으로 가기 전에 다른 수사들이 모두 잠들었는지, 혹은 자기 방에 있는지 확인한다. 백작은 아무 소리도 내지 않고 복도를 지나가는데, 발이 땅에 닿지 않고 떠가는 것 같다. 문틈으로 코 고는 소리만 새어나온다.

그런데 베니토 수사의 방 앞에 도착하자 안에서 코 고는 소리 대신 채찍질하는 소리와 고통스러운 신음 소리가 들린다. 문 앞에서 꼼짝 않고 있던 백작은 자물쇠에 열쇠가 꽂혀 있지 않다는 것을 눈치챈다. 그는 그 구멍으로 안을 들여다보고 싶은 유혹을 느낀다. 수도원장이 일부러 열쇠를 빼놓았을 수도 있다. 백작은 그의 초대를 기꺼이 받아들여, 무릎을 꿇고 안을 들여다본다. 수도원장은 바닥이 피로 붉게 물들 때까지 자신의 맨 등을 채찍으로 사납게 내리치고 있다. 백작은 그 광경을 보면서 두 사람 사이에 새로운 소통의 길이 열릴 수도 있다는 생각에 크게 고무된다. 잠시 생각에 잠긴 그는 계획한 대로 자신의 자연스러운 영역인 예배당에서 신앙심을 맘껏 표현하기로 결심한다. 그는 예배당에 들어가자마자 제단 위에 솟아 있는 커다란 십자가 앞에 엎드린다. 그리고 한동안 그 자세로 움직이지 않은 채 깊은 기도에 푹 빠진다. 그런 다음 그는 고개를 든다. 그의 눈이 꺼진 모닥불의 불씨처럼 반짝인다.

예배당에는 백작만 있는 것이 아니다. 그를 따라온 베니토 수사가 어둠 속에서 그를 지켜보고 있다.

백작은 믿을 수 없을 정도로 큰 십자가에 다가간다. 나무로 된 그리스도의 모든 상처에서 피가 흐르기 시작한다. 먼저 발에서, 그런 다음 가슴과 손, 그리고 입가와 관자놀이에서. 그러자 백작은 아무

마지막 꿈

것도 짚지 않고 공중으로 떠오르더니, 상처에 입을 갖다 대고 미친 듯이 피를 받아 마시기 시작한다. 피가 바닥에 한 방울도 떨어지지 않는다.

베니토 수사는 기적의 광경을 보면서 경탄을 금치 못한다. 그의 눈앞에서 성찬의 신비가 온전히 모습을 드러내고 있다.

나무 조각상을 구석구석 핥고 난 백작은 검은 새(수도원장은 제비라고 생각한다)의 모습으로 변한다. 수도원장이 조금만 더 가까이 있었다면, 그것이 박쥐라는 것을 알 수 있었을 것이다.

검은 새는 그리스도의 머리 위에 앉아, 가시면류관에 스며든 피를 부지런히 쪼아 먹는다. 그러고는 곧장 인간의 모습으로 돌아와 십자가 앞에 엎드려 경건하게 기도를 드린다. 베니토 수사도 그만큼이나 경건한 신앙심에 사로잡혀 있다. 하지만 그건 그리스도가 아니라, 신성한 피의 흔적을 여전히 입술에 간직하고 있는 백작이라는 인물 때문이다. 백작은 피를 숨기려고 손으로 입술을 가린다. 그는 예배당 안에 수도원장이 있다는 것을, 그리고 그가 피 묻은 자신의 입술을 핥고 싶어 한다는 것을 직감으로 느낀다. 수도원장의 강렬한 욕망을 알아차리자, 입이 타는 듯이 화끈거린다.

베니토 수사는 자신이 발각된 것을 알고 있다. 경멸하는 듯한 백작의 눈빛이 채찍질보다 훨씬 더 아프게 느껴진다.

그는 예배당을 나와 불안에 떨며 남은 밤을 지새운다.

베니토 수사는 너무나 혼란스럽고 불안한 나머지 하루 온종일 방에서 두문불출한다. 누가 찾아와도 문을 열어주지 않는다. 그는 백작이 아니라면 절대 문을 열어주지 않겠노라고 어린애처럼 충동적으로 다짐한다.

다음 날 안셀모 수사가 찾아와 고집을 꺾지 않자 수도원장은 어쩔 수 없이 문을 열어준다. 안셀모 수사는 먹을 것과 자신이 조제한 감기약을 가져왔다. 지난밤 내내 기침 소리가 들려왔기 때문이다. 하지만 베니토 수사는 이를 다 마다하고, 백작이 마지막으로 식사하는 것을 본 지 얼마나 됐는지 묻는다.

"한 달도 더 된 것 같은데요."

"그렇다면 나도 충분히 버틸 수 있어요."

안셀모 수사가 조용히 반박하자, 수도원장은 도리어 그를 나무란다.

"수사님은 조금 더 신중하고 냉정해질 필요가 있어요."

"수도원장님이 걱정돼서 드리는 말씀이에요."

보름 후, 안셀모 수사는 자포자기 상태로 백작의 방문을 두드린다.

"수도원장님이 편찮으신데, 당신을 만나고 싶어 합니다."

하지만 백작은 그를 보고 싶은 마음이 없었다. 그가 여행을 떠났을 거라고 생각한 데다, 솔직히 말하면 그에 대해 생각조차 하지 않았기 때문이다.

수도원장이 기거하는 방은 백작의 방을 엉성하게 복제해놓은 모조품 같았다. 수도원장은 침대 밑, 바닥에서 잠을 잔다. 게다가 나이트 테이블, 수수한 옷장, 십자고상도 백작의 방과 같은 위치에 놓여 있다.

방 안에 둘만 남자 곧바로 대화가 시작된다.

"무슨 일이죠, 베니토 수사님?"

"점점 기운이 빠지는군요."

"뭐라도 좀 드세요."

"나는 당신이 먹는 것만 먹을 겁니다."

"내가 언제부터 당신의 모델이 된 거죠?"

"'고결한 스승이 없는 고독한 영혼은 홀로 타는 석탄이나 마찬가지다. 그것은 활활 타오르기도 전에 꺼지고 말 것이다.'★⁴ 제발 내게 성체를 받아 모시는 법을 가르쳐달라고요!"

"금식을 하면 헛소리가 나오기 마련이죠."

"내가 어느 안전이라고 감히 거짓말을 하겠습니까. 당신이 내게 참된 영성체를 보여준 이후, 다른 영성체는 내게 아무 쓸모도 없어요."

"지금 당신이 하는 말은 터무니없고 어리석은 헛소리에 지나지 않아요. 평소 당신이 즐겨 사용하는 용어를 빌리면, 심지어 그건 죄악입니다."

"당신이 그 비밀을 털어놓지 않으면, 이 수도원에 단 한순간도 머물 수 없다는 점을 아셔야 합니다."

백작은 잠시 생각에 잠긴다.

★⁴ 스페인의 성직자이자 시인인 산 후안 데 라 크루스San Juan de la Cruz(1542~1591)가 쓴 《영혼의 충고》에 등장하는 구절이다.

"알겠습니다."

"부탁이니 제발 가지 마세요, 백작님."

"그럼 어떻게 하라는 거죠?"

"이렇게 간곡히 부탁드리니, 제발 좀 도와주세요!"

"좋습니다. 일단 진정하고, 내 이야기를 잘 들어보세요."

"내 이야기입니다. 나는 흡혈귀예요. 문학과 권태는 나 같은 이들에 관한 수많은 전설을 만들어냈죠. 이건 우리 존재를 변명하거나 정당화하는 것도 아니지만, 뭔가를 주장하거나 요구하는 건 더더욱 아니에요. 나는 이 세상 누구도 흡혈귀로 만들고 싶지 않아요. 나는 여러분과 마찬가지로 신비주의자입니다. 그래서 그저 내 방식대로 혼자 살아가고 싶을 뿐이에요.

하지만 내가 항상 그렇게 산 건 아니에요. 나 또한 오랜 세월 갈피를 잡지 못해 방황하기도 하고, 살짝 쾌락에 빠져 지내기도 했으니까요.

우리 흡혈귀가 특이한 존재라는 건 부인할 수 없는 사실입니다. 사람들이 생각하는 것만큼 많은 이점을 누리고 사는 건 아니지만, 그렇다고 우리 스스로 생각하는 것만큼 단점이 많은 것도 아니에요. 뻔한 편견과 두려움, 이런 젠장! 항간에 떠도는 소문 가운데 사실인 것은 딱 하나예요. 바로 거울과 다른 이의 눈동자에 우리 모습이 비치지 않는다는 거죠. 수면에도 비치지 않고요. 우리는 지금 당신이 겪고 있는 것처럼, 다른 사람의 환상에만 비칠 뿐입니다. 우리의 그

마지막 꿈

림자는 사람들의 꿈속을 배회하고, 우리의 낮은 곧 사람의 밤이니까요."

수도원장은 황홀한 표정으로 그를 바라본다.

"아마 자신의 모습이 어떤지 모르고 지내는 것보다 더 외로운 일은 없을 겁니다. 다른 사람들이 알려주는 것만으로는 충분치 않으니까요. 사랑하는 이들이 해주는 말도 충분하지 않은 건 마찬가지고요. 내 자신의 얼굴을 보지 못하니까, 언젠가부터 나는 아예 얼굴이 없다고 생각하게 되었죠. 그래서 확신했습니다. 만약 신이 존재한다면 거울 가문에 속할 것이고, 어떤 이유인지 몰라도 우리의 존재를 부정하고 싶어 할 거라고요. 우리 동족들이 지속적으로 포교활동을 펼치는 건 피보다는 복수에 대한 갈망 때문이에요. 즉 식욕을 채우려는 욕구보다 분노 때문인 셈이죠. 우리의 송곳니에 굴복하는 희생자가 생긴다는 건 신, 즉 거울과의 대결에서 우리가 승리를 거두었다는 것을 의미해요. 다시 말해 우리는 희생자에게서 신혹은 거울이라는 이미지를 영원히 빼앗아버리는 거예요.
우리는 거울에 대한 증오의 연장선에서 십자성호도 극도로 싫어해요. 그건 우리 흡혈귀들이 아직 극복하지 못한 비합리적인 편견이에요. 우리는 십자가를 하느님과 동일시하는데, 사실 그 둘은 아무런 상관이 없어요. 나는 하느님을 한 번도 본 적이 없지만, 십자가는 어느 제단에서나 찾을 수 있어요. 이 수도원 어디에나 있는 십자가는 나를 괴롭히기는커녕 오히려 따뜻하게 감싸준답니다.

이미 말씀드렸다시피, 나는 흡혈귀로 존재하면서 여러 차례 커다란 위기를 겪었어요. 다른 이들처럼 나도 내 본성을 부인하고 그것에 어긋난 행동을 했어요. 그간 계속되어온 무기력한 삶을 견딜 수 없었고, 난잡한 파티도 더 이상 즐겁지 않았어요. 하지만 그런 와중에도 피는 여전히 필요하더군요. 오랜 세월 나는 허무에 빠져 지냈죠. 그러다 다른 방도가 없으면 피 사냥을 나갔고요. 결국 더 불순하기는 해도 인간의 목 대신 동물의 피를 찾아 나서기 시작했어요. 닭, 토끼, 개, 심지어 내가 기르던 말의 피까지 말입니다.

뜻하지 않게 내게 이런 길을 알려준 것은 내 말 중 하나였어요.

그 무렵, 나는 관 속에 누워 눈에서 뿜어 나오는 빛으로 책을 읽으며 밤을 보내곤 했습니다. 그러다 결국 자이나교,★5 불교, 그리고 기독교 신비주의에 깊은 관심을 가지게 되었죠. 혹시 《영혼의 어두운 밤》★6을 읽어보셨나요? 나는 영적인 주제에 관해 구할 수 있는 책은 다 읽고 확신했어요. 지긋지긋한 이 우울증에서 벗어나려면 위험을 감수해야 한다는 걸.

나는 우선 예술적으로 흥미로운 작은 예배당을 찾아 다니기 시작

★5 기원전 6세기 인도에서 제사 중심의 베다 브라마니즘에 대한 반발로 발생해 지금까지 존속하고 있는 종교 및 철학으로, 바르다마나의 가르침에서 연유했다. 윤회의 사슬로부터 벗어나 영혼의 해탈에 도달하는 것을 목표로 한다.

★6 기독교 역사상 최고의 신비주의자인 산 후안 데 라 크루스(십자가의 성 요한)가 쓴 책으로, "영혼의 어두운 밤noche oscura del alma"은 그리스도 안에서 성령을 통해 하느님과 합일하는 과정 중에 신자가 반드시 거쳐야 하는 감각적, 영적 정화 과정을 의미한다.

마지막 꿈

했습니다. 나에게는 사물을 투시할 수 있는 능력이 있어요. 그래서 굳이 안에 들어가지 않아도 그 교회의 내부를 들여다볼 수 있죠. 그래서 수영장 다이빙대에서 생전 처음 허공으로 뛰어내리기 전의 어린아이처럼 안으로 들어가기로 결심하는 데 시간이 좀 걸렸습니다.

한번은 여행 중에 이런 일이 있었어요. 라만차의 어느 마을 외곽에 있는 구세주 교회 부근 풀밭에 앉아 달빛을 받으며 쉬고 있을 때였는데, 놀랍게도 교회 문이 열려 있더군요. 더군다나 내 말은 교회 안을 얌전하게 돌아다니기까지 했고요. 나는 이 모든 걸 두 눈으로 보고도 믿을 수가 없었어요. 그제야 내 말도 흡혈귀가 되었다는 것을 알아차렸어요. 내가 그 말을 물었거든요. 내가 녀석을 새로운 길로 이끈 거죠.

드디어 힘을 모아 뛰어들 때가 온 거였어요.

그래서 나는 그렇게 했습니다. 안으로 들어간 겁니다.

교회 안은 텅 비어 있더군요. 내 호기심만큼이나 큰 십자가가 주제단 위에 우뚝 솟은 채 자신에게 봉헌된 공간을 굽어보고 있었어요. 나는 한순간도 그리스도에게서 눈을 떼지 않고 제단으로 다가갔습니다. 그러고는 그분 앞에 무릎을 꿇었죠. 지진이 일어나 나를 삼키지도, 하늘이 갈라지면서 그 안이 훤히 드러나지도, 갑자기 번개가 내리쳐 나를 하찮은 모닥불로 만들지도 않았어요. 밤은 여전히 고요하고 평온했습니다. 그런 그리스도상을 본 것은 그때가 처음이었죠. 그것을 보는 것만으로도 새롭고 완전한 평화를 얻을 수 있었습니다.

그 순간, 내 눈앞에서 갑자기 놀라운 일이 벌어졌습니다. 발, 무릎, 가슴, 입, 손바닥, 관자놀이 등 그리스도의 모든 상처에서 피가 솟아나오기 시작한 거예요. 나무 조각상에 새겨진 그토록 작은 상처들이 갑작스럽고 억누를 수 없는 생명의 원천으로 변한 거죠. 나는 그 자리에 얼어붙은 듯 꼼짝도 하지 않고 그 광경을 바라보았습니다. 바로 그때, 그분의 목소리가 내게 말씀하셨어요. "나는 유일한 생명의 원천이니, 내 피를 마시는 자는 다른 어떤 것도 먹을 필요가 없을 것이다." 그분의 음성이 내 안에서 메아리처럼 울려 퍼졌어요.

그분에게는 더 이상 말이 필요 없었고, 그건 나도 마찬가지였어요. 나는 십자고상에 다가가 그분의 상처에서 흘러나오는 피를 한참 동안 받아 마신 다음, 바닥에 고인 피 웅덩이를 입술로 깨끗이 닦았어요. 그러고는 처음 발명된 날 날아오르던 비행기처럼 공중으로 날아올랐죠.

나는 방금 경험한 놀라운 기적을 동료들에게 전하고 싶어 한걸음에 성으로 달려갔습니다. 하지만 아무도 내 말을 믿지 않았죠. 믿기는커녕, 내가 이야기를 마치자마자 나를 혐오스러운 눈빛으로 바라보더군요. 나는 방금 겪었던 일을 그 자리에서 시연해 보이려고 했지만 그마저도 여의치 않았죠. 그들은 변화를 원치 않았어요. 판에 박힌 일상에서 오히려 안정감을 느꼈으니까요. 그들은 금욕과 금식 때문에 내가 결국 미쳐버린 거라고 생각했어요.

나는 가지고 있던 모든 것을 버리고 성을 떠났습니다. 그러고는 스페인 방방곡곡을 여행하다 우연히 당신의 제자 한 명을 만나게

마지막 꿈

되었어요. 그가 내게 당신의 편지를 보여주더군요. 그 편지를 읽는 순간, 나는 그 내용에서 내 모습을 발견했습니다.

　나는 당신이 이미 알고 있는 목적으로 여기에 온 겁니다. 지금까지 내가 입을 다물고 있었던 것은 나의 됨됨이가 비열해서가 아니에요. 사람들이 흡혈귀에 대해 거부감을 느낀다는 사실을 곰곰이 되새겨본 결과, 개인적인 해결책으로는 결코 다른 이들을 구원할 수 없다는 것을 깨달았기 때문입니다. 흡혈귀가 된다는 것은 결국 돌아올 수 없는 길을 가는 거예요. 그래서 나는 누구에게도 그 길을 권하고 싶지 않습니다."

　베니토 수사는 딱 한마디만 내뱉었을 뿐이다.
　"나를 흡혈귀로 만들어줘요."
　수도원장의 단호하고 확고한 태도 앞에서 백작은 자기 종족이 지닌 단점들을 과장해서 설명한다. 자신이 어떤 모습을 하고 있는지조차 제대로 볼 수 없을 때, 그리고 빛을 반사해 사물의 모습을 비추는 거울과 모든 표면을 봐도 아무것도 보이지 않을 때 얼마나 비참하고 고통스러운지 아느냐고 강변한다. 반면 수도원장은 그 정도의 단점은 자신이 대신 받게 될 것과 비교했을 때 최소한의 대가라고 생각한다. 마늘 이야기는 터무니없는 전설일 뿐이고, 햇빛 때문에 애를 먹기는 하겠지만 충분히 견딜 수 있는 부분이다. 사실 수도원장의 피부는 태양으로부터 그를 보호하기 위해 강력한 보습 크림이 필요할 정도로 민감하다. 백작은 수도원장이 일단 목표를 세우면 저

돌적으로 밀어붙이는 사람이라는 것을 잘 아는 터라, 재안수식[*7]에
필요한 것을 모두 준비하는 수밖에 없었다.

베니토 수사는 결혼을 앞둔 신부처럼 잔뜩 들떠 있다. 그리고 백작
은 그의 피를 빨아먹는 것도 나쁘지 않을 거라고 생각한다. 오히려
더는 혼자가 아니라는 생각에 마음이 흐뭇해진다.

두 사람은 영원성과 죽음이라는 주제에 관해 대화를 나눈다. 백작
은 이 세상을 떠나고 싶은 마음이 들면 심장에 말뚝을 깊이 박아 넣
는 것만으로도 충분하다고 수도원장에게 털어놓는다. 다만 그렇게
하려면 누군가의 도움이 필요할 거라고 덧붙인다. 어차피 혼자서는
할 수 없는 일이니까.

하지만 수도원장은 그의 말을 귀담아듣지 않는다.

"나는 성인들이 내세에서 누리는 행복이 하나도 부럽지 않아요."

"옳은 말씀입니다. 흡혈귀로 산다는 것 자체가 이미 또 다른 삶을
의미하니까요."

의식은 그 규모에 맞게 간단하고 소박하게 치르기로 한다.

그 전날 밤, 수도원에서 가장 가까운 마을 부근에서 커다란 거울
이 하늘을 날아다니는 것을 목격한 사람이 있었다. 그리고 그 지역
의 작은 마을에 사는 어느 부인은 자기 거울이 없어졌다며 경찰에
신고했다. 하지만 경찰이 아무리 물어봐도, 여자는 자기 거울이 감

[*7] 성직자에게 수여한 안수를 무효로 하고 다시 안수를 주기 위한 의식.

마지막 꿈

쪽같이 사라졌다는 것 말고는 무슨 일이 어떻게 일어났는지 설명하지 못한다. 그 사건의 진실을 아는 것은 수도원장과 백작밖에 없으니까. 박쥐로 변한 백작이 여자의 집 침실에 있던 거울을 입에 물고 수도원까지 날아왔다.

그들은 초자연적이고 영원히 고통받으시는 그리스도의 제단에 커다란 거울을 올려놓는다. 그외에는 아무것도 필요 없다. 이미 모든 준비가 끝났다.

백작은 조심스럽게 안수식을 집전한다.

"천천히 자신의 얼굴을 살펴보세요. 코, 눈, 입술, 뺨, 눈썹, 턱, 머리카락, 귀, 하나도 빠짐없이 말입니다. 그런 다음, 입을 벌리고 그 안을 들여다보세요. 혀도 잊지 마세요……. 혀를 내밀어 관찰해보세요. 다시는 못 볼 테니까요……. 서두르지 말고, 옷을 하나씩 벗으세요. 그리고 거울에 비친 당신의 팔다리를 자세히 보세요. 즐거운 기분으로요. 당신이 이토록 아름답고 탄력 있는 몸을 가지고 있을 줄 누가 상상이나 했겠어요?"

수도원장은 백작의 말에 따라 옷을 다 벗는다.

그는 수치심 때문에 어린 시절 이후로는 자신의 알몸을 본 기억이 없다. 그는 예상치 못한 그리움에 젖는다. 그리고 자신의 다리, 가슴, 어깨, 팔, 성기를 부드럽게 어루만진다……. 실제로 그의 몸은 상상했던 것보다 훨씬 아름답다.

"내 몸이 마음에 드네요."

"이제 과거로 돌아가 당신의 아름다운 몸을 즐길 시간이에요."

거울 의식 99

"오랫동안 그렇게 해본 적이 없어요."

수도원장은 잠시 즐거운 기분에 빠져든다. 그는 여러 각도에서 자기 몸을 바라보기 위해 이리저리 자세를 바꾼다.

"준비됐습니다." 그가 백작에게 알린다.

백작이 다가와 껴안는데도, 수도원장은 거울에 비친 자신의 모습을 보느라 여념이 없다. 그의 근육은 긴장되어 있고 팔은 흡혈귀의 몸을 감싸고 있다. 하지만 거울에는 백작이 비치지 않는다. 수도원장은 백작에게 몸을 맡기면서도 자기 얼굴에서 눈을 떼지 않는다. 그는 황홀한 표정을 지으며 몸을 뒤로 젖힌다. 바로 그 순간, 백작의 날카로운 송곳니가 그의 목을 꿰뚫는다. 그러자 수도원장의 몸이 거울에서 사라지면서 바닥에 풀썩 쓰러진다.

그는 수도원장에게 달려들어 미친 듯이 그의 동맥을 빨아댄다. 두 사람은 격렬하게 섹스를 한 것처럼 서로 껴안은 채 바닥에 축 늘어져 있다. 다시 정신이 든 수도원장은 제단 위의 십자가를 물끄러미 바라본다.

백작이 그를 일으켜 세운다. 그리스도의 상처에서 다시 피가 솟기 시작한다. 두 사람은 나무 조각상에 달려들어 거저 흘러나오는 양식을 기쁘게 받아 마신다.

한바탕 잔치를 벌인 후, 그들은 박쥐로 변해 예배당에서 멀어지다 신비라고는 찾아볼 수 없는 밤의 어둠 속으로 자취를 감춘다.

이처럼 깊은 밤에 결혼식을 마치고 하늘을 날아다니는 것, 그리고 거울 앞에서 치르는 의식은 결국 베니토 수사와 백작의 결합, 혹은 결혼으로 탄생한 신비주의적인 흡혈귀 집단을 소개하는 새로운 방식이 되었다.

그들은 세상을 잊으려고 노력하는 동시에, 세상 또한 자기들을 잊게 하려고 노력한다. 수도원 부근 마을에서 여러 세대에 걸쳐 살아온 농부들도 기이하게 살아남은 그 수도사들에게 놀라움을 금치 못한다. 하지만 미신과 두려움은 사람들의 호기심보다 훨씬 더 견고한 난공불락의 요새이다.

백작이 베니토 수사에게 말했듯이, 신비주의자와 흡혈귀는 서로의 마음을 잘 헤아릴 수밖에 없는 운명이었다.

JUANA, LA BELLA DEMENTE
아름다운 광녀 후아나

•
....

세고비아 레알 알카사르[1]에는 가톨릭 여왕[2]이 교회와 자기 방과 더불어 가장 좋아하던 공간인 재봉실이 하나 있었다. 통치자로서 마땅히 해야 할 일이 없을 때면 여왕은 그 방에서 딸들과 함께 바느질을 하며 대부분의 오후 시간을 보내곤 했다. 그녀에게 그보다 더 즐거운 일은 없었다. 이사벨은 여왕으로서뿐만 아니라 한 사람의 아내이자 어머니로서도 훌륭한 사람이었다. 모범적인 가톨릭 신자이던 그녀에게 이 두 가지는 똑같이 중요했다.

"여성이라면 한 나라를 다스리기에 앞서, 자신의 가정을 잘 다스릴 줄 알아야 하는 법이란다." 그녀는 틈날 때마다 딸인 이사벨, 카

★1 스페인 중부 세고비아에 있는 성.
★2 Isabel I de Castilla y Aragón(1451~1504). 카스티야 왕국의 여왕으로 아라곤 왕국의 페르난도 2세와 결혼하여 공동 군주가 되었고, 이를 통해 스페인 통일의 초석을 이루었다.

탈리나, 후아나*³를 모아놓고 훈계했다.

하지만 후아나는 위엄 있는 어머니가 고쳐시키려 하는 일에 큰 관심을 기울이지 않았을뿐더러, 기회만 되면 거리낌 없이 자신의 생각을 표출했다.

"우리가 바느질을 할 줄 안다고 해서 나라에 무슨 득이 되는지 모르겠어요."

"애야, 너희 아버지이자 나의 남편은 내가 손수 실로 자아 만든 옷이 아니면 아에 안 입으신단다."

"그렇지만 그 정도의 일을 너끈히 해낼 수 있는 사람은 스페인 왕국에도 많잖아요." 후아나는 어머니의 말이 이치에 맞지 않다고 다시 반박했다.

"물론이지. 하지만 위엄이 넘치는 나의 남편이라면 남들과 같은 옷을 입지 않을 거야. 더구나 다른 여자에게 옷을 지어달라고 했다면, 그녀에게 그 일에 대한 대가를 지불해야만 했겠지. 사랑하는 후아나, 너도 어른이 되면 자연히 알게 될 거란다. 우리 백성들이 살기 위해 필요한 건 많은데, 그들의 고통을 조금이라도 덜어주려면 우리가 아끼는 것만으로는 충분치 않다는 걸."

★³ Juana I(1479~1555). 일명 '광녀 후아나Juana la Loca'라고 불린 후아나 1세를 말한다. 1504년 11월 어머니 이사벨 1세가 사망한 후 카스티야 왕국의 여왕 자리를 계승했지만, 심한 정신질환으로 인해 실제 통치권을 행사하지는 못했다. 그녀는 명목상 여왕의 자리를 유지했을 뿐 실질적인 통치권은 아버지인 페르난도 2세와 남편 펠리페 1세, 그리고 아들 카를로스 1세(카를 5세)가 행사했다. 1506년 남편 펠리페 1세가 사망하자 정신병 증세는 더 심해져 1509년부터 1555년 죽을 때까지 40년 넘게 수도원에 유폐되어 지냈다.

후아나 공주는 더는 아무 말도 하지 않았다. 그녀는 마지못해 바느질을 계속하면서 자매들의 침묵에 동참했다. 하지만 겉으로 평온해 보이던 분위기는 그리 오래가지 못했다. 난데없이 비명 소리가 정적을 깨고 말았기 때문이다. 이번에도 여왕을 깜짝 놀라게 한 것은 후아나였다.

"왜 그러니?"

"바늘에 찔렸어요." 공주는 울면서 하소연했다.

여왕은 그녀를 꾸짖으며 말했다.

"정신을 딴 데 파니까 벌을 받지. 앞으로는 무슨 일을 하든 더 주의를 기울이렴."

하지만 공주는 여왕의 말을 귀담아듣지 않는 듯했다. 그리고 무슨 말을 하려는 듯이 입을 종긋거리다 바느질감을 옆으로 치웠다. 가톨릭 여왕은 천방지축으로 행동하는 딸을 보고 놀라움을 금치 못했다.

"어머니, 졸려 죽겠어요." 공주는 무슨 이유 때문인지 발음이 잘되지 않는 듯 느릿느릿하게 말했다.

"방금 전까지 말짱하더니 갑자기 무슨 소리니?"

"잘 모르겠어요. 그런데 갑자기 잠이 쏟아져요."

공주는 말을 미처 끝맺기도 전에 그대로 곯아떨어지고 말았다. 하녀들은 공주를 잠자리에 눕혔다. 그런데 며칠이 지나도 공주가 깨어나지 않자, 왕실은 어떻게 해야 할지 몰라 망연자실했다.

국왕 부부는 정체를 알 수 없는 병에 당황해서 어쩔 줄 몰라 했다.

마지막 꿈

이사벨 여왕은 평소처럼 자신의 괴로움과 슬픔을 십자가에 못 박히신 예수그리스도에게 바치고, 자신과 동병상련의 아픔을 나눌 수 있는 분으로 믿고 의지했다. 자신만 그렇게 한 것이 아니라 전국의 모든 백성에게 미사와 9일 기도를 드리라는 어명을 내렸다. 여왕은 왕국 전체, 특히 화려하고 방탕한 생활을 즐기는 귀족들이 자신과 그 고난을 함께하고, 자기와 더불어 기도에 헌신하기를 바랐다. 그렇게 몇 주에 걸쳐 온 나라가 경건한 마음으로 기도를 바쳤는데도, 십자가에 못 박히신 예수그리스도는 잠든 공주를 가여이 여기지 않았다. 어떤 희생도 두려워하지 않던 이사벨 여왕은 하느님의 도움을 받기 위해 어떤 고행도 마다하지 않기로 — 이런 일은 전에도 여러 번 있었다 — 결심했다. 남편인 페르난도 국왕은 안타까운 마음에 다른 방법을 권했지만, 여왕은 자기 방에서 남편의 간곡한 부탁을 딱 잘라 거절하며 경멸에 찬 눈초리로 그를 꾸짖었다.

"당신이 감당할 자신이 없으면, 다 저에게 맡기세요. 제가 우리 두 사람을 위해 고행을 감수하겠어요. 당신 앞에서 수행할 터니 저를 보면서 조금이라도 고통을 느끼고, 또 우리 모두를 위해 이루 말로 다 할 수 없는 고통을 겪으신 분께 뭐라도 바치시란 말이에요."

여왕이 자기 몸에 고통을 가하는 광경은 고귀한 국왕에게 혐오감을 불러일으킬 만했다. 그래서 국왕은 자신의 영적 지도자에게 이렇게 고백했다.

"지금 여왕은 어떤 고통도 느끼지 못하는 것 같습니다. 궁전 홀의 온 바닥에 벌겋게 타오르는 불씨와 깨진 유리조각을 깔아놓으라고 명령을 내리고는 마치 푹신한 카펫이라도 되는 것처럼 그 위를 차분하게 걸어다니니 말입니다. 여왕은 항상 극심한 고행을 즐겼지만, 이번만큼 극단적인 경우는 없었어요. 지난 몇 년 동안은 커다란 바위 위에서 자더니, 최근에는 여러 개의 단검을 침대 삼아 매일 밤 날카로운 칼 끝 위에서 아무렇지도 않게 잔다니까요. 고행승처럼 한마디 불평도 없이 말입니다. 하지만 나는 그런 광경을 도저히 참을 수가 없어요."

며칠 동안이나 애타게 기다렸지만 아무 보람도 없자, 공주의 병에 대해 알고 있던 하녀들은 갑자기 불안감에 휩싸이기 시작했다. 하지만 여왕은 끝내 포기하지 않았다. 그녀는 하느님 ─ 방에는 이사벨이 항상 거울처럼 바라보던 십자가가 있었다 ─ 과 국왕이 보는 앞에서 계속 자신의 몸에 끔찍한 고통을 가했다.

네 달이 지났는데도 아무것도 달라지지 않자, 이사벨은 후아나가 깨어나지 않으면 자신이 십자가에 못 박히겠다고 위협했다. 시간이 지날수록 상황은 점점 감당하기 어려워지고 있었다. 왕실은 백성들이 진실을 알기를 바라지 않았고, 모든 것이 정상적으로 돌아가고 있는 것처럼 보이게 하려고 안간힘을 썼다. 아무도 모르게 일을 처리했는데도, 국왕 부부가 공주를 모처에 감금해두었다는 소문이 돌고 있었다.

이사벨은 자신의 몸에 점점 더 극심한 고통을 가했고, 그것도 모자라 모든 백성이 볼 수 있도록 레알 알카사르의 탑 가운데 하나에

3미터 높이의 십자가를 세우도록 명령했다. 그러고 나서 스스로 십자가에 못 박힐 준비를 하고 있을 때, 어디선가 엄숙하면서도 부드러운 목소리가 들려왔다. 그건 그녀를 도와주려는 하느님의 목소리였다.

"이사벨, 이제 고행을 멈추고 더는 그 문제로 괴로워하지 마라. 고통과 슬픔에 젖은 가슴이 아니라, 오히려 즐거운 놀이와 축제 속에서 깊은 잠에 빠진 딸을 깨울 수 있는 열쇠를 찾게 될 것이니."

여왕은 그것이 하느님의 목소리라는 걸 믿어 의심치 않았지만, 그 말씀을 듣고 무척 당황스러웠다. 즐거운 놀이? 축제? 대체 어떤 종류의 놀이지? 그리고 어떤 축제를 말씀하신 거지? 종교와 관련된 축제일까?

"아니다." 단호한 하느님의 목소리가 다시 들렸다. "세속적이고, 소란스러우면서 전통적이고 격렬한 축제를 말하는 것이다." 그 목소리가 설명했다.

평소 여왕은 놀이와 축제를 혐오했지만, 엄숙하면서도 부드러운 그 목소리에 대해서는 조금도 의심할 여지가 없었다. 그건 하느님만이 내실 수 있는 목소리였으니까. 그 말씀에 따르면, 종교적인 것을 제외한 모든 종류의 축제와 놀이를 통해서만 이상하리만큼 깊은 잠에 빠진 후아나를 깨울 수 있는 해결책을 찾을 수 있을 터였다.

궁정의 고관대작들은 이사벨이 몇 달 전 아들 페르난도 왕자의 죽음으로 선포했던 엄격한 국가 애도 기간이 종료되었음을 알리는 동시에 이제 향락과 사치, 그리고 소란스러운 일상으로 돌아갈 것을 선언하자, 기뻐하면서도 놀라움을 금치 못했다.

페르난도 국왕이 갑자기 생각이 바뀐 이유를 묻자, 여왕은 알 듯 모를 듯한 대답을 내놓았다.

"하느님은 자신의 권능을 보여주기 위해 종종 기이한 방법을 택하시죠. 따라서 저는 겸허히 그에 따를 수밖에 없어요. 물론 당신도 그렇게 해야겠죠."

여왕의 선언은 카스티야와 아라곤 왕국의 열렬한 환영을 받았다. 늘 검소하고 금욕적인 분위기를 풍기던 레알 알카사르에 서커스단, 매춘부, 악당, 악사, 극단이 밀려오기 시작했다. 그중 가장 유명한 극단 배우들은 성의 안뜰 한가운데에 연극 무대를 설치했다. 특히 '잠자는 숲속의 미녀'라는 제목이 여왕의 호기심을 사로잡았다. 그녀는 그 제목에서 하느님의 또 다른 계시인 동시에 공주 문제에 대한 다음 해결책을 어렴풋이 예감했다. 그래서 여왕은 첫 공연에 몸소 참석해서 그 자리를 빛내주기로 결정했다. 해설자의 이야기가 시작되었다.

이 이야기는 몇 세기 전으로 거슬러 올라갑니다. 문제의 사건은 어느 공주의 세례식에서 시작되었죠. 국왕은 나라 안의 요정들을 모두 초대했고, 이들은 아기에게 최고의 선물을 주려고 궁전으로 왔습니다. 그러나 모두들 어떤 요정의 존재를 까맣게 잊고 있었어요. 바로 앙심을 품고 연회에 나타난 **사악한 요정**이었죠. 그 요정 역

마지막 꿈

시 아기에게 줄 선물을 가져왔어요.

"언젠가 바늘에 손가락이 찔리면 공주는 죽을 것이다." 그 요정이 말했어요.

다행히 선량한 요정이 나타나 그 저주를 덜 무시무시한 저주로 바꾸어놓았어요.

"다행히 죽지는 않을 거예요. 하지만 깊은 잠에 빠질 거예요. 오직 왕자님의 키스만이 공주님을 깨울 수 있답니다."

겁에 질린 왕은 나라의 모든 바늘을 없애라고 명령했지만, **사악한 요정**이 실 잣는 노파로 변장해 의도적으로 어린 공주님에게 접근하는 것까지 막을 수는 없었죠. 그 순간, 공주님은 뾰족한 물렛가락★⁴에 호기심을 느꼈어요. 그도 그럴 것이 공주님은 그런 물건을 한 번도 본 적이 없었으니까요. 공주님은 노파에게 그것이 무엇인지 물었죠. 이건 물렛가락이랍니다. 마녀가 미소 띤 얼굴로 대답했어요. 아이가 그것을 갖고 싶어 한다는 것을 눈치챈 마녀는 그것을 선물로 준 다음 즉시 사라졌죠. 처음 보는 물건이라 어떻게 다루는지 몰랐던 공주님은 실수로 손가락을 찔렸고, 곧장 깊은 잠에 빠지고 말았답니다.

이사벨과 페르난도는 해설자의 마지막 말을 듣고 의심의 눈빛을 주고받았다. 해설자의 이야기가 계속 이어졌다.

★⁴ 물레로 실을 자아낼 때, 실이 감기는 쇠꼬챙이.

국왕은 온 나라의 백성에게 공주님을 따라 잠들라고 명령했습니다. 혹시라도 공주님이 잠에서 깨어났을 때, 주변의 변화를 눈치채지 못하게 하려는 배려였죠. 그리고 실제로 모든 것은 국왕 부부가 예상했던 대로였어요. 백성들은 물론, 동물들까지 모두 잠들었거든요. 그러던 어느 날, 어떤 외국의 왕자님이 그곳을 지나치게 되었습니다. 그는 평온하게 잠든 공주님을 보는 순간 그녀에게 입맞춤하고 싶은 유혹을 참을 수 없었어요. 지금까지 본 공주들 중에서 가장 아름다웠기 때문이죠. 그리고 입맞춤하는 그 순간, 공주님이 눈을 뜨자 백성과 동물도 모두 잠에서 깨어났어요. 온 나라가 예전처럼 다시 행복해지기 시작했습니다. 공주님은 마침내 왕자님과 결혼식을 올렸고, 적당한 시간이 지나자 하늘은 부부에게 어머니처럼 아름다운 딸을 선사했어요. 모든 일이 순조롭게 풀리고 있었습니다. 그런데 둘 사이에서 태어난 딸이 뜻밖에도 어머니와 같은 운명을 겪게 되었어요. 아이의 아버지는 다시 온 백성에게 잠들 것을 명령했고, 또다시 외국에서 온 왕자님이 열정적인 키스를 퍼부음으로써 그녀를 깨웠어요. 이런 일이 여러 세대에 걸쳐 반복되자, 많은 사람들은 이를 대물림되어 내려오는 저주라고 여기기 시작했습니다.

그런데 그것은 실로 엄청난 발견이었어요. 시간이 흐르면서 세상이 많이 바뀌어가고 있던 탓에 강제로 자라는 식의 근거 없는 법령을 공포해도 백성들이 예전처럼 순순히 복종하지 않았거든요. 그랬다가는 당장 혁명이 일어났을 거예요. 국왕 부부들은 자기 장녀들

　　　　　　　　　　　　　마지막 꿈

을 무시무시한 질병에서 구해내기 위해 온갖 수단과 방법을 가리지 않았습니다. 예를 들어 어떤 국왕 부부는, 물론 완벽하지는 않아도, 백성을 조금도 끌어들이지 않는 계획을 세웠어요. 왕은 세계의 모든 왕자를 그곳으로 초대했습니다. 그들 중에서 장차 딸의 남편이자 왕위 계승자가 될 사람을 고르겠다는 생각이었죠. 아름다운 공주님도 얻고 왕위도 물려받으려는 속셈으로 왕자들과 사기꾼들, 모험가들이 세계 각지에서 몰려들었어요.

긴 행렬을 이룬 지원자들이 한 사람씩 왕실의 방을 거쳐갔지만, 그 누구도 입맞춤으로 공주를 깨우지 못했습니다. 지루한 의식을 지켜보고 있던 국왕 부부는 점점 불안해지기 시작했죠. 수려한 용모를 가진 남자들이 절반쯤 지나갔을 무렵, 행렬 한가운데서 떠들썩한 소동이 일어났어요. 소란스러운 소리가 국왕 부부의 귀에까지 들렸고, 그들은 나와서 무슨 일인지 물었죠. 소란을 일으킨 장본인은 요리사인 브리히다의 아들, 다니엘이었어요. 그는 공주님에게 애틋한 연모의 정을 느끼고 있었답니다. 사실 두 사람은 어렸을 적에 떼려야 뗄 수 없는 소꿉친구 사이였거든요.

"대체 원하는 게 뭐냐, 다니엘?" 왕비가 화를 내며 물었죠.

"공주님을 깨우고 싶습니다, 왕비 마마."

왕비는 그의 순진하고 해맑은 표정에 잠시 마음이 흔들렸지만, 이내 차가운 음성으로 꾸짖었습니다.

"다니엘, 너는 아무 작위도 없어서 여기에 참여할 수 없단다."

"저는 부귀영화를 탐하는 게 아닙니다." 소년이 대답했어요. "제가 원하는 건 공주님을 깨우는 것뿐이에요. 죽은 듯이 누워 있는 공주님을 보니 마음이 찢어지는 것 같아요. 이 사람들의 얼굴을 보세요. 이들이 노리는 건 공주님의 지참금이에요. 저는 공주님을 되살리는 것 외에는 아무 욕심도 없습니다."

욕심 없는 그의 태도를 보고 왕비는 할 말을 잃었어요.

"그럴 수는 없어, 다니엘." 이번에는 왕이 나서며 말했어요.

소년은 고개를 떨군 채 자리를 떠났고, 너무 상심한 나머지 결국 병에 걸리고 말았어요. 먹지도, 말하지도, 웃지도 않았어요. 아들이 갑작스레 몸져눕자 큰 걱정에 빠진 그의 어머니는 용기를 내어 국왕 부부를 알현하기 위해 집을 나섰습니다. 그녀가 성안으로 들어선 순간, 마지막 지원자가 공주님의 입술에 입을 맞추었지만 아무 소용이 없었죠.

"브리히다, 여기가 어디라고 감히 너 따위가 발을 들여놓는단 말이냐!" 왕비가 그녀를 꾸짖었어요.

진짜 왕, 즉 이사벨과 페르난도는 배우들의 연기에 매료된 나머지 넋을 잃은 듯 멍한 표정으로 이야기에 빠져들었다. 국왕 부부를 둘러싼 궁전의 다른 관객들 역시 마찬가지였다.

"마마, 정말 중요한 일이 아니었다면 감히 이런 짓을 저지르지 않았을 겁니다." 브리히다가 대답했어요.

"대체 무슨 일이기에 그러느냐?" 왕이 물었죠.

가엾은 요리사는 무슨 말부터 꺼내야 할지 몰라 머뭇거렸어요.

"지금 다니엘이 많이 아픕니다. 그렇지 않았다면 이렇게 불쑥 찾아뵙는 일도 없었을 거예요. 전하께 털어놓아야 할 비밀이 하나 있습니다. 18년 전에 이웃나라 왕이 우리를 방문했는데, 혹시 기억하시는지요?"

국왕 부부는 고개를 끄덕였어요.

"사실…… 다니엘은 그 방문의 결실입니다."

"그게 무슨 소리냐?" 국왕 부부가 동시에 물었죠.

"그때 우리 사이에는 짧지만 아주 열정적인 로맨스가 싹텄습니다. 아이에 관해서는 누구에게도 밝히고 싶지 않았는데……."

"그럼 그 왕은 아무것도 모른다는 것이냐?" 왕비가 아주 흥미롭다는 듯이 그녀를 빤히 바라보며 물었죠.

"네. 저는 비밀을 지키겠노라고 다짐했지만, 다니엘이 왕족의 혈통이 아니어서 공주님을 구할 기회조차 얻지 못했다는 말을 듣고 참을 수가 없었어요. 이럴 수는 없습니다! 저야 비천한 요리사에 지나지 않지만, 다니엘의 부친은 왕이니까요!"

브리히다의 폭로를 듣고, 국왕 부부는 어안이 벙벙해졌어요.

"하기야 그 아이가 한번쯤 시도해본다고 해서 손해 볼 건 없지 않겠소?" 왕이 왕비에게 말했어요. "어쨌든 공식적인 지원자들 중 그 누구도 우리 공주를 깨우지 못했으니 말이오."

그렇게 해서 다니엘은 슬픔을 떨쳐버리고 공주의 입을 만나기 위해 한걸음에 성으로 달려갔습니다.

그는 그녀에게 입맞춤을 했고, 그들의 사랑은 결국 기적을 이루어내고야 말았죠. 모두가 기뻐하는 가운데 공주가 깨어난 겁니다.

에필로그에서 작품 속의 국왕 부부는 이웃나라 왕을 초청한다. 그왕은 최근에 왕비를 잃었을 뿐만 아니라, 왕위를 이을 왕자마저 없는 처지였다. 그는 사랑하는 요리사 브리히다는 물론, 두 사람의 사랑으로 맺은 결실 — 왕 자신은 모르고 있었지만 — 인 젊은 다니엘도 만난다.

결말에서는 결혼식이 두 번 거행된다. 우선 깊은 잠에서 깨어난 공주와 젊고 새로 찾아낸 왕위 계승자 다니엘의 결혼식, 그리고 이웃나라 왕과 요리사 브리히다의 결혼식이 바로 그것이다. 연극이 막을 내리자 무대에는 기쁨이 흘러넘쳤고, 궁전의 관객들은 열렬한 박수갈채를 보냈다. 그러나 가톨릭 여왕은 수심에 잠긴 채 멍하니 허공만 바라보고 있었다. 반면 페르난도 국왕은 연극 내용이 깊은 잠에서 깨어나지 못하는 후아나 공주의 사연을 빗댄 것이라는 사실을 깨닫고 분노가 치밀어올랐다. 그래서 당장 배우들을 체포하고 누가저들에게 후아나의 이야기를 발설했는지 알아내려고 했다. 하지만여왕은 그가 아무것도 하지 못하게 했다. 방으로 들어가자마자, 페르난도는 끓어오르는 분노를 쏟아냈다.

"감히 우리를 능욕하다니, 이번 일만큼은 도저히 묵과할 수 없어요!"

"신중하고 외교 수완이 뛰어난 가톨릭 군주인 당신이 한 치 앞도 내다보지 못하시는군요." 이사벨은 만족스러운 표정을 지으며 차분하게 남편을 나무랐다. "하느님께서는 저 연극배우들을 통해 자신의 모습을 드러내신 거예요."

"대체 무슨 말을 하는 거예요? 설마 우리 딸에게 입맞춤하러 오라고 유럽의 모든 왕자에게 초대장이라도 보내겠다는 건 아니겠죠?"

"제게 생각을 정리할 시간을 주세요." 그때까지 이사벨은 자신이 원하던 일을 모두 이루어냈다. "우리는 지금 아주 이례적인 상황에 처해 있으니, 해결책 또한 이례적이어야 할 거예요." 그녀는 그 말을 유일한 설명으로 덧붙였다.

그 후 며칠 동안, 여왕은 잠시 시름을 잊고 기나긴 잠에 빠져 있는 딸의 문제를 해결할 방법을 구체적으로 준비했다. 모든 계획을 치밀하게 세운 여왕은 남편에게 모든 일을 맡겼다.

"이 모든 것이 얼마나 터무니없고 비현실적인지는 저도 잘 알고 있어요. 하지만 저를 잘 아시잖아요. 저는 본래 매사에 물불을 가리지 않는 사람이에요. 제가 후아나를 깨우기 위해 구상한 계획이 우스꽝스러워 보일 수도 있어요. 사실 조금이라도 일이 틀어지면 우린 엄청난 망신을 당할 수도 있겠죠. 하지만 아시다시피, 저는 그런 일에 별로 신경 쓰지 않으니까요."

"어서 말해요, 제발!" 왕이 재촉했다.

"이미 짐작하시겠지만, 배우들이 적절한 때에 등장해서 우리 딸

에게 무슨 일이 일어났는지 설명해준 것은 모두 하느님의 섭리 덕
분이에요……."

페르난도는 기대에 찬 눈빛으로 그녀를 바라보았다. 솔직히 말하
면 그는 차라리 이사벨이 넌지시 꺼낸 말의 의미를 이해하지 못하
는 편이 나았을지도 모른다.

"이사벨, 이건 모두 지어낸 이야기일 뿐이에요. 괜한 의심이나 불
러일으키는 아이들 동화에 불과하다고요."

"의심이라고요? 현실은 우리 후아나가 벌써 다섯 달째 잠들어 있
다는 것, 그리고 하느님께서 내게 나타나 이제 고행과 참회는 그만
두고 관심을 다른 데로 돌리라고 하셨을 때 마침 희극배우들이 나
타나 왕실에 대물림되어 내려오는 저주를 받은 공주가 잠에서 깨어
나려면 왕자가 와서 입맞춤을 해야 한다는 연극을 무대에 올린 것
이죠……."

"그 터무니없는 저주가 사실이라면 우리도 이미 오래전에 알아냈
겠죠."

"대대로 이어져내려오는 것은 불가사의한 것이라서, 그렇게 쉽사
리 드러나지 않아요."

"그럼 대체 뭘 하겠다는 거예요?"

"후아나를 아내로 맞이할 남자가 와서 입맞춤을 해야 해요."

"하지만 후아나는 왕위를 계승할 몸이에요. 아무하고나 결혼할
수는 없어요."

"그 문제라면 저도 이미 생각해둔 게 있어요. 후아나를 오스트리

아 막시밀리안 1세의 아들인 펠리페*⁵와 결혼시키면 우리에게도 이익이 될 겁니다. 그는 어머니의 때 이른 죽음으로 플랑드르와 부르고뉴의 통치자가 되었으니까요. 이 결혼이 성사되면 우리의 영원한 적인 프랑스 왕으로부터 우리 왕국을 지키는 데에도 큰 도움이 될 거예요. 당신은 어떻게 생각하세요?"

"아주 좋은 생각이에요. 그런데 펠리페를 어떻게 데려올 생각이죠?"

"먼저 펠리페가 우리 딸과 약혼할 거라고 발표한 다음, 그에게 장차 아내가 될 사람을 데리러 오라고 촉구할 겁니다. 후아나는 젊은 대공의 관심을 끌 만큼 충분한 매력을 가지고 있으니까 문제없어요. 우리 공주는 아직 너무 어려서 플랑드르까지 여행하는 게 무리라는 구실을 내세워 그를 여기로 오게 할 거예요."

"그렇게 흔한 일은 아니지만, 한번 시도해볼 만하겠군요."

"무슨 수를 써서라도 그가 우리 공주에게 입을 맞추도록 만들겠어요."

가톨릭 국왕 부부는 이처럼 기이한 모험이 가져올 위험도 감수하기로 결정하고 플랑드르에 공식 대표단을 보내 그들의 제안을 협상하게 했다. 대공은 약혼을 수락하고 새로운 인척들을 만나러 오라는 초대에 감사의 뜻을 전했다.

---

*⁵ Felipe I(1478~1506). 신성로마제국 황제인 막시밀리안 1세와 부르고뉴 여공작 마리의 아들 펠리페 1세를 말한다. '미남왕le Beau'이라는 별명으로 불렸으며, 1489년 후아나와 결혼했다.

펠리페는 세련된 플랑드르 귀족들로 구성된 대규모 수행단과 함께 먼 여행에 나섰다. 그들은 피레네산맥을 넘자마자 이 나라의 진기한 풍경과 건물을 보고 놀라움을 금치 못했다.

몇 주 후 일행이 톨레도에 도착하자 국왕 부부는 펠리페를 친아들처럼 반갑게 맞아주면서 그를 몸소 공주의 방으로 안내했다.

"지금 공주는 잠들어 있어요." 여왕이 설명했다. "하지만 깨어나서 당신이 곁에 있다는 것을 알면 무척이나 기뻐할 거예요."

펠리페는 국왕 부부의 이런 행동이 무척 친절하면서도 이례적이라고 생각했다. 실제로 유럽의 어떤 궁정에서도 이런 식의 만남은 상상조차 할 수 없었을 테지만, 스페인에 온 이상 전혀 놀라울 것이 없었다.

호화롭게 치장한 채 나무처럼 잠든 후아나가 침대에 누워 약혼자를 기다리고 있었다.

"정말 아름답군요." 펠리페는 복잡한 의전 절차가 없어 오히려 마음이 홀가분한 듯 웃으며 나직하게 말했다.

"네, 그래요." 여왕이 그에게 말했다. "그녀에게 입을 맞추세요. 두려워하지 말고요. 두 사람은 이미 약혼한 사이니까요."

그토록 보수적이고 엄격한 여왕으로부터 이런 초대를 받을 것이라고는 전혀 예상하지 못했겠지만, 펠리페는 카스티야의 삶이 끊임없이 보여주는 놀라움을 자연스럽게 받아들이기 시작했다. 펠리페는 잠든 공주에게 몸을 기울여 입을 맞추었다. 심지어 그는 그 입맞춤의 중요성을 전혀 알지 못하던 상태였는데도 주변에 감도는 긴장감을 느낄 수 있었다. 말로 표현할 수 없는 긴장감에 사로잡혀 있던 국왕 부부는 펠리페가 약간 쭈뼛거리며 후아나의 입술에 다가가는 모습을 숨죽인 채 지켜보고 있었다. 이사벨은 자신의 계획이 다시 한 번 결실을 맺는 것을 지켜보았다. 결국 10개월 만에 후아나가 눈을 떴고, 그녀의 표정은 더할 나위 없이 행복해 보였다.

후아나는 잘생긴 플랑드르 청년이 자기를 다정한 눈빛으로 바라보는 것을 보고, 여전히 꿈을 꾸고 있다고 생각했다.

"그렇다면…… 꿈을 꾼 게 아니었나요?" 공주가 물었다.

여왕은 기쁨을 참지 못했다.

"애야, 그게 무슨 소리니?"

"잠자는 동안 한 가지 꿈만 꾸었거든요. 먼 나라 왕자님이 나를 아내로 맞기 위해 데리러 오는 꿈이었어요."

"맞아. 네가 플랑드르로 여행을 떠나기 전에 부르고뉴 대공께서 너를 만나러 몸소 오신 거란다." 이번에는 아버지가 알려주었다. "거기서 두 사람의 결혼식이 거행될 예정이거든."

공주는 자리에서 몸을 일으켰다.

'정말 매력적이로군.' 펠리페는 그녀의 말을 듣고 생각했다.

공주는 이것이 꿈인지 생시인지 분간할 수 없어 자신의 볼을 만져 보았다.

"오! 믿을 수가 없어요!"

딸하고만 남았을 때 국왕 부부는 그녀가 겪은 놀라운 일을 설명해 주었다. 여왕은 앞으로 그 희귀한 병에 대해서는 절대 입 밖에 내지 말라고 당부했다. 이제 남은 일은 하느님의 도우심에 감사드리고, 지난 몇 달 동안 세상에서 일어난 모든 일을 후아나에게 자세히 알려주는 것이었다. 그래야 공주가 앞으로 플랑드르에 가서 약혼자와 대화를 나눌 때 참고할 수 있을 테니까.

몇 주 후 공주와 대공은 플랑드르로 떠났고, 거기에서 많은 이들의 환호를 받으며 결혼식을 올렸다. 대공은 워낙에 여흥을 즐기는 사람이라 축제는 며칠 동안이나 계속되었다.

공주는 새로운 나라와 새로운 상황에 적응하기 위해 정말 많은 노력을 기울여야 했다. 사실 이러한 일이 그녀에게는 달갑지 않게 느껴졌을 수도 있었을 것이다. 하지만 그녀는 그 동기와 목적에 의해 충분한 보상을 받았던 터라 전혀 힘들게 느끼지 않았다.

펠리페는 그녀가 가슴에 품고 있던 젊은 여성의 갈망과 동경을 모두 충족시켜주었다. 10개월 동안 이어진 잠에서 깨어나 눈을 떴을 때, 그녀는 펠리페가 자기 운명의 짝이라는 것을 알았다. 사랑하는 남자와 보낸 첫날밤 새벽에 그녀는 필요하다면 이를 악물고 정당한 그 열정을 지키겠노라고 다짐했다.

남편은 플랑드르 궁정 여성들로부터 끊임없는 유혹을 받고 있었기 때문에 후아나가 자신의 결의를 증명할 기회는 충분했다. 펠리페는 다소 경박하지만 수려한 외모를 지니고 있었을 뿐만 아니라, 뛰어난 언변과 스포츠에서 탁월한 실력을 과시했다. 종종 그를 위해 토너먼트가 열렸는데, 그럴 때면 펠리페는 빠지지 않고 참가해서 항상 승리를 거두었다. 이처럼 그는 사람들을 매료시키는 것을 즐기는 매혹적인 청년이었다. 하지만 쾌락주의적인 대공이 일시적인 변덕에 휩쓸리는 바람에 옹졸하고 질투심 강한 후아나의 본모습이 여러 번 드러나고 말았다.

후아나는 플랑드르 궁정에서 격렬하게 타오르는 질투심과 잊을 수 없는 희생과 은둔의 나날 사이를 오가며 몇 년을 보냈다. 그사이 많은 사건이 일어나면서 대공 부부의 스페인 내 지위가 급변했다. 이사벨 여왕이 서거했고, 후아나는 이를 슬퍼할 겨를도 없이 카스티야 왕국의 왕위 계승자가 되었다. 왕좌가 비자 온 나라가 불안에 떨었기 때문에 그들은 서둘러 스페인으로 돌아가야만 했다. 스페인에 도착하자마자 아버지와 남편은 후아나 앞에서 야심을 드러냈다. 두 사람이 사사건건 대립하자, 그녀는 둘이 권좌 때문에 그런 용렬한 행동을 하는 것이라면 그 둘 누구와도 그 자리를 나누지 않겠다고 마음먹었다. 후아나만이 온 백성이 지지하고 인정하는 유일한 왕위 계승자였기 때문이다.

이처럼 팽팽한 긴장감이 도는 상황에서 그녀의 운명을 통째로 뒤바꿀 사건이 일어났다. 펠리페가 중병에 걸리고 만 것이다. 그가 고통스러운 나날을 보내는 동안 후아나는 먹지도, 자지도, 몸단장을 하지도 않았다. 그녀의 머릿속은 온통 서서히 꺼져가는 생명의 불꽃에 대한 생각으로 가득 차 있었기 때문에 여왕으로서의 책임 따윈 안중에도 없었다.

후아나는 펠리페의 죽음을 받아들일 수 없었다. 어떤 말로도 그녀를 충분히 납득시킬 수 없었다. 하지만 이 사건은 앞으로 그녀가 겪게 될 기나긴 고난의 시작을 알리는 신호탄에 불과했다. 그녀는 아버지의 조언을 무시하고, 남편의 시신을 꽃과 보석으로 장식하라고 명령했다. 혹시라도 그가 깨어나면 반갑게 맞이하고 싶었기 때문이다.

"애야." 페르난도가 거듭해서 말했다. "밤낮으로 시신 옆에서 지낼 수는 없잖니."

"시신이라뇨? 펠리페는 죽지 않았어요. 그저 잠들었을 뿐이에요. 공놀이를 하고 난 다음에는 푹 쉬는 게 좋을 거예요. 요즘 운동을 너무 많이 했다니까요. 그리고 생각해보세요. 몇 달 동안 잔다고 이상할 건 없잖아요. 저도 거의 1년 동안 이 상태로 지냈잖아요."

"애야, 네 슬픈 심정도 이해 못할 바는 아니다만, 네가 물려받은 책무가 많다는 사실을 잊어서는 안 돼."

"그런 거라면 아버지가 알아서 해주세요. 아버지는 그런 일을 하고 싶어서 그토록 열심히 음모를 꾸미신 게 아니던가요. 펠리페가 깊이 잠드는 바람에 아버지가 왕좌에 오르는 일이 생길 줄 누가 알았겠어요? 그런 걸 보면, 인생은 참 역설적이에요. 이왕이면 귀족들에게 내가 미쳤다고 알리세요. 잘하면 이번에 큰 행운을 잡을지도 모르니까요. 제가 시신과 함께 산다는 소문을 퍼뜨리면, 카스티야의 권좌를 차지하실 수 있을 거예요. 어떻게 되든 저는 상관없어요. 앞으로 제가 할 일은 펠리페가 깨어날 때까지 그의 곁을 지키는 것뿐이니까요."

실제로 페르난도는 자신이 매우 유리한 입장에 놓여 있다는 것에 굉장히 놀라워하는 눈치였다.

마지막 꿈

"카스티야의 백성들에게 전하세요. 펠리페는 죽지 않았고, 잠들어 있는 것뿐이라고요. 그리고 저는 그의 정숙한 아내로서 잠든 그의 곁을 지키고 있으니, 그가 깨어날 때까지 아버지가 나를 대신해 이 나라를 다스릴 거라고요."

아버지 페르난도가 보기에는 후아나가 착란 증세를 보이는 것이 분명했다. 이사벨의 유언에 따르면, 페르난도는 딸이 나라를 통치할 능력이 없다고 판단될 경우에 한해 카스티야 왕국의 섭정 지위에 오를 수 있었다. 그의 손자 카를로스는 아직 어린 데다 외국에 살고 있었다. 후아나가 죽고 나면 카를로스가 왕위에 오르겠지만, 그 전까지는 아무 권리도 없었다. 후아나가 정신적 장애를 겪고 있다는 것에는 의심의 여지가 없었지만, 가톨릭 왕은 확신이 서지 않았다. 그는 딸이 절망을 이겨내지 못하고 결국 스스로 목숨을 끊을까 봐 두려웠다. 그럴 경우 그는 섭정 지위를 잃고, 카를로스가 자동으로 왕위에 오르기 때문이었다.

후아나는 몇 날 며칠 동안 남편의 시신이 깨어나기만을 애타게 기다렸다. 그녀는 단 한순간도 그의 곁을 떠나지 않았지만, 죽음은 여왕이 만난 가장 막강한 적이었다. 그녀는 인내가 효과적인 방법이 아니라는 것을 깨닫고 행동에 나서기로 결심했다. 그녀가 가장 먼저 한 일은 펠리페가 살아생전에 묻히기를 원했던 그라나다로 시신을 옮기는 것이었다. 그녀는 아버지에게 이 사실을 알렸다.

"그이가 아직 살아 있다면, 내가 자기를 무덤으로 데려간다는 것을 알아차리고 잠에서 깨어나 나를 만류하려고 할 거예요."

페르난도는 운구 행렬을 막을 방법이 없었다. 밤에 야영을 할 때면, 여왕은 시신이 어둠 속에 방치되지 않도록 횃불로 관을 밝히라고 명령했다. 그가 눈을 떴을 때 빛을 찾을 수 있도록. 하지만 그들은 그라나다에 도착하지 못했다. 페르난도는 그 음산한 광경을 하루빨리 끝내려고 계획을 꾸몄다. 그는 속임수를 써서 후아나를 착각하게 만들어 사위의 시신과 함께 토르데시야스*⁶로 데려갔다. 가톨릭 왕은 그녀가 계속 집착에서 빠져나오지 못하게 시신을 그곳으로 옮기고, 펠리페가 깨어날 때까지 잘 보살펴달라고 부추기기까지 했다. 이미 왕위에 오른 페르난도로서는 후아나가 제정신으로 돌아오지 못하게 하는 것이 급선무였다. 만약 그녀가 정신을 차리면, 자신이 카스티야 왕국의 권좌를 지키기 위해 여태껏 꾸민 음모가 모두 수포로 돌아가고 말 것이었다.

후아나는 토르데시야스에서 수년간 비참한 생활과 착란 증세, 그리고 학대를 견디며 살아야 했다. 펠리페는 죽음의 상태에 머물러 있었고, 그녀는 계속 착란을 일으키면서도 남편에 대해 지극한 정절을 과시했다. 감시자들은 혹시라도 여왕이 현실 감각을 되찾을 경우를 대비해 스페인과 유럽에서 일어나지도 않은 일을 사실인 것처럼 들려주어 여왕을 혼란스럽게 만들었다. 그러면 누군가 그녀의 이야기를 들어도 그녀가 미쳤다는 것을 의심하지 않으리라는 계산이었다.

몇 년 후 페르난도가 세상을 떠났지만, 그녀는 아무 소식도 듣지

★6 카스티야 왕국의 도시로 바야돌리드 부근에 위치하고 있다.

마지막 꿈

못했다. 그녀는 그 순간 자신이 유럽에서 가장 강력한 군주라는 것을 꿈에도 생각하지 못했다. 군주는커녕 쇠약하고 초라한 모습으로 생매장된 사람처럼 살고 있었다. 죽음이 젊고 강인한 남편을 잔인하게 대한 것처럼, 삶은 그녀의 몸과 마음이 그토록 비참하고 초췌한데도 아랑곳하지 않은 채 그녀를 붙잡고 놓아주지 않았다.

그 무렵, 그녀의 아들인 카를로스가 왕위에 오르기 위해 귀국했다. 중요한 직책은 스페인 사람들을 제물 삼아 플랑드르에 있는 자기 집안과 아내들을 부유하게 만드는 데에만 골몰하던 외국인들의 손에 넘어가고 말았다. 후아나는 합법적인 여왕이었지만 완전히 미친 여자로 여겨지고 있던 터라 숨어 지내야만 했다. 카를로스는 그녀를 더 가혹하게 감금했고, 데니아 후작과 그의 아내에게 이러한 까다로운 임무를 맡겼다. 하지만 후아나는 그렇게 고분고분한 사람이 아니었기 때문에 그녀를 감시하는 이들은 주저하지 않고 더 심한 제재를 가하곤 했다. 사실 그들의 속셈은 여왕을 빨리 죽게 하려는 것이었지만, 유령 같은 몰골의 여왕은 초인적인 생명력을 가지고 있었다.

후아나가 오랜 세월 공포에 떨면서도 버틸 수 있었던 것은 이미 해골로 변한 남편의 시신 때문이었다. 하지만 그런 그녀도 그가 깨어나리라는 희망을 조금씩 잃어가기 시작했다. 그녀는 기다리는 동안 너무나 많은 고통을 겪었다. 비록 남편에 대한 사랑은 조금도 줄어들지 않았지만, 이제는 더 이상 고통을 감내할 힘이 없었다.

그러던 어느 날, 그녀는 자신을 감시하던 자를 불러 바늘을 하나 달라고 청했다.

"명색이 여왕인데, 이런 누더기 같은 옷을 걸치고 있다는 것이 말이 되는가. 내 손으로 옷을 직접 꿰맬 생각이네."

후아나는 상냥한 태도를 잃지 않으면서도 서글픈 기지를 발휘해 바늘을 어디에 쓰려고 하는지에 대해 거짓말을 둘러댔다. 사실 그녀는 자신의 행색에 대해 털끝만큼도 신경 쓰지 않았다. '여왕께서 드디어 제정신으로 돌아오셨네.' 그녀를 감시하던 여자는 놀라움과 두려움에 휩싸인 채 속으로 중얼거렸다.

여자가 그녀에게 바늘을 건네주고 자리를 떠나자, 그녀는 바늘로 손끝을 여러 차례 찔렀다.

"잠들고 싶어." 그녀는 날카로운 바늘 끝의 영혼에게 거듭 말했다. "잠들고 싶어. 잠들지 않는다면 더 이상 이 세상에 남아 있고 싶지 않아. 잠이 나를 모든 공포에서 구해줄 거야."

그러고는 계속해서 손끝을 찔렀다.

후아나를 감시하던 여자는 데니아 후작에게 방금 있었던 일을 알렸고, 후작은 자기와 한마디 상의도 없이 바늘을 주었다고 그녀를 나무랐다. 여왕은 미친 상태로 계속 감금된 채 살아야 했다. 아주 희미한 이성의 빛조차 억압되고 침묵을 강요받아야 했다.

후작은 그녀를 감금한 곳에 갔다가 영원히 잠들고 싶다며 혼잣말을 계속 중얼거리는 그녀의 모습을 보고 놀랐다. 후작은 그녀가 아직 이성을 되찾지 못했다는 사실에 안도했지만, 여전히 카리스마 넘치는 그녀의 모습을 보고 적잖이 놀랐다. 그녀는 자신을 거기에 감금한 것이 아들 카를로스라는 사실을 까맣게 모르고 있었다.

마지막 꿈

후작은 상냥한 태도로 바늘을 돌려달라고 했지만, 영리하게도 후 아나는 잃어버렸다고 대답했다. 이후 며칠 동안 그녀는 계속 바늘에게 도움을 청했지만, 날카로운 바늘 끝은 도피하려는 그녀의 욕망에 아무 응답도 하지 않았다. 펠리페를 헌신적으로 사랑했지만 아무 보상도 받지 못하고 삶도 그녀의 곁을 떠나지 않자, 결국 후아나는 시대적 요구를 받아들여 자신의 책무를 다하는 동시에 특권을 누리기로 결심했다. 그 첫 단계는 아버지를 만나고, 항상 자신에게 충직했던 신하들을 불러 모아 공적 생활로의 복귀를 준비하는 것이었다.

"이를 위해 내게 군주의 지위에 걸맞은 옷을 입힐 것을 명하노라. 만약 내 명을 거역하면 처형하겠다." 그녀는 데니아 후작을 위협했다.

후작은 그녀의 명령을 따르는 척하며 그녀의 눈앞에서 사라졌다.

플랑드르 사람들의 탐욕으로 인해 오랫동안 참혹한 수탈에 시달린 카스티야 사람들은 잔인무도한 폭정 아래에서 신음하느니, 차라리 미친 여왕의 변덕에 휘둘리는 편이 더 낫다고 여겼을 것이다. 아무리 제정신이 아니라 해도 후아나가 저들보다 나라를 더 처참하게 망가뜨릴 수는 없을 것이었다. 설령 그런 일이 벌어지더라도, 그건 사악하고 비열한 품성 때문이 아니라 자기 남편을 미치도록 사랑했기 때문일 테니까.

후아나에 관한 방대한 전설이 전해지고 있었다. 얼핏 이해하기 어려운 듯 보이지만, 그 전설은 그녀의 파란만장했던 삶을 훌쩍 뛰어넘었다. 그 전설 덕분에 그녀는 당시 사람들의 눈에 비열하고 사악한 동시대 인간들을 능가하는 존재로 비쳤다.

후아나는 헌신적인 사랑, 불굴의 의지, 소극적인 저항, 그리고 착란적인 상상 등 위험하지만 나무랄 데 없이 훌륭하고 믿기 어려운 특성을 상징하는 인물이었다. 카스티야 사람들은 자기들과 마찬가지로 여왕 또한 아들의 농간에 속아 넘어간 희생자라는 것을 직감했다. 어느 순간 인내심이 한계에 다다른 그들은 자리를 비운 왕과 달갑지 않은 대신들에 맞서 톨레도에서 무기를 들고 일어났다. 톨레도에서 시작된 봉기는 곧 세고비아, 사모라, 마드리드, 과달라하라, 그리고 토로 등으로 들불처럼 번져나갔다. 천시당하던 카스티야 사람들은 왕과 그의 플랑드르 친구들의 폭압적인 통치에 맞서 격렬하게 투쟁했다. 역설적이게도 그 시기에 카를로스는 스페인의 금을 이용해 까다로운 경쟁자들을 물리치고 독일의 왕권을 차지함으로써 합스부르크 보편제국의 꿈을 실현해나가고 있었다. 정상에 오른 카를로스는 유령 같은 몰골의 미친 어머니가 카스티야 민중의 기치가 되리라고는, 그리고 스페인에 머무느라 카를로스 1세의 대관식에 참석하지 않았던 소수의 플랑드르 통치자들이 "미친 여왕 만세!"라는 함성과 함께 무자비하게 제거되리라고는 상상조차 하지 못했다. 코무네로스[7]라고 불리던 혁명가들은 사악하기 이를 데 없는 데니아 후작으로부터 여왕을 구출하기 위해 토르데시야스로 향했다. 하지만 그들은 고명한 이사벨 여왕의 딸이 여위고 누더

★7 comuneros. 1520년과 1521년 사이 카스티야 왕국에서 발생한 봉기(코무네로스 반란)에 참여한 시민들을 가리킨다. 다양한 사회 계층 출신으로 이루어져 있는 것이 특징이다.

기를 걸친 초라한 몰골로 나타나자 한참 동안 알아보지 못했다. 페르난도와 카를로스가 그녀에게 어떤 짓을 했는지, 그간의 사정을 다 들은 그들은 끓어오르는 울분을 주체하지 못했다. 카를로스의 뻔한 속셈에 놀아난 후아나는 아버지가 돌아가셨다는 사실조차 모르고 있었다. 그리고 자기 아들이 오스트리아 막시밀리안 1세의 왕위를 계승했다는 것과 막시밀리안이 사망했다는 것 또한 까맣게 모르고 있었다. 더욱이 외세가 카스티야의 주권을 침탈해 자기 민족의 명예를 조롱하고 경제를 피폐하게 만들었을 거라고는 꿈에도 상상하지 못했다. 너무나 많은 사건이 한꺼번에 일어났지만, 놀랍게도 여왕은 조금도 당황하지 않고 뜻밖의 용기와 의지를 보여주었다. 코무네로스는 여왕의 손에 정권을 맡겼고, 여왕은 이를 받아들였다.

그녀는 자신의 유감스러운 망각에 대해 용서를 구하고 자신과 백성들을 그토록 잔인하게 짓밟은 아버지와 아들과의 단호한 결별을 선언했다.

카를로스는 후아나가 민중 봉기를 통해 카스티야 왕국의 왕위를 되찾았다는 소식을 프랑크푸르트 암 마인에서 들었다. 그녀는 아들에게 비난과 책망으로 가득한 도발적인 서한을 보내 현 상황을 상세히 알려주었다. 만약 그가 스페인으로 돌아오면, 이미 불행한 운명을 맞이한 측근들과 마찬가지로 정의의 심판에 따라 장차 마땅한 벌을 받게 될 것이라고 경고했다. 그 편지를 받은 카를로스는 불같이 화를 내며 어머니는 물론 그녀를 지지하는 모든 자를 죽음으로 다스리겠다고 호언했지만, 시간이 흐르면서 이런 고약한 낭패를 당하는 것이 자신의 허세 때문이라는 것을 깨닫고 결국 모든 것을 단념하고 추방령을 받아들였다.

(마침내 자애로운 어머니로 돌아온 후아나는 얼마간의 시간이 지난 후 아들이 자기 품으로 돌아올 수 있도록 허락했다. 그 무렵, 카를로스는 자신의 잘못을 뉘우치고 유스테 수도원*8에 들어가 히에로니무스 수도회에 입회하여 성스러운 향기 속에서 생을 마감했다.)

피로 명예를 되찾은 카스티야는 후아나 여왕과 방부 처리되어 그녀 곁에서 왕좌를 지키는 펠리페가 통치하면서 보다 행복한 시대를 맞이했다.

"결국 그가 간절히 원하던 것을 이루었네요." 궁정에서 여왕은 고인이 된 남편에 대해 말했다. "카스티야 왕국의 왕관을 쓰는 것 말입니다. 하지만 불행히도 이제 왕관은 그에게 장식품에 지나지 않겠죠."

카스티야의 온 백성과 조정은 반듯이 누워 꿈쩍도 않는 펠리페를 자신의 왕으로 받아들였고, 남다른 기지와 총명함으로 정사를 돌보는 여왕을 존경하고 흠모했다. 결국 후아나는 인간으로서 더할 나위 없이 영광스러운 삶을 살게 되었다. 그녀는 그 어떤 반응도 보이지 않는 펠리페의 태도에 이미 익숙해진 터라, 백성들의 행복한 삶과 국부를 회복하는 데 모든 노력을 기울였다. 역사는 그녀를 영광

★8 카세레스에 있는 수도원.

스러운 자리에 세우고, 당대의 모든 여성 인물들과 구별하여 숭고하고 열정적인 스페인 영혼의 상징으로 만들었다.

EL ÚLTIMO SUEÑO
마지막 꿈

•
....

토요일. 거리에 나가보니 날이 정말 화창하다. 엄마 없이 처음 맞이하는 맑은 날이다. 안경 뒤에서 눈물이 흘러내린다. 오늘 하루 종일 여러 번 이럴 것 같다.

나는 전날 밤 한숨도 못 잔 탓에 고아처럼 터덜터덜 힘없이 걸어가 택시를 타고 **수르 영안실**로 향한다.

비록 내가 자주 찾아가고 어리광이나 애교를 부리는 아들은 아니었지만, 어머니는 내 인생에서 없어서는 안 될 분이다. 엄마는 내가 이름에 당신의 성을 포함시키기를 은근히 바랐다. 하지만 무심하게도 나는 끝내 그렇게 하지 못했다. "네 이름은 페드로 알모도바르 카바예로야. 왜 알모도바르라고만 쓰는 거니?" 언젠가 한번은 어머니가 화난 목소리로 이렇게 말한 적이 있다.

이 세상 어머니들은 매사에 신중하다. "사람들은 아이들이 하루

아침에 큰다고 생각한다. 하지만 실제로는 오래 걸린다. 그것도 아주 오래." 로르카[*1]가 한 말이다. 이와 마찬가지로 어머니도 하루아침에 되는 것이 아니다. 어머니들은 특별한 일을 하지 않아도 없어서는 안 되는 중요한 존재이자, 결코 잊을 수 없고 우리에게 뭔가를 가르쳐주는 존재가 된다.

나는 엄마한테서 많은 것을 배웠다. 하지만 엄마나 나나 그런 사실을 전혀 깨닫지 못했다. 나는 엄마를 통해 영화 작업에 꼭 필요한 것, 즉 픽션과 현실의 차이, 그리고 삶을 더 쉽고 편하게 만들기 위해 현실을 어떻게 픽션으로 보완하면 되는지를 배웠다.

나는 엄마의 생애 모든 순간을 기억한다. 그중에서도 가장 기억에 남는 것은 아마도 바다호스[*2]의 어느 마을, 오레야나 라 비에하에서 보낸 시절일 것이다. 그곳은 내가 마드리드에 집어삼켜지기 전에 살았던 거대한 두 세계, 라만차와 엑스트레마두라를 잇는 다리 같은 삶의 공간이었다.

누나들은 내가 그때의 기억을 떠올리는 걸 달가워하지 않는데, 엑스트레마두라에서 처음 살 때만 해도 우리 집안의 경제 상황은 굉장히 어려웠다. 엄마는 언제나 엄청난 창의력을 발휘했고, 내가 아는 이들 중에서 가장 진취적인 사람이었다. 라만차 지방에는 '작은 올리브오일 병에서 우유를 짜낼 수 있다'[*3]는 속담이 있다.

★1 Federico García Lorca(1898~1936). 스페인의 시인이자 극작가로《집시 민요집》과《피의 결혼식》등의 작품을 남겼다.
★2 엑스트레마두라에 위치한 지역으로 서쪽으로 포르투갈과 접하고 있다.
★3 언뜻 보기에 불가능한 일 같아도 능히 할 수 있다는 뜻이다.

우리가 살던 거리에는 전기도 들어오지 않았고, 바닥에는 어도비 벽돌★⁴이 깔려 있었다. 물이 닿으면 진흙투성이로 변해버리는 바람에 어떻게 해도 깨끗해 보이지 않았다. 마을 중심에서 멀리 떨어져 있던 그 거리는 점판암 지형 위에 세워졌다. 생각해보면, 여자들이 하이힐을 신고 점판암으로 이루어진 그 가파른 비탈길을 걸어 올라가지 못했을 것 같다. 내게는 그곳이 진짜 거리가 아니라, 서부영화에 나오는 마을 같았다.

그런 곳에서 사는 게 힘들었지만, 대신 모든 것이 저렴했다. 그리고 이웃 사람들은 모두 선량하고 놀라울 정도로 따뜻한 마음을 가지고 있었다. 또한 그들은 글을 읽을 줄 모르는 까막눈이었다.

아버지 월급만으로는 우리 가족의 생활비를 충당하기 어려워지자, 엄마는 〈중앙역〉★⁵의 주인공처럼 편지를 읽고 쓰는 사업에 뛰어들었다. 당시 여덟 살이던 나는 이웃 사람들의 편지를 대신 써주는 역할을 맡았고, 엄마는 그들이 받은 편지를 읽어주었다.

그런데 나는 엄마가 읽고 있는 이야기를 주의 깊게 듣다 그것이 종이에 적힌 내용과 똑같지 않다는 사실을 알고 깜짝 놀란 적이 한두 번이 아니었다. 사실 엄마는 편지를 읽다 필요하다 싶으면 거기 없는 이야기를 지어냈다. 엄마가 지어낸 이야기는 언제나 그들의 삶을 늘여놓은 것이었기 때문에 이웃집 여자들은 그런 사실을 전혀

★⁴ 사질沙質 점토를 굽지 않고 햇볕에 말려 만든 벽돌.
★⁵ 브라질의 영화감독이자 제작자인 바우테르 살리스Walter Salles가 1999년 발표한 영화로, 여주인공이 중앙역 한구석에서 편지를 대신 써주며 생계를 이어나간다.

마지막 꿈

눈치채지 못했다. 편지를 다 읽고 나면 그들은 오히려 더 만족스러워했다.

엄마가 편지를 있는 그대로 읽어주지 않는다는 것을 알고 난 뒤의 어느 날, 나는 집으로 가는 길에 잔소리를 늘어놓았다. "엄마는 왜 할머니 생각이 그렇게 많이 난다고 읽은 거야? 그리고 왜 대야에 물을 가득 담아 길가에서 할머니의 머리를 곱게 빗어주던 때가 그립다고 읽었어? 그 편지에는 할머니의 할 자도 안 나오잖아." 나는 엄마에게 따져 물었다. "하지만 너도 봤잖니? 이웃집 여자가 얼마나 기뻐하는지." 엄마가 말했다.

엄마의 말이 옳았다. 엄마는 편지의 빈 곳을 채워주고, 이웃 여자들이 듣고 싶어 하는 내용을, 그리고 때로는 편지를 쓴 이가 깜박 잊고 빼먹었을 수도 있지만 듣고 나면 흔쾌히 고개를 끄덕일 만한 내용을 들려주었다.

엄마의 이런 즉흥적인 창작은 내게 커다란 교훈을 안겨주었다. 그것은 현실과 픽션의 차이, 그리고 현실이 더 완전해지고, 더 즐겁고, 더 살기 좋아지려면 어떻게 픽션을 필요로 하는지를 분명하게 보여주었다.

이것은 이야기꾼에게는 아주 중요한 교훈이다. 나는 시간이 지나면서 점차 그것을 이해하게 되었다.

엄마는 자신이 원하는 식으로 이 세상과 작별했다. 그것은 결코 우연이 아니라, 엄마가 오래전부터 결심한 방식이라는 것을 오늘 영안실에서 알았다. 20년 전, 엄마는 안토니아 누나에게 이제 수의를 준비해야 할 때가 되었다고 말했다.

"우리는 짙은 갈색에 허리끈이 달린 성 안토니오의 수도복을 사려고 포스타스 거리로 갔어." 누나는 수의를 입은 엄마의 시신 앞에서 내게 말해준다. 또 엄마는 가슴에 성인의 휘장을 달면 좋겠다고 누나에게 말했다. 그리고 고통의 성모마리아*6의 스카풀라*7와 성 이시드로의 메달도 원했고, 손에는 묵주를 쥐고 있으면 좋겠다고 했다. "이왕이면 오래된 걸로 말이다." 엄마는 누나에게 구체적으로 말했다. "그리고 좋은 것들은 너희들끼리 나눠 가지렴"(거기에는 작은 누나 마리아 헤수스도 포함되었다). 그들은 얼굴을 가리기 위해 검은색 솔 비슷한 것을 샀는데, 그 솔이 엄마의 양옆으로 내려와 허리께까지 닿는다.

나는 누나에게 그 검은 솔이 무엇을 의미하는지 물었다. 옛날에 과부들은 남편의 죽음으로 인한 슬픔과 고통을 나타내기 위해 아주 두꺼운 검은색 실크 모슬린 솔을 두르고 다녔다고 한다. 시간이 지나고 슬픔도 어느 정도 가시면, 솔은 점점 짧아졌다. 처음에는 거의 허리까지 내려오던 것이 나중에는 어깨만 닿을 정도가 되었다. 누나의 말을 들으면서 엄마가 과부의 옷을 입고 세상을 떠나고 싶어 했다는 생각이 들었다. 아버지가 세상을 떠난 지도 어언 20년이 지났

★6 고통의 성모마리아 혹은 통고의 성모, 슬픔에 잠긴 성모는 마리아의 호칭 가운데 하나로, 그녀가 일생 중에 겪었던 슬프거나 고통스러웠던 일들과 관련이 있다.
★7 본래 가톨릭 수도자가 착용했던 의복으로, 후드가 달렸으며 어깨에서 앞뒤로 늘어진 모양을 한 노동용 앞치마이다. 성의聖衣라고도 불린다.

마지막 꿈

지만, 당연히 엄마에게는 그 어떤 남자나 새 남편도 없었다. 엄마는 죽고 나서 스타킹이나 신발을 신지 않고 맨발로 떠나고 싶다고도 했다. "혹시라도 사람들이 내 발을 묶어놓으면, 무덤에 넣기 전에 네가 꼭 풀어줘. 조금이라도 더 가볍게 저세상으로 가고 싶으니까." 엄마가 누나에게 당부했다.

또 엄마는 자기가 죽고 나면 추도사나 연도煉禱[8]만 하지 말고 제대로 격식을 갖춘 미사를 올려달라고 했다. 우리는 엄마가 시키는 대로 했고. 마을(칼사다 데 칼라트라바) 사람들이 모두 와서 '카베사다'라고 불리는 조의를 표했다.

엄마는 제단을 장식한 수많은 꽃다발과 성당에 가득 모인 온 마을 사람들을 보고 무척이나 흐뭇해했을 것이다. '온 마을 사람들이 다 모였다'는 말은 이런 종류의 행사에 대해 내릴 수 있는 최고의 평가다. 정말로 그랬다. 이 자리를 빌려 칼사다의 모든 분에게 감사의 말씀을 드린다. 고맙습니다, 여러분.

그리고 엄마는 마드리드와 칼사다에서 상주 역할을 훌륭히 해낸 내 형제들, 안토니아, 마리아 헤수스, 그리고 아구스틴의 모습을 보고 뿌듯해했을 것이다. 나는 눈앞이 뿌예지고 초점이 맞지 않는 바람에 주변이 온통 흐려 보여, 형제들이 하자는 대로 따르기만 했다.

비록 영화 홍보 투어(지금 〈내 어머니의 모든 것〉이 세계 거의 모든 곳에서 상영되고 있고, 나는 어머니이자 배우인 내 어머니에게 이 영화를 바

★8 연옥에 있는 이를 위하여 올리는 기도.

치기로 했다. 그런데 이 영화가 엄마의 마음에 들지 않을지도 모른다는 생각 때문에 많이 망설였다)를 다니느라 심신이 있는 대로 피폐해진 상태지만, 다행히 지금은 마드리드에, 엄마 곁에 머물고 있다.

네 명의 자식들은 항상 엄마와 함께 있었다. "모든 일"이 일어나기 두 시간 전, 아구스틴과 나는 중환자실에서 허용되는 30분 동안의 면회 시간에 엄마를 보러 들어갔고, 누나들은 대기실에서 기다리고 있었다.

엄마는 자고 있었다. 우리는 엄마를 흔들어 깨웠다. 엄마는 또렷한 정신으로 우리와 대화를 나누었지만, 그 전에 얼마나 달콤한 꿈을 꾸었는지 여전히 몽롱한 표정이었다. 엄마는 그때 폭풍우가 치는지 물었고, 우리는 아니라고 대답했다. 몸이 어떤지 물어보자, 엄마는 괜찮다고 했다. 엄마는 내 동생 아구스틴에게 휴가에서 방금 돌아온 아이들 소식을 물었다. 아구스틴은 주말 내내 아이들과 함께 지냈고 같이 식사도 할 거라고 말했다. 엄마가 장을 봐놓았느냐고 묻자, 동생은 그렇다고 대답했다. 나는 이틀 후에 영화 홍보차 이탈리아에 가야 하지만 엄마가 원하면 마드리드에 머물겠다고 했다. 그러자 엄마는 내게 걱정하지 말고 가서 일을 보라고 했다. 그런데 엄마는 우리가 집을 비운 사이, 티닌*⁹의 아이들이 어떻게 지낼지 걱정하는 눈치였다. "그럼 아이들은 누구하고 지내니?" 엄마가 물었다. 아구스틴이 나와 같이 가지 않고 여기 남겠다고 했다. 엄마는 동생

★9 아구스틴 알모도바르의 애칭.

마지막 꿈

의 말을 듣고 그제야 안도하며 그러는 편이 좋을 것 같다고 했다. 그때 간호사가 오더니 면회 시간이 다 됐다고 하면서, 어머니께 곧 식사를 가져다 드릴 거라고 알려주었다. "여기서 주는 음식은 먹어도 몸속에서 연기처럼 사라져버릴 거야." 엄마의 그 말이 아름다우면서도 이상하게 느껴졌다.

세 시간 후, 엄마는 세상을 떠났다.

우리가 마지막으로 찾아갔을 때 엄마가 한 말 가운데 지금 폭풍우가 치느냐고 물었던 것이 가장 기억에 남는다. 금요일에는 날씨가 화창했고, 창문으로 햇빛이 조금씩 들어오고 있었다. 엄마가 마지막 꿈에서 말한 폭풍우는 무엇이었을까?

페드로 알모도바르 카바예로

VIDA Y MUERTE DE MIGUEL
미겔의 삶과 죽음

•
....

몇몇 친척들과 장래의 친구들이 미겔이 태어나는 자리에 참석해, 느긋하게 작업을 하는 묘지기를 주의 깊게 바라보고 있다. 워낙 슬픈 사건을 겪은 터라 그와 가장 가까운 이들의 얼굴에는 체념과 고통의 기색이 감돌고 있다. 모두가 그 이름을 알고 있는 미겔은 비극적인 상황에서 태어날 것이다. 여기 모인 사람들은 모두 그 사실을 알고 있다.

아기가 얼마나 오래 살 수 있는지는 태어나는 순간 정해진다. 예측 불가능한 자연의 법칙에 의하면, **인간의 삶**은 태어나는 순간부터 살 수 있는 시간이 이미 정해져 있다. 각각의 개인이 태어날 때마다 어디에서든 자연스럽게 생겨나는 문서에는 그의 수명 주기가 끝나는 날짜가 명시되어 있다. 어떤 이의 경우는 먼저 끝나고, 다른 이의 경우는 나중에 끝난다. **우연**을 제외한 그 누구도 이 결정에 개입하지 않는다. 그것은 인생의 가장 큰 미스터리 가운데 하나다. 갓 태어난 아기의 나이는 시작과 끝이라는 허용치와 관련이 있다. 가령 40세에 태어난 사람은 첫 번째 생일이 지나면, 자신이 이제 1년을 살았고 죽기까지 39년이 남았다고 말할 것이다.

미겔의 모습은 아직 보이지 않았고, 묘지기는 여전히 느릿느릿 움직인다. 들리는 말에 따르면, 그는 꽤나 젊은 나이로 태어날 것 같다. 그 사실을 알고 있는 어머니는 간신히 눈물을 참고 있다. 그가 들어 있는 나무 관이 깊은 구덩이에서 모습을 드러낸다. 친척들은 내키지는 않지만 관례에 따라, 곧 태어날 이에게 인사하듯 힘없이 한 줌의 흙을 던진다. 부모는 서럽게 울고 있고, 이모 중 한 명이 뻔한 말로 엄마를 위로한다.

"저 아이의 삶이 어떻게 흘러가든 그건 중요하지 않아. 어차피 영원히 살 수 있는 것도 아니고. 결국에는 다른 이들과 마찬가지로 모든 것으로부터 벗어나는 죽음을 맞이할 테니까."

"불쌍한 내 아들은 비극적으로 태어나겠지." 엄마가 괴로워하며 탄식한다.

"지금은 그런 생각 하지 마." 이모도 물러서지 않는다.

엄마는 신음 소리를 토하며 한탄한다.

"이렇게 젊은 나이로 태어나다니…… 미겔은 누구한테도 해를 끼친 적이 없는데."

무덤을 파던 인부들은 미겔이 들어 있는 관을 밧줄로 묶어 꺼낸다. 이것이 출산의 첫 단계다. 사제는 몇 마디의 기도로 의식을 마치고, 아이의 앞날에 행복이 가득하기를 기원한다. 그러자 가족의 친구들이 관을 어깨에 메고 영구차에 실어 집으로 향한다.

아이의 부모, 삼촌들과 이모들, 앞으로 그의 가장 친한 친구가 될 사람이자 그의 출생에 얽힌 이야기를 가장 많이 알고 있는 엘레나, 그리고 몇몇 친구들은 차를 타고 부모의 집으로 향한다. 그들은 거기서 작별 인사를 나눈 다음, 부모를 위로하면서 어떤 일이든 도와주겠다고 약속한다. 어머니는 그들이 대체 어떤 도움을 주겠다고 말하는지 몰라 어리둥절한 표정으로 그들을 바라본다. 그들도 무슨 뜻으로 그런 말을 했는지 모르기는 마찬가지다. 하지만 그것은 의식처럼 모든 사람이 따라 하는 전통이다. 집에는 미래의 여자 친구인 엘레나와 이모만 남는다.

장의사 직원들이 방 안에 관을 놓고 뚜껑을 연다. 이제 딱딱하게 굳어 있는 미겔의 대리석 같은 몸을 볼 수 있다.

그때 노크 소리와 함께 방문이 열리면서 한 여인이 나타난다. 그녀는 어머니를 만나고 싶어 하는데…….

"지금 아이의 어머니는 부인을 만날 수 없습니다." 그녀를 맞으러 간 엘레나가 말한다.

"당연히 그렇겠죠." 여자가 말한다. "그럼 제가 왜 여기 왔는지 설명드리죠. 저는 임대할 아파트를 한 채 가지고 있는데, 최근까지 비어 있었어요. 그런데 오늘 갑자기 책이며 옷가지며, 여러 물건들로 가득 차 있지 뭐예요. 쭉 훑어보니까 젊은 남자의 물건 같더군요. 그래서 문서를 찾아보니까, 여기 보세요, 탄생과 관련된 문제일 거라는 감이 오더군요. 여기에 부모의 집주소도 나와 있고요. 필요한 옷이나 물건이 있으면 언제든지 와서 가져가세요……."

"아마도 찾으신 물건이 모두 미겔의 것이라면 그는 조만간 그곳으로 이사 갈 거예요. 저는 옷만 조금 가져올게요. 그럼 문서 좀 봐도 될까요? 다른 사람의 출생일 수도 있으니까요."

엘레나는 문서를 다 읽는다.

"네, 바로 이 사람이에요. 그의 이름은 미겔이에요. 당신 아파트의 방이 어느 날 갑자기 처음 보는 물건으로 가득 차 있다는 것은 그가 이미 이 세상에 태어났다는 뜻이고요."

"나는 당신이 누군지 알아요." 여자가 엘레나에게 말한다.

"네, 우린 언젠가 만난 적이 있을 거예요."

"그런 것 같군요. 더 필요한 것이 있나요?"

"아뇨, 고맙습니다. 이제 기다릴 일만 남은걸요. 알려주셔서 감사합니다."

엘레나는 미겔의 시신이 안치된 방으로 돌아간다. 뚜껑이 열린 관 주위를 네 개의 촛대가 둘러싸고 있다. 어머니가 말한다.

"정말 젊구나! 마치 잠든 것 같기도 하고, 놀라서 겁을 집어먹은 것 같기도 하네. 아, 가엾은 내 아가! 아이의 물건은 아직 안 나타났다니?"

"아뇨, 나타났어요." 엘레나가 대답한다. "방금 어떤 여자가 찾아와서 미겔이 태어난 뒤 어디서 살게 될지 알려줬어요."

"그럼 우리랑 같이 살지 않는다는 거니?" 어머니가 실망한 듯 묻는다.

"네."

"얼마나 산다고 하디?"

"25년이래요. 보세요."

어머니는 엘레나가 건네준 문서를 황급히 받아 든다. 거기에는 미겔의 출생일과 사망일이 분명하게 나와 있다.

"그 아파트에 가서 아이가 처음 며칠 동안 어떻게 지내는지 보고 싶구나." 어머니가 말한다.

"시간이 없어" 이모가 나선다. "그리고 거기 가봐야 딱히 할 일도 없고. 자, 이제 아이가 태어날 시간이 얼마 남지 않았으니까 모두 서둘러야 해."

관례대로, 미래의 존재를 위해 조문을 해야 한다. 엘레나와 그 자리에 와 있던 친척들이 번갈아가며 문상객을 맞이한다. 시간은 무겁게 흐르고, 밤은 끝나지 않을 것처럼 길게만 느껴진다.

다음 날, 잠은 못 잤지만 조금이라도 휴식을 취한 사람들은 여전히 부모의 집에 남아 피할 수 없는 탄생의 마지막 단계를 준비한다.

옷을 차려입은 미겔의 몸에서 특별한 점은 보이지 않는다.

"고작 25년이라니! 이제 이 아이는 어떻게 되는 거지?" 그때 어머니가 갑자기 소리를 지른다.

"그만하고 옷이나 벗기자." 이모가 말한다. "그 아파트에서 가져온 옷으로 갈아입혀야 해. 폭력의 흔적도 안 보이고, 저 나이에 병을 안고 태어나는 일은 드문데……. 왠지 아이의 표정이 무섭게 느껴지

네." 놀란 데다 고통으로 일그러진 표정이다.

"그러게 말이야. 가엾은 녀석 같으니! 이제 옷을 벗기자." 어머니가 흐느끼며 말한다.

어두운 색깔의 옷을 조심스럽게 벗기자, 그의 가슴에 선명하게 남아 있는 총상이 드러난다. 이미 엘레나는 이모에게 그의 출생에 얽힌 비극적인 사건들에 대해 두서없긴 해도 상세하게 이야기해두었다. 어머니는 자기 아들에게 닥칠 확실한 위협의 증거 앞에서 눈물을 흘린다. 그녀는 뭐라도 하고 싶지만, 비극 앞에서 아무것도 할 수 없다는 무력감 때문에 가슴이 찢어지는 것만 같다.

"언니, 운이 좋으면 꼭 이렇게 되지 않을 수도 있어." 그녀의 동생이 위로한다. "비극만 잘 이겨내면 이 아이의 삶에도 분명 기쁨과 행복의 순간이 찾아올 거야. 얼굴이 저렇게 고통으로 일그러져 있지만, 참 잘생겼네. 자세히 보니 형부를 닮았어."

그들은 그의 옷을 벗기고 씻긴 다음 방에 홀로 내버려둔다. 가장 힘들고 고통스러운 시간도 서서히 끝나가고 있다. 이제 남은 것은 실제로 이 세상에 태어난다는 정해진 사실뿐이다. 미겔의 경우 젊은 나이와 가슴에 난 상처로 인해 인생의 첫 단계는 어려울 것으로 예상되지만, 가족들의 삶은 그와 다른 방식으로 계속될 것이다. 지금의 고통은 사라지고, 미겔의 운명에 대한 약간의 불안감만 남을 것이다.

그의 가까운 미래를 구체적이고 상세하게 알기는 어렵지만, 그의 출생 조건에 근거해 자연스럽게 나타날 결과 정도는 예측 가능하다.

미겔을 둘러싼 상황들은 그리 만만치 않다. 가슴에 난 상처는 곧 그를 태어나게 할 총알이 발사될 것임을 예고하지만, 그 사건이 어디에서 일어날지는 아무도 모른다. 아무튼 그를 이 세상에 태어나게 만들 총알이 발사될 시간이 얼마 남지 않았다. 가슴의 피를 아무리 깨끗하게 닦아내도 상처는 점점 선명해지는 것 같다. 부모와 그 곁에 있는 사람들에게 기다림은 영원처럼 느껴진다. 결국 젊은 엘레나를 포함해 모든 이는 각자의 집으로 가기로 한다.

어머니는 비탄에 잠겨 있다. 마침내 남자들이 아이를 데리러 왔다. 이별의 순간이 다가오자 어머니는 미친 듯이 울부짖는다. "안 돼, 안 돼. 미겔, 안 돼." 그녀는 앞으로 무슨 일이 일어날지 알고 있다. 남자들은 아들을 데려간 후 총에 맞아 태어나게 할 것이다. 어머니의 절규는 그녀가 느끼는 심한 무력감을 잘 드러내준다. 아들의 비극적인 출생을 막기 위해 그녀가 할 수 있는 일은 아무것도 없다. 상처에서 피가 솟구친다. 장례 행렬을 이룬 남자들이 힘없이 축 늘어진 시신을 들고 무작정 길을 간다. 그들은 미겔의 부모가 사는 거리를 지나, 먼지가 풀풀 이는 공원을 가로질러 직감에 따라 정처 없이—마치 최면에 걸린 듯이, 아니면 무아지경에 빠진 듯이—걸어간다. 그렇게 20분이 지난 후, 시신이 그들의 손에서 미끄러져 바닥에 떨어지더니 이상하게 움직이며 일어선다. 완전히 똑바른 자세로 선 그는 마치 춤이라도 추는 것처럼 두 팔을 벌리더니 머리털이 곤두설 정도로 섬뜩한 비명을 지른다. 그것은 남자들이 학수고대하던 비명, 미겔이 살아 있다는 것을 알리는 통과 의례 같은 비명이다. 거

마지막 꿈

기까지 그를 데려온 남자들은 맞은편에 있는 바로 달려간다. 모든 일이 순식간에 일어난다.

그런데 바로 그 순간, 미겔보다 나이가 약간 많은 남자가 증오로 가득한 표정으로, 맞은편 보도(그곳까지 미겔을 옮긴 남자들이 방금 들어간 바의 문 바로 옆)에서 그를 향해 총을 쏜다.

이제 막 태어난 미겔은 아직 의식이 완전하지 않은 가운데 세상에 첫걸음을 내딛는다. 그러자 그의 가슴에 난 상처가 갑자기 사라진다. 미겔은 자신에게 치명적인 사건이 일어날 것이며, 그것을 피할 시간도, 방법도 없을 것이라고 확신하며 삶을 시작한다. 맞은편 길모퉁이에서 그를 쏜 남자가 큰 소리로 외친다.

"그녀를 포기해! 그녀를 놔주라고!"

'저 사람은 대체 누구지? 모르는 사람이 왜 저렇게 고함을 지르고 난리야?' 미겔은 태어나자마자 이렇게 험한 일을 겪자 기분이 상한 나머지 속으로 투덜거린다. 저 남자는 왜 자신에게 저렇게 적의를 드러내며 소리를 지르는 것일까? 미겔은 그에게 다가가 위협조로 말한다. "계속 그러면 당신을 체포하라고 할 거야!"

"너한테는 시간이 많지 않아. 그녀를 놔주지 않으면, 이 손으로 너를 끝장내버리겠어!" 그는 이렇게 말하면서 주머니 속에 든 권총을 신경질적으로 만지작거린다. 권총은 여전히 뜨겁다.

미겔은 이 세상에 막 도착해 아무런 경험도 없는 터라, 자신이 저 남자와 대체 무슨 관계가 있는 건지 궁금하다. 미겔은 그를 전혀 모른다. 사실 저 남자가 어떻게 협박하든 전혀 신경 쓰이지 않지만, 이

상황을 해결하기 위해 무언가를 해야 한다는 생각이 들자 정신이 아찔해진다. 남자가 자기를 향해 증오심을 드러내 보이고 있지만 미겔은 그에게 아무 감정도 없는 터라 똑같은 방식으로 반응하고 싶지 않다. 어쩌면 이 모든 일이 오해에서 비롯된 것인지도 몰라 그는 일단 참기로 한다.

"진정해요. 당신은 지금 자신이 무슨 말을 하는지도 모른다고요."

"그녀를 놔주고 어서 꺼져. 그녀는 너한테 별로 중요하지 않잖아. 너는 다른 것도 많이 가지고 있지만, 나한테는 그녀밖에 없단 말이야." 처음에 비해 기세가 한풀 꺾인 남자가 그에게 애원하듯 소리친다.

"난 당신이 누구인지 몰라요. 당신 문제에는 전혀 관심도 없고요. 나는 방금 태어났기 때문에 이 넓은 세상에서 나 혼자뿐이라고요." 미겔은 남자에게 이렇게 말하려고 하지만, 그가 너무 흥분해 있어 엄두를 내지 못한다.

"이봐요. 도대체 무슨 소리를 하는 거예요? 난 당신을 모른다고요. 그녀라니, 어떤 여자를 말하는 거죠?"

"잘 알면서 왜 그래! 누구긴 누구야, 엘레나지!"

"엘레나라고요?"

미겔은 엘레나가 누군지 어렴풋이 기억나지만, 전혀 모르는 척 시치미를 뗀다. 낯선 남자의 바지 주머니에 권총이 들어 있어 여전히 위협을 느끼지만, 처음 만났을 때보다는 덜하다. 저 남자를 사진에서 봤던 기억도 난다. 시간이 지나면서 상황을 좀 더 파악한 미겔

마지막 꿈

은 자기를 죽이려는 남자가 무슨 말을 하는지 서서히 이해하기 시작한다.

"당신은 미쳤어!" 미겔은 남자를 떼어내기 위해 소리친다.

"그녀를 놔줘. 미리 경고하는데, 그녀를 위해서라면 난 무슨 짓이든 할 거야."

얼마 전까지 그 낯선 남자는 엘레나의 남자 친구였다. 그의 이름은 에우세비오다. 미겔이 태어나기 며칠 전부터 엘레나는 그로 인해 이런 일이 일어난 거라고 남자 친구를 비난했다. 그 결과, 에우세비오가 미겔에게 총을 쏘는 것은 피할 수 없는 일이 되고 말았다. 길 맞은편 보도에서 네 명의 남자가 그를 바닥에 내려놓는 모습을 보았을 때, 내면에서 솟구치는 저항할 수 없는 힘이 그로 하여금 권총을 움켜쥐고 미겔을 향해 발사하도록 몰아붙였다. 누구든 미래에 어떤 행동을 하게 될지 확실히 알 수 없지만, 모든 상황이 특정한 의무를 부여한다면 그것을 거부할 방법은 없다. 그것은 개인보다 더 우월하다. 이처럼 삶은 스스로 발전하기 위해 개인을 부품처럼 사용한다. 하지만 미겔은 산 자들과 머문 시간이 짧기 때문에 이 모든 것을 전혀 모른다.

"나는 무슨 짓이든 할 수 있다니까!" 에우세비오가 다시 그를 위협한다.

그럴 만한 어떤 이유도 없었지만 훨씬 차분해진 미겔은 그를 떼어내기 위해 상냥한 투로 말한다.

"당신 여자가 당신을 버리고 떠났다면, 그녀가 누구랑 있든 상관

없잖아요. 그러니 그녀를 깨끗이 잊고, 지금 상황을 있는 그대로 받아들여요."

"난 그녀를 잊고 싶지 않아!"

대화가 어긋나면서 자주 끊기자, 미겔은 지루해지기 시작한다. 그는 옆에 있는 바에서 한잔 마시면서 에우세비오를 떼어내려고 한다. 결국 미겔은 그에게서 벗어나기 위해 그의 말에 동조한다.

"네. 난 엘레나와 함께 갈 거예요." 미겔은 그녀를 모르지만 이렇게 말한다. 이 말로 그는 대화에 종지부를 찍을 생각이다.

"그러니까 결국 내 말을 인정하는 거로군."

"그녀를 모른다는 말이에요. 이봐요. 당신도 봐서 알겠지만, 난 이제 막 태어났어요. 그래서 내 머리가 객관적으로(그건 그렇고 이 말이 무슨 뜻인지 도저히 모르겠다) 잘 돌아가고는 있지만, 모든 것을 제대로 이해하고 그에 따라 움직이는 데 여전히 어려움을 겪고 있다고요."

하지만 에우세비오는 그가 하는 말을 전혀 들으려고 하지 않는다. 오로지 엘레나가 미겔과 불륜을 저질렀다는 이상야릇한 확신에 사로잡혀 괴로워할 뿐이다.

두 사람은 옆의 바 안으로 들어간다. 그를 데려온 남자들은 테이블에 앉아 도미노 게임을 하고 있다. 그런데 그들은 마치 미겔을 처음 본다는 듯 그에게 한마디도 걸지 않는다. 미겔은 여전히 차분하다. 그는 강아지처럼 자기 뒤를 졸졸 쫓아오는 에우세비오를 어떻게든 피하려고 한다. 갑자기 자신감이 생긴 그는 에우세비오에게 단도

직입적으로 말한다.

"네, 우리는 함께 갈 겁니다."

"그 말을 당신에게서 직접 듣고 싶었어." 에우세비오가 대답한다.

"그럼 이제 됐잖아요."

"엘레나 말로는 둘이서 외국에 간다던데, 믿을 수가 없더군."

에우세비오는 무너지듯 그 자리에 주저앉았다. 툭 건드리기만 해도 울음이 터질 것 같다. 미겔은 그의 바지 주머니에 든 권총이 불룩 튀어나온 모습을 바라본다.

"총을 가지고 있어요?" 미겔이 묻는다.

"응." 에우세비오는 자기도 모르게 대답하고는 깜짝 놀란다.

"뭐 하려고요?"

"잘 모르겠어."

"이제 그만 나 좀 내버려둘래요?" 미겔은 바 카운터에서 맥주를 주문하며 부드럽게 말한다.

그러자 에우세비오는 갑자기 바를 나서는데, 마치 누군가를 찾고 있는 듯 계속 뒤를 힐끔힐끔 돌아본다.

맥주를 다 마신 미겔은 낯선 남자와 있었던 일을 곱씹으며 생각에 잠긴다. 그러던 중 그는 호기심에 이끌려 에우세비오를 미치게 만든 것으로 보이는 엘레나를 만나보기로 결심한다.

그는 거리로 나가 몇 분 동안 정처 없이 돌아다닌다. 사실 이는 도시 주민들이 산책하는 방식이기도 하다. 그는 우연히(그것은 그 나라 사람들의 삶을 지배하는 유일한 규칙이다) 어느 집 앞에 멈추어 선다.

그는 초인종을 누르고 잠시 망설인다. 어쩌면 지나치게 대담한 짓을 저지른 것인지도 모르지만, 그는 너무 어려서 대담함이라는 것이 무엇인지 모른다. 어떤 여인이 나와 문을 열어주자, 미겔은 엘레나를 만나러 왔다고 한다. 그 순간, 놀랍게도 눈부시게 아름다운 여성이 나타나 그를 안으로 들어오라고 한다. 그녀는 그를 친근하게 대하고, 미겔 또한 그녀와 함께 있으면서 마치 오랫동안 알고 지낸 사이인 듯 마음이 편하다. 그런데 그가 할 수 있는 이야기라고는 불행히도 에우세비오와 만났다는 것밖에 없다. 총을 쏘겠다고 위협한 것과 바에 들어가기 전까지 함께 나눈 긴박한 대화, 그리고 에우세비오가 바의 손님들 중에서 누군가를 찾는 것처럼 뒤를 힐끔힐끔 돌아보며 밖으로 나갔다는 것밖에 말할 수 없다. 그 순간, 그는 미친 사람의 눈빛을 하고 있었다.

그는 영문도 모른 채 그녀를 엘레나라고 부르지만, 그녀는 이에 대해 아무 말도 하지 않는다. 그래서 그는 에우세비오가 말한 바로 그 여자라고 확신하고 그녀에게 계속 이야기한다. 그녀의 반응으로 미루어 짐작건대, 낯선 남자가 — 미겔이 생각한 것과 달리 — 아무 이유도 없이 두려움에 사로잡혀 폭언을 퍼부은 것 같지는 않다.

'결국 내 생각이 옳았던 거야.' 그는 마음속으로 생각한다.

그러나 엘레나가 안절부절못하자, 그는 하던 생각을 잠시 멈춘다.

"나는 에우세비오가 무서워. 성격이 너무 거칠어서 무슨 미친 짓을 저지를 것만 같거든. 우리가 함께 떠날 거라고 말했을 때, 그가 어떻게 나왔는지 당신은 잘 모를 거야. 벌써 몇 달째 그는 자기 집

마지막 꿈

에, 나는 내 집에서 떨어져 살고 있어. 그가 독일에서 돌아온 후로, 우린 단 하루도 같이 살지 않았다고……! 하지만 그는 모든 것이 예전 그대로라고 생각하는 것 같아."

"걱정할 것 없어. 우린 최대한 빨리 떠날 거니까. 그도 우리를 안 보면, 더 쉽게 잊을 거야."

엘레나가 너무 걱정하는 것 같아 그는 그녀의 기분에 맞춰주기로 한다. 어쨌든 여자가 마음에 든 미겔은 미숙한 본능에 이끌려 엘레나와 에우세비오에 관해 더는 깊게 생각하지 않는다. 그의 미래는 백지 상태이다. 주변 상황에 조금이라도 공감한다면, 그 상황에 맞게 살아가는 것이 가장 편한 법이다. 그가 엘레나를 몰랐던 것은 사실이지만, 첫인상은 정말 좋다. 그들은 오랜 친구 사이인 것처럼 서로 편안하게 대했고, 신기한 것은 그들 사이에서 사랑의 화학작용이 곧장 일어났는데도 둘 다 전혀 놀라지 않았다는 점이다. 엘레나가 함께 떠나고 싶다고 하면, 미겔은 절대 거부하지 않을 것이다. 만약 그녀가 그의 품에 안겨 열정적으로 키스를 한다면, 이를 마다할 사람이 누가 있겠는가. 사실 그는 그렇게 되기를 은근히 바라고 있었다. 엘레나는 최대한 빨리 떠나야 한다고 말한다. 에우세비오와 있었던 일이 마음에 걸리기 때문이다. 미겔은 그녀가 하자는 대로 따른다. 이렇게 아름다운 여인이 하자는 대로 하는 것만큼 즐거운 일은 또 없을 테니까.

미겔은 자신이 이 세상에 태어났을 때부터 걷잡을 수 없이 휘몰아치는 소용돌이 같은 존재였다는 것을 깨닫는다. 하지만 엘레나를 만난 것은 그나마 행운이라고 생각한다. 그는 그녀를 사랑한다고 믿고 있고, 그들은 처음 만난 순간부터 섹스를 나누기 시작한다.

얼마 후, 엘레나는 그들의 관계를 되돌아보면서 스페인을 떠나 파리 같은 곳에 가서 살자고 한다. 미겔은 아무 대답도 하지 않는다. 그녀가 그런 제안을 했던 것을 이미 잊어버린 상태이다.

"내게 일어나는 일을 얼마나 빨리 잊어버리는지 신기할 정도야. 함께 파리로 가겠다고 약속한 것처럼 중요한 일도 까맣게 잊어버리고 있었어."

"넌 아직 어린아이야." 엘레나가 말한다. "내가 너보다 열다섯 살이나 많으니 모든 게 낯설게 느껴지는 건 당연해. 하지만 모든 것이 덧없이 지나가는 이 세상에 곧 익숙해질 거야. 언젠가 나도 네 삶에서 사라질 거고, 서로 전혀 모르는 사이처럼 되겠지."

"그렇지만 우린 서로를 잘 알고 있잖아."

"물론 잘 알고 있지. 하지만 언젠가 너는 길거리에서 우연히 나를 만나게 될 거야. 아마 나는 에우세비오와 함께 있을지도 몰라. 그때쯤이면 너는 이미 나를 잊었을 테니까 나한테 눈길 한번 주지 않을 거라고."

"절대 그럴 리 없어, 엘레나. 나는 당신을 진심으로 사랑하고 있어. 그래서 당신과 헤어질 일도, 당신을 잊을 일도 없을 테니 걱정하지 마. 에우세비오와의 문제만 해결되면 곧장 여기를 떠나자."

"그와 해결하고 말 것도 없어. 그는 더 이상 내 삶에 존재하지 않으니까. 하지만 내게 지나치게 집착하고 있으니, 항상 조심해야 할 거야."

"에우세비오가 누구지?" 미겔이 묻는다.

"신경 쓰지 마. 그냥 잊어버려."

"이제 다 잊었어. 내가 어디 아픈 건가?"

엘레나가 인자한 미소를 짓는다.

"아니야. 그게 무슨 말이야!"

미겔이 처음으로 놀랐던 일 가운데 하나는 자신이 전혀 의도하지 않았는데 소박하면서도 강렬하고 생동감이 넘치는 이야기를 즉흥적으로 쓴다는 것이다. 그런 이야기를 통해 그는 놀라운 상상력과 세련된 문체를 맘껏 뽐내고 있다. 그는 처음부터 글 쓰는 일에 남다른 열정을 보였는데, 이는 엘레나와 그를 하나로 이어주는 또 다른 인연이 된다. 실제로 엘레나는 그의 첫 번째이자 가장 중요한 독자인 동시에 비평가이자 편집자의 역할을 한다. 그가 글을 쓰면, 엘레나가 가장 먼저 읽는다. 그녀는 그와 관련된 문제에 대해서라면 누구보다 뛰어난 통찰력을 보여주며, 미겔 자신보다 그를 훨씬 더 잘 알고 있다. 두 사람은 개인적인 화학작용 외에 서로에 대해 어떤 의무감도 느끼지 않고 완전한 자유를 누리며 산다. 두 사람은 거의 하루 종일 함께 지내지만, 항상 새로 만난 것처럼 돌발적이면서도 즉흥적인 관계 속에서 살아가는 느낌을 받는다. 다만 에우세비오의 그림자가 그들 사이에 드리워져 있을 뿐이다. 그는 독일로 떠났지만, 오히려 처음보다 더 심하게 둘 사이에 끼어들어 훼방을 놓는다. 날이 갈수록 엘레나는 더 불안해하고 자신감이 없어 보인다.

"그와 이야기를 해봐야겠어." 엘레나가 걱정스러운 눈빛으로 말한다.

"뭐 하려고? 이미 당신의 뜻을 분명하게 밝혔잖아."

"그는 성격이 아주 난폭하다고. 넌 그가 어떤 사람인지 몰라……."

사실 미겔은 이미 오래전에 그의 존재를 잊어버렸다. 엘레나가 에우세비오라는 남자 친구가 독일에 살고 있다고 말해서 어렴풋이 기억할 뿐이다. 그가 바로 그 에우세비오일까? 그의 기억력은 흐릿하다. 그건 엘레나도 마찬가지다.

특별한 이유는 없는데 언제부터인가 미겔과 엘레나는 드문드문 만난다. 어쩌다 한번씩 만나 데이트를 할 뿐이다. 엘레나는 여전히 미겔과 함께 있고 싶어 하지만, 자기도 모르게 에우세비오와 더 많이 연결되어 있는 듯한 느낌을 받는다. 얼마 지나지 않아 두 사람은 만나기로 따로 약속을 정하지 않고, 우연히 아니면 서로 아는 친구들과 모일 때만 만난다. 그들은 이런 만남을 무척이나 즐긴다. 그들은 더 이상 과거에 대해 이야기를 나누지도 않고, 사이가 가까웠던 시절, 그러니까 함께 파리에 가서 살 계획을 세우던 시절을 그리워하지도 않는다. 그렇다고 계획을 완전히 포기한 것은 아니다. 하지만 왠지 그런 일이 애당초 없었던 것 같은 느낌을 받는다.

미겔은 부족한 경험으로나마 현재가 모든 것을 지배한다는 사실을 이해하기 시작한다. 일종의 옅은 안개 같은 것, 즉 그 이전과 이후가 현재와 주위를 둘러싸고 있으며, 그 속에는 여전히 기억이 존재하고 있다. 그것은 현재를 그 앞과 뒤로 며칠씩 더 연장시키는 안개일 뿐이다.

물론 엘레나는 에우세비오의 곁을 떠나겠다는 말을 더 이상 하지 않았고, 미겔은 그런 생각조차 떠올리지 않는다. 두 사람은 여간해서 만나지 않는다. 하지만 만나면 마치 처음 보는 사람들처럼 서로 상냥하게 대한다.

어느 날 미겔은 친구의 집에 갔다 자신과 이름이 똑같은 작가 미겔 카스티요가 자필로 서명한 책을 발견한다. 책날개에서 자신의 사진을 발견한 그는 책을 훑어보는데 왠지 내용이 낯익게 느껴진다.

"이게 나예요?" 그는 서점 주인에게 묻는다.

"그럼, 물론이죠. 당신의 작품을 아주 좋아해서 다음 작품을 기대하고 있다고 말했잖아요."

미겔은 어리둥절한 표정으로 그를 바라본다. 어떻게 그런 일을 잊어버릴 수 있을까. 그는 작가이고, 태어나자마자 자연스럽게 글을 쓰기 시작했다. 그리고 지금 이 순간까지도 계속해서 글을 쓰고 있다.

지금도 처음과 같은 열정을 가지고 글을 쓰고 있지만, 그 책에 실린 어떤 작품을 읽어보더라도 결과가 예전만 못하다는 것이 여실히 드러난다. 이러한 좌절감과 상실감은 그에게 치명타가 된다. 이 세상에 태어난 후로 그에게 문학만큼 중요한 것은 없었다. 시간이 흘러도 열정은 조금도 사그라지지 않았지만, 그의 재능은 발전하기는 커녕 오히려 퇴보한 듯했다.

완벽성은 시간의 흐름과 반비례한다는 의미를 이해하기에 그는 너무 어리다. 그럼에도 그는 여전히 변함없는 열정으로 글을 쓴다.

그는 집 서재에서 페소아[*1]의 책을 찾다 우연히 자신의 책 두 권을 발견한다. 그는 그 책이 집에 있는 줄도 몰랐다. 그는 지금까지 자신이 살아온 삶의 궤적을 돌이켜볼 때마다 점점 무덤덤해진다. 엘레나는 이제 거의 기억하지 못한다. 며칠 전 우연히 그녀를 보았지만 알아보지 못했다. 그들의 친구들 또한 두 사람의 관계를 기억하지 못해, 마치 전혀 모르는 사람인 양 그녀를 그에게 소개하기도 했다.

그렇게 그녀를 소개받은 후로 그는 다시 그녀를 만나지 못할 것이다. 그는 그녀가 마드리드에 남을지, 아니면 결국 자기 남자 친구와 재회할지 알지 못한다. 그는 더 이상 엘레나를 생각하지도, 그리워하지도 않는다. 이제 엘레나는 존재하지 않는다. 그 이후로 그는 여러 가지 사건을 겪지만, 그 어느 것도 그의 삶에 흔적을 남기지 않는다. 그 어느 것도 그에게 깊은 여운을 남기지 않는다. 이 세상에 홀로 버려진 듯 외롭고 허무한 느낌이 그를 사로잡지만, 이따금씩 부모가 함께 살자고 연락해온다.

[*1] Fernando António Nogueira Pessoa(1888~1935). 포르투갈의 시인, 작가, 문학 평론가, 번역가, 철학가이며 20세기 문학에서 가장 중요한 문인 중 한 명으로 꼽힌다.

마지막 꿈

그는 자기가 쓴 책에 실린 이야기를 여러 번 읽다 그 속에서 자신의 모습을 발견하는데, 그럴 때마다 놀라운 기분이 든다. 그는 그 이야기들을 언제 썼는지 기억해내려고 안간힘을 쓰지만, 아무 소용이 없다. 지금 쓰는 이야기는 분명 예전보다 못한데, 왜 그런지 알지 못한다. 분명 예전과 똑같은 규율과 열정을 글에 쏟아붓고 있는데.

그는 자신의 삶에서 무슨 일이 벌어지고 있는지 이해하지 못하는데 익숙해지면서, 세상을 있는 그대로 받아들이는 방법을 배우기 시작한다. 그는 책으로 많은 돈을 벌지는 못했지만, 책을 출판하면서 자신감을 얻는다.

마드리드 생활에 질린 그는 부모의 반대에도 런던으로 떠난다. 거기서 어떤 것이든 가리지 않고 열심히 일해서 생계를 이어간다. 몇 달 후 마드리드로 돌아온 그는 곧 첫 번째 책을 출간한다. 그러던 어느 날, 자신이 어느 출판사에 가 있는 것을 알게 된 그는 혹시라도 바보처럼 보일까봐 두려워 그것이 무엇을 의미하는지 감히 묻지 못하지만…… 어쩌면 아직 어려서 그렇다는 핑계를 대면 괜찮을지도 모른다고 생각한다…….

"몇 살이죠?" 편집자가 그에게 묻는다.

"스무 살입니다."

"그럼 몇 살에 태어났죠?"

"스물다섯 살이에요."

"아직 어리군요. 하지만 시간이 지나면 아무것도 이해하지 못하는 것에 익숙해지겠죠. 그러면 더 이상 시도하지 않게 될 거고요. 아무튼 지금은 질문이 많을 나이에요."

"다들 그렇게 말하더군요." 미겔은 투덜거리듯 말한다.

"책이 출판되려면, 우선 대중이 읽고 구입한 다음에야 글을 써야 한다는 것쯤은 상식이죠. 이러한 기본적인 사실을 일일이 다 설명할 수는 없을 것 같네요."

"그럼 내 이야기를 언제, 어떻게 상상했는지도 몰라야 하나요?"

"당연하죠. 그런 눈으로 나를 쳐다보지 말아요. 아무리 작가라고 해도 자기 창작물의 모든 측면을 동시에 생각할 수는 없는 법이니까요. 언제, 어떻게 그 이야기들을 썼는지 곧 알게 될 겁니다. 그러니까 인내심을 가져요. 산다는 게 다 그렇죠 뭐."

"하지만 내가 물어보는 건 당연하잖아요."

"그럼요. 그렇지만 사람들이 대답할 거라고는 기대하지 말아요. 당신에게 이것저것 설명하면서 하루를 다 보낼 순 없으니까요."

미겔은 책이 출간된다는 데 만족하지만, 그러고 나서야 실제 작업이 시작될 거라는 점이 최대 난점이다. 책이 인쇄되고 나면 이야기들을 수정해야 하지만, 이는 그다지 성가신 일이 아니다. 그는 그런 작업을 좋아하기 때문에, 어떤 순서로 진행해야 할지에 대해 그다지 신경 쓰지 않는다. 과거는 죽은 무언가처럼, 이미지의 선명도가 완천히 떨어지는 바람에 오로지 희미한 그림자만 남아 다시 봐도 아무 쓸모없는 사진처럼 변해버린다.

미겔이 점점 나이가 들어가면서 기존의 관심사가 사라지고 새로

운 것들이 그 자리를 대신한다. 이는 불가피한 발전 과정이며, 그중
에서도 마지막 단계가 항상 가장 흥미진진할 뿐만 아니라 유일하게
몰입하게 만드는 단계다. 그는 영화배우로 일하게 되는데, 이를 통
해 문학 작업에 전념할 수 있는 기회를 얻는다.

　그는 한동안 저급 영화에 출연하지만, 전혀 개의치 않는다. 그는
평소 영화를 전혀 존중하지 않는 터라, 괜히 예술적인 척하지 않는
하찮은 작품에 출연하고 싶어 한다. 그 무렵 그는 머리를 길게 길렀
는데, 스페인 영화에서는 갑자기 파티 장면이 등장하면서 장발의 남
자들이 미친 듯이 춤을 추는 것이 유행이다. 아무튼 이런 일들은 그
가 생계를 유지하는 데 큰 도움이 된다.

　그는 태어난 이후로 쭉 혼자 살아왔고, 가족이 마드리드에 살고
있지만 그들과 같이 살기를 끝내 거부했다. 처음에는 가족들도 그가
따로 나가서 사는 것에 익숙해진 듯 보였지만, 시간이 갈수록 함께
살자는 그들의 요구가 점점 거세졌다. 그는 그들에게 그 이유를 해
명할 이유가 없다고 버텼지만, 점점 입장이 난처해졌다.

　계속 자신의 삶에 전념하기 위해 그는 함께 살자는 그들의 요구를
단호하게 거부한다. 그 후 부모는 마드리드를 떠나 아버지가 전근을
가게 된 지방으로 이사한다. 더 자유로워진 대신 의지할 데가 줄어
든 그는 한심해 보여도 가슴 설레게 하는 다양한 경험을 한다. 그는
점점 더 천진난만해지는 자신의 모습에 적잖이 놀란다. 그의 관심사
는 갈수록 유치해지는 반면, 꿈과 환상은 시간이 지날수록 쑥쑥 커
져간다. 그의 비관적인 생각은 나이가 들어도 여전하지만, 그 기세

가 한풀 꺾인 데다 정도도 약해져서 충분히 견딜 만하다. 너무 시시해서 어릴 적이라면 당연히 쳐다도 안 봤을 일만으로도 그는 상당한 충격을 받는다.

그가 쓰는 이야기들은 어린 시절의 이야기들과 어느 정도 유사성이 있지만, 예상했던 대로 긴장감이 떨어지면서 점점 더 느슨해진다. 그 둘 사이의 차이는 어마어마하지만, 그는 초기의 노련미를 이미 포기한 상태다.

이상하게도 그는 자신이 어떻게 무지와 무분별한 상태로 가고 있는지 힘들이지 않고 알아낸다.

"계속 시도할 가치가 있을까?" 그는 스스로에게 묻는다.

어쩌면 그는 여전히 놀라움을 기대하고 있는지도 모른다. 어느 순간, 그 과정을 모두 되돌릴 수 있고 예전의 자신으로 돌아갈 수도 있을 거라는 생각이 떠오른다. 하지만 자기보다 먼저 태어난 사람들을 관찰한 결과, 아무도 처음으로 되돌아가지 못했다는 사실을 확인한 그는 그것이 불가능할 거라고 확신한다.

"그건 인생의 법칙이죠." 누군가 그에게 말한다. "현실을 있는 그대로 받아들여야 해요."

"아니에요. 그건 전혀 이유가 안 된다고요." 미겔이 항변한다.

"당연히 이유가 되죠."

"당신이 내 의견에 반대한다고 해도, 나는 이미 그 모든 것을 받아들인 지 오래예요."

"인생의 법칙이죠."

"네, 정당한 법칙이에요." 미겔이 용기를 내어 말한다.

그는 과거에 얽매이거나 집착하고 싶지 않다. 따지고 보면, 과거는 존재하지 않고 현재만이 덧없이 존재하기 때문이다. 그는 과거를 떠올리는 것이 무의미하다는 것을 이미 깨달았다.

열일곱 살. 그가 태어난 지 벌써 8년의 시간이 흘렀다. 그런데도 그의 문제는 아직 끝나지 않았다. 그는 영화관에서 드문드문 하던 일도 그만두었다. 모아둔 돈도 없는 터라, 공부하면서 먹고살려면 우선 일자리부터 찾아야 한다. 그는 마드리드에 온 지 꽤 오래됐는데도 아는 사람이 거의 없다는 사실을 새삼 깨닫는다. 방금 여기 도착한 사람처럼 수도의 거대한 규모에 완전히 압도당해 주눅이 들어 사느라 그랬던 것 같다.

그는 부모를 만나기 위해 지방으로 내려간다. 예상한 대로, 그들은 아들을 붙잡으려고 갖은 애를 쓴다. 미겔은 그들과 함께 살 수 없다는 것을 너무도 잘 알지만, 무의미한 싸움만 계속할까봐 두렵기만 하다. 매일 자신이 더 무지해지고 있다는 사실을 깨달은 그는 오래전에 삶의 일부로 받아들였던 망각에 맞서 싸우기 위해 뭔가를 해야겠다고 결심한다. 하지만 부자연스러운 반항심이 여전히 그의 마음속에서 끓어오르고 있다. 그때 그는 중등교육 고등 과정★2에 합격

★2 과거 스페인 교육제도에서 중등교육은 4년간의 기초 과정(10~14세)과 2년간의 고등 과정(15~16세)으로 나뉘었다. 초등 의무 교육(6~14세)을 이수할 경우 곧장 고등 과정에 진학할 수 있었다.

했다는 소식을 듣는다. 미겔은 그것이 무엇을 의미하는지 알고 있다. 먼저 결과를 통보받은 다음, 그럴 자격이 있다는 것을 본인 스스로 증명해야 할 의무에 완전히 갇히는 것이다. 이렇게 해서 가족과 지방은 그를 자신의 품속에 가두어버린다.

마드리드는 점점 멀어져가고 있다. 그는 돌아가기를 간절히 바라지만, 다시 기회가 오지 않을지도 모른다는 생각이 든다. 고등 과정에 합격한 결과로 인해 그는 거부할 수 없는 새로운 형벌을 받게 된다.

부모는 끊임없이 불만을 터뜨리는 미겔 때문에 계속 속상해하지만, 아들을 또래 친구들의 관심사에 몰두하게 만들면 더 안전하게 데리고 있을 수 있다고 생각한다. 그들은 아들의 태도가 다른 아이들처럼 일시적인 것이 아니라는 점을 알고 있다. 다행히 가장 어려운 고비는 무사히 넘어갔기 때문에, 그가 나이를 더 먹어야 억지로라도 자기들과 함께 살게 할 수 있다는 것 또한 잘 알고 있다. 가정 생활은 감옥이고, 학교는 감옥의 연장선이니까.

미겔은 어린 시절과 청소년기에 자신과 함께했던 많은 생각들에게 천천히 작별을 고하고 흐릿하기만 한 성인기로 접어든다. 그는 저 멀리 까마득한 곳에서 어른거리는 어린 시절을 떠올리며 슬퍼하고, 우울한 생각에 잠긴 채 다시는 돌아갈 수 없는 지난날을 그리워한다.

과거에는 가늠조차 할 수 없어서 포기했던 문제들이 이제는 반드시 해결책을 찾아야 하는 멜로드라마 같은 상황으로 다시 그의 앞에 나타난다. 그 과정에서 그는 학교의 종교적인 분위기가 주입하는 어리석으면서도 두려운 신앙심 외에는 아무것도 얻지 못하고 병적으로 집착에 빠진다.

인생의 모든 시기에서 그랬듯, 그는 지금도 돈독한 우정을 나누는 친구가 두세 명밖에 없다. 그의 문학 활동은 이제 거의 이루어지지 않다시피 하고, 지금은 감미롭고 슬픈 작품만 쓴다. 글을 계속 쓰겠다는 생각은 점점 사라지고, 그는 이러한 부담에서 벗어나게 해줄 노년기가 하루 빨리 오기만을 간절히 기다린다.

중등교육 기초 과정을 졸업하던 해, 그는 시골의 작은 마을로 가서 삼촌 식구들과 함께 여름을 보낸다. 정확하게 기억은 안 나지만, 그는 평생 동안 몇 차례 사랑을 경험한 적이 있다. 그 여름은 미겔이 성을 발견하는 계기가 되었다. 어떤 발견이든 그것을 야기한 대상의 종말을 가져오기 마련이다. 이번 여름이 지나면 에로틱한 경험도 어렴풋한 윤곽만 남게 될 것이다.

가장 최근의 과거인 중등교육 기초 과정이 시작되자, 그는 주로 영화와 친구들에게서 삶의 즐거움을 찾는다.

열한 살이다. 태어난 지 14년이 지났다. 미겔은 늘 그랬듯이 주변과 동떨어져 살아가는 우울하고 외로운 노인이 되었다. 그가 쓴 문학작품이라고 해봐야 자신의 고독한 삶을 이야기하는 시와 자신의 신앙심에서 영감을 받은 짧은 글 몇 편이 전부다. 그는 가치라는 관념을 완전히 잃어버린 터라, 자신이 어떤 것을 하든 좋다고 생각하지도, 그렇다고 나쁘다고 생각하지도 않는다. 이처럼 무능한 데다 가진 돈도 없기 때문에 미겔은 전적으로 가족에게 의존하고 있다. 그는 마음속으로 어서 늙어 죽기만을 기다릴 뿐이다.

그는 마음 깊숙한 곳에서 여전히 불안의 불꽃이 타오르는 것을 느끼지만, 아무것도 하려 하지 않는다. 반면 그의 부모는 그가 어렸을 때를 떠올리며 무기력한 그의 모습에 날마다 더 기뻐한다. 시간이 흐르면서 그들은 마음이 평온해지고, 미겔은 완전히 그들의 것이 된다. 이른바 최고의 순간이 다가오고 있고, 그도 그것을 감지하고 있다. 그의 종교적 고뇌도 이제는 단순한 환상으로 여겨질 뿐이다. 감수성이 풍부한 노인으로 변한 그는 지난 몇 년간 학업에서 뛰어난 성과를 거두었을 뿐만 아니라, 가족에 대한 애정이 나날이 깊어지고 있다.

그는 고령에도 불구하고 사제와 동료 사이에서 여전히 특별한 인물로 남아 있다. 기이한 태도 — 상당히 부자연스럽고 나이에 맞지 않는 어휘를 사용한다 — 와 전체적으로 섬세한 심성, 그리고 시적인 취향으로 인해 그는 어쩔 수 없이 고립된 삶을 살지만, 늘 그랬던 것처럼 이에 익숙하다. 그가 전교생을 대상으로 열린 공모전에서 성모마리아라는 공통 주제로 대상을 차지한 것도 바로 이 무렵이다. 이 일 — 시적 영감을 구하는 기도를 올린 것 — 이 있고 나서, 그는 아예 글을 쓰지 않는다. 다른 많은 것이 그랬듯 문학 또한 그의 기억과 상상력에서 자취를 감춘다. 모든 남자들이 다양한 게임에 마지막 열정을 바치며 죽음에 다가가는 나이에도 미겔은 그들과 함께하지 않는다. 여가 시간 — 굉장히 많다 — 이 생기면 차라리 다른 것을 하면서 보내는 것이 훨씬 더 즐겁다. 이 무렵, 그는 마지막으로 영화도 본다. 죽음을 맞이하기 8년 전, 그는 영화가 곧 자신의 삶에서 사라지리라는 것을 직감한 듯 열정적으로 영화를 즐긴다. 이제 미겔에게 영화는 그 어느 때보다 더 살고 싶은 또 다른 삶이 되었다.

이런 경우를 접하는 부모들이 늘 그렇듯, 미겔의 부모도 노년기에 접어든 그를 매우 흐뭇하게 바라본다. 젊은이들은 능력이 쇠퇴해 가는 그를 기쁜 마음으로 지켜보지만, 미겔은 점점 더 둔해지는 자신의 모습에 외로움을 느낀다. 마치 모든 이가 그에게 무슨 일이 일어나는지 다 알고 있으면서도 이를 숨기려고 하는 동시에 조롱하는 것처럼 보인다. 다행스럽게도 노년기는 급하게 할 일이 없어 편안하고 부담스럽지 않은 시기다. 미겔은 과거를 어렴풋이도 기억하지 못하지만, 대신 과거에 대한 꿈을 꾼다.

이제 그에게는 부모가 필요하다. 그는 나날이 무기력해지고 그에 따라 부모에게 점점 더 의존한다. 하지만 이런 이유로 그가 부모에게 가까워지는 것은 결코 아니다. 부모에 대한 그의 애정도 함께 커졌기 때문이다.

신체 발달 상황에 따라 그의 몸이 왜소해진 것은 전혀 놀랄 만한 일이 아니다. 그는 더 이상 학교에 가지 않고, 태평스러운 무위의 삶 속에서 즐거움을 느낀다. 사람들도 그를 대하는 태도가 싹 달라졌다. 예전에 그와 아무 관계도 없던 이들이 그에게 선물을 가져오고 애정 어린 손길을 건넨다. 미겔 또한 예전보다 훨씬 다정해졌다. 부모님의 친구들은 그의 삶에서 시간이 얼마나 남았는지 말하기 시작한다. 모두들 그의 **죽음**을 커다란 사건으로 여기고 있다.

그의 목소리는 점점 가늘어졌고, 죽기 2년 전에는 말도 거의 할 줄 몰랐다. 그래서 다른 사람들의 말을 알아듣기 위해 안간힘을 써야 한다. 그의 삶은 점차 감각적으로 변해간다. 그는 외부의 모든 것이 흥미롭게 느껴지고, 소리와 이미지 그리고 움직임에도 넋을 잃는다. 얼마 후 더 이상 한마디도 할 수 없게 된 그는 가끔 비명 같은 소리만 내지를 뿐이다. 그는 결국 자신 안에 갇힌 채 행복한 나날을 보내고, 어머니는 오로지 그에게만 헌신하며 살아간다. 미겔은 그 어떤 보답도 할 필요 없이 보살핌을 받기만 하면 된다(하기는 무슨 수로 보답할 수 있겠는가).

죽음이 닥치기 몇 달 전, 그는 곧 죽을 사람들과 마찬가지로 왜소하고 하찮은 존재에 지나지 않는다. 작은 동물이나 다름없다. 고령의 삶은 유폐된 것과 같다. 그가 무슨 생각을 하고 무엇을 느끼는지 아무도 모르지만, 그를 만나기만 하면 모두가 깍듯이 대하고 이상한 제스처를 취한다.

그의 어머니는 아들이 죽게 도와줄 수 있다는 사실 하나만으로도 행복하다. 지금까지 이처럼 행복했던 적은 없었다. 마치 미겔이 자기 손이나 몸이 된 것 같은 기분이다. 그녀는 자연이 자신을 아들의 필연적인 출구로 삼을 것이고, 그에 따른 해부학적 관계를 통해 자신이 아들을 자기 몸의 일부로 생각할 거라고 확신한다.

　죽음의 시간이 다가오고 있다. 며칠 전, 어머니는 그 사건을 준비하느라 무리한 나머지 몸져눕고 말았다. 어머니는 이삼 일 동안 침대에 누워 있는데, 이는 그 사건이 임박했음을 알리는 분명한 신호다. 미겔은 하루 온종일 어머니 곁에서 잠만 자는데, 지난 몇 달 동안 그가 먹은 유일한 음식은 엄마의 젖뿐이었다. 그 순간이 다가오면, 의사는 그를 어머니의 다리 사이에 밀어 넣어 그가 죽음을 맞도록 도와준다.

　며칠 후, 어머니는 미겔의 존재로 인해 불러온 배를 안고 자리에서 일어난다. 가장 고통스러운 순간은 지나갔다. 미겔은 아홉 달에 걸쳐 엄마의 뱃속에서 서서히 사라진다.

　그러고 나면 아무도 그를 생각하지 않을 것이다.

CONFESIONES DE UNA SEX-SYMBOL
어느 섹스 심벌 여배우의 고백

•
....

　나는 이야기를 쓰고 싶다. 그래서 가장 먼저 무엇을 이야기할 것인지, 그리고 어떤 주제를 다루는 것이 좋을지를 자문했다. 솔직히 말해, 내게는 좋은 아이디어가 있었다. 나 자신에 관해 글을 쓸 생각이다. 내가 주인공이라면 군이 힘들게 인물을 만들어낼 필요가 없고, **내 이야기**가 충분히 재미있고 유익하다면 군이 힘들게 이야기를 꾸며낼 필요가 없다고 생각했기 때문이다.

　현대 문화의 역사를 쭉 살펴보면, 흥미로운 인물들은 대부분 자신에 대해 글을 썼다. 앤디 워홀이 대표적인 예이다. 그가 쓴 글은 모두 자신과 친구들에 관한 것이다. 오래전부터 써온 일기가 영화로 만들어질 정도로 큰 성공을 거둔 아니타 루스[*1](나는 그 이름을 '루우

★1　Anita Loos(1888~1981). 미국의 소설가이자 극작가, 시나리오 작가로, 12세 무렵부터 영화 대본을 쓰기 시작해 1912년에 할리우드 최초의 여성 시나리오 작가가 되었다. 첫 소설인

스'라고 읽는지, 아니면 '루스'라고 읽는지 아직도 모른다)도 있다. 스스로 고백했듯, 그녀는 나처럼 조금도 가식을 부리지 않고 쓴 글이 미국 최고의 철학서가 될 줄은 꿈에도 상상하지 못했다. 이런 일이 가능한 것은 재미있고 유쾌한 사람들이 자기 이야기를 할 때, 그 결과가 일기나 회고록이 아니라 철학서가 되는 경우가 종종 있기 때문이다. 워홀의 경우도 마찬가지다. 그가 자신의 집착에 관해 책(《A에서 B로, 그리고 B에서 A로》)[2]을 쓰자, 모든 평론가들은 그가 철학서를 썼다고 입을 모았다. 그가 이 책에서 속옷, 황홀한 매력, 돈, 명성에 대해 이야기한 것은 전혀 중요하지 않다.

그래서 지금 나도 모르게 내가 매우 철학적인 여자로 변해가고 있는 듯한 생각이 든다. 그리고 솔직히 말해서 아주 마음에 든다. 아니타 루스는 자기 이야기를 하기 위해 로렐라이라는 이름을 지어냈다. 내 생각에 아니타는 다소 작은 키에 검은 머리카락을 가지고 있었기 때문에 그런 이름을 쓴 것 같다. 그래서 자신을 육감적인 몸매에 금발을 가진 화려하고 매력적인 여인으로 상상하기를 좋아했을 것이다. 하지만 나는 군이 어떤 이름 뒤에 내 본모습을 숨겨야 할 필요가 없다. 내 이름은 파티 디푸사[3]이고, 내가 하는 모든 작업에 내 이름으로 서명할 생각이다. 하지만 그 전에 내 자신에 대해 이야기하

《신사는 금발을 좋아해》는 출간되자마자 그해 베스트셀러가 되었다.
★2 앤디 워홀이 1975년에 출간한 책으로 원제는 *The Philosophy of Andy Warhol(From A to B & Back Again)*이다.
★3 알모도바르는 파티 디푸사라는 필명으로 단편소설을 발표하기도 했다. 1980년대 초 앤디 워홀이 스페인을 방문했을 때, 알모도바르는 그를 단편 발표회에 초청하기도 했다.

는 것이 순서일 것 같다. 어느새 두 페이지가 훌쩍 넘어갔지만, 나에 대해서는 아직 한마디도 하지 않았으니까 말이다.

여러분도 아시다시피, 나는 포르노 포토 노벨라[4] 분야에서 일하고 있다. 광고에 따르면, 나는 세계적인 포르노 스타인 동시에 섹스 심벌이라고 하는데, 그 말이 일리가 있는 것 같다. 하지만 광고는 때로 어떤 사람에 대한 부분적인 이미지만을 제공하기도 한다. 내가 이처럼 자신 있게 말할 수 있는 것은, 나는 광고에 나오는 것 이상의 존재이기 때문이다. 그렇지 않다면 이렇게 타자기 앞에 앉아 내가 어떤 사람인지 세상 사람들에게 일일이 설명하려고 하지 않았을 것이다.

어떤 여자가 사람들의 입에 오르내리는 정도일 뿐 그 이상도 이하도 아니라면, 그냥 클럽에 가서 자기를 유혹하려는 남자들에게 자기 이야기를 들려주는 것만으로 충분할 것이다. 그런 종류의 독백을 끝까지 들어줄 수 있는 건 그런 남자들밖에 없을 테니까. 나도 클럽에 가서 남자들과 삶에 대해 이야기하지만, 그렇게 몇 년이 지나자 그것만으로는 충분하지 않다는 생각이 들었다. 그리고 그런 사실을 발견하는 과정에서 몇몇 남자들과 불화를 겪었는데, 그건 인간으로서 피할 수 없는 일이었다. 때때로 사람의 중요성은 그에게 적이 얼마나 많은가로 측정되기도 한다.

예를 들어 나는 며칠 전 캐스팅에 갔다가 필생의 라이벌인 풀 안

[4] 만화책과 유사한 포맷으로 이루어진 책으로 일러스트레이션 대신 사진과 말풍선을 이용해 스토리를 전개한다. 포토 소설, 또는 사진 소설이라고도 한다.

마지막 꿈

나Fool Anna와 마주쳤다. 이 아이는 내가 사라지기만 하면 세상에 아무 문제도 없을 거라고 생각한다. 그녀는 내가 이 나라에서 제작되는 모든 대형 포르노 포토 노벨라의 주인공으로 발탁된다는 사실에 분을 참지 못한다. 그리고 그런 작품들에는 내가 아니라 당연히 자기가 주인공으로 캐스팅되어야 한다고 생각한다. 그녀는 아주아주 신경질적이기 때문에 그런 불공평한 처사에 분노를 금치 못한다. 그도 그럴 것이, 내가 대중과 캐스팅 담당자들의 사랑을 독차지하고 있을 뿐만 아니라, 전문 평론가들로부터도 많은 사랑을 받고 있기 때문이다. 예를 들어 최근에 발표된 포토 노벨라 《검은 키스》에 대해 평론가들은 이렇게 말한다. "대본은 역겨울 정도인 데다, 사진은 대본보다 더 형편없어서 차마 눈을 뜨고 볼 수 없을 정도의 수준이다. 그렇지만 파티 디푸사는 아름답기 그지없다. 내 대본이 아무리 형편없다고 해도, 그녀가 받아들여야 하는 대본들이 어느 정도일지 상상해보시라. 그야말로 쓰레기나 다름없다."

여러분에게는 하나 마나 한 소리로 들릴지 모르겠지만, 나는 풀 안나에게 아무 원한도 품고 있지 않다. 그래서 기회가 있을 때마다, 또 기분이 좋을 때면 항상 그녀에게 잘 대해주려고 한다. 예를 들어 며칠 전 어느 파티에 갔다가 그녀를 만났다. 그녀는 말을 잘하고 사람들에게 친절하게 대할 수 있도록 해주는 약물을 복용한 모양이었다. 그 약을 먹지 않았다면, 내게 말 한마디 걸지 않았을 것이다.

"어떻게 하면 피부를 그렇게 멋진 구릿빛으로 만들 수 있는 거지?" 그녀가 내게 물었다.

나는 재미있는 일이 벌어지는 경우 외에는 누구에게도 앙심을 품지 않는 편이라서, 그녀에게 그 비결을 알려주었다.

"선탠하기 전에 레몬즙과 오일을 몸에 바르면 좋아. 정말 효과 만점이라니까."

그런 비결이라면 수두룩하게 알고 있다. 정확히 말하면 비결이라기보다 단순한 지혜라고 부르는 편이 옳을 것 같다. 대부분의 경우 내가 자연에서 몸소 배운 지혜이니까. 나는 자연이야말로 정말 위대한 스승이라고 믿는다. 예를 들어 몸매 문제라든지 휴식을 취하기 위해 잠자리에 들었지만 잠을 깊게 못 자는 문제로 힘들어하는 여자들이 많다. 나는 이 두 가지 심각한 문제에 대한 해결책을 찾았다. 바로 헤로인이다. 예전에 헤로인을 조금이라도 복용한 적이 있는 사람이라면 잠드는 게 즐거운 일이라는 것을 알 것이다. 게다가 헤로인이 가진 장점 중 하나가 식욕을 감퇴시키는 것이기 때문에 몇 주에 걸쳐 계속 복용하다보면 자기도 모르는 사이에 살이 많이 빠진다. 그런데 문제는 여러분이 나처럼 대담하고 아이디어가 넘치는 여자라도, 자고 일어났을 때 글을 쓰고 싶지만 막상 책상에 앉기만 하면 의욕이 싹 사라진다는 점일 것이다. 왜냐하면 굳이 타자기를 두드리며 신경을 쓸 이유가 없을 정도로 기분이 좋기 때문이다. 그럴 때 맛있는 오렌지주스와 레몬주스를 준비하고 아주 자극적인 알약을 복용하면, 잠시 후 미친 듯이 일을 시작할 수 있다.

그런데 조금 전까지 여러분에게 내 라이벌 풀 안나에 관해 이야기하고 있었는데, 어느새 딴 길로 샌 모양이다. 파티 다음 날, 그녀는 내가 알려준 대로 해보려고 주방에 갔다. 그런데 하필 집에 레몬이 다 떨어져 슈퍼마켓에 사러 가다 그녀에게 좋은 아이디어가 떠올랐다. 레몬을 많이 짜낼 힘도 없는 데다, 그러고 싶은 마음도 없었던 그녀는 농축액을 사서 발라도 같은 효과를 얻을 수 있을 거라고 생각했다. 그렇게 하면 최소한 레몬을 짜는 수고를 덜 수 있을 것이었다. 몇 달 후 그녀를 다시 만날 기회가 있었는데, 그녀가 내게 매우 재수없게 굴었다. 내가 시킨 대로 했더니 갑자기 피부에 발진이 생겨 일주일 동안 바깥출입을 하지 못했다는 것이다. 내가 나쁜 의도로 그랬다고 생각한 그녀는 나를 죽이고 싶어 했다. 어리석게도 때때로 자연은 그 어떤 것으로도 대체할 수 없으며, 손으로 짜낸 레몬 즙이 농축액과 같을 수 없다는 사실을 생각하지 못한 결과였다.

"언젠가 난잡하게 생긴 그 얼굴을 한 방에 뭉개버리겠어." 그녀는 나를 보자마자 모욕적인 말을 불쑥 내뱉었다.

그래서 나는 이렇게 받아쳤다.

"풀 안나, 난 너를 볼 때마다 대단하다는 생각이 들어. 이제 너 같은 여자들은 하나도 안 남아 있잖니. 하지만 몸조심해, 예쁜이. 사실 나는 사나운 건달 무리의 대모거든(그건 엄연한 사실이다). 너 같은 여자가 공터에서 목이 졸려 죽는다면 얼마나 가슴이 아프겠니."

풀 안나는 정말 위험한 여자이기 때문에 터프하게 대해야 한다. 그녀는 유고슬라비아 북부의 세르비아에서 태어났다. 그곳 여자들은 가슴속에 큰 비밀을 숨기고 있다 전혀 예상치 못한 순간에 표범으로 돌변한다. 자크 투르뇌르의 〈표범 여인〉*⁵을 본 사람이라면 내가 무슨 말을 하는지 잘 알 것이다. 표범은 보석상의 쇼윈도를 화려하게 장식하는 장신구*⁶가 아니라, 마음만 먹으면 굉장히 위험한 동물이 될 수도 있다. 풀 안나가 나를 노리고 있다는 것을 알기 때문에 나는 그녀와 일정한 거리를 두고 지낸다.

여러분은 나 같은 스타일의 여자에게는 보디가드가 두 명 정도 필요하다고 말할지 모르겠다. 나도 그런 생각을 안 해본 것은 아니지만, 보디가드는 아무리 매력적이라고 해도 결국 지루해져서 이틀째 밤이 지나면 그들과 더 이상 할 이야기가 없어진다는 단점이 있다. 왜 그런지 모르겠지만 재미있는 사람들은 보디가드가 되지 않는다. 만약 베트 미들러나 캐럴 버넷*⁷이 보디가드가 된다면, 나는 그들을 고용할 것 같다.

이제는 최근에 성공을 거둔 나의 작품 《검은 키스》에 대해 말할 차례다. 나는 발렌시아에서 열린 포토 노벨라 발표회에 참석했다. 나는 특히 그 지방 인구의 90퍼센트를 차지하는 게이들 사이에서 커다란 인기를 얻고 있다. 행사는 이틀간 치러졌는데, 계속되는 인터뷰와 만찬으로 나는 지칠 대로 지쳐 있었다. 하이힐을 신고 비행

★5 Jacques Tourneur(1904~1977). 프랑스 출신의 영화감독으로, 할리우드 활동 시절에는 공포 영화로 이름을 떨쳤다. 〈표범 인간〉(1943)은 표범으로 변하는 여인의 비극적 스토리를 그린 심리 공포물이다. 제목을 '표범 여인'이라고 쓴 것은 알모도바르의 착각으로 보인다.
★6 스페인어로 '표범'을 의미하는 pantera는 보석의 한 종류인 '마노瑪瑙'를 가리키기도 한다.
★7 베트 미들러Bette Midler(1945~)는 미국의 가수, 배우, 뮤지컬 배우 등 다방면으로 활동하면서 세계적으로 많은 사랑을 받았다. 캐럴 버넷Carol Burnett(1933~)은 미국의 배우다.

기에 탔는데, 자리에 앉자마자 잠이 쏟아지기 시작했다. 각성제를 진짜 많이 먹었는데도 소용없었다. 과식과 인터뷰만큼 사람을 더 졸리게 만드는 것은 없는 것 같다. 그래서 비행기를 타고 가는 동안만이라도 자기로 마음먹고 눈을 감았는데, 옆자리에 앉은 남자가 내게 물었다.

"실례합니다만, 혹시 파티 디푸사 씨 아닙니까?"

나는 눈을 떴다. 눈앞에서 사십대가량의 신사가 나를 보고 미소 짓고 있었다. 그 미소 뒤로 수많은 체육관과 수백만 달러가 어른거리고 있었다. 그것만으로도 대답할 가치가 충분했다.

"이 세상에서 파티 디푸사는 단 한 명뿐이죠. 그리고 내가 바로 그 사람이고요."

그러고는 교양 있는 사람이 차나 비행기에 탔을 때 나누고 싶어하는 즐거운 대화가 시작되었다.

"난 당신의 팬이에요." 그가 말했다.

사십대의 남자가 나의 팬이 되는 것은 지극히 자연스러운 일이지만, 나는 그에게 이렇게 말했다.

"이런 아첨꾼 같으니!"

"물론 당신이라면 이런 말을 듣는 데 이골이 났겠죠." 그가 말했다. 그의 겸손한 태도에서 왠지 섹시한 매력이 묻어났다.

"그런 말에는 익숙해지지 않아요. 칭찬은 늘 부족하니까요." 나는 그가 편안하게 느끼도록 말했다. 그는 내게 담배 한 대를 권하며 말을 이어갔다.

"나는 당신이 나오는 포토 노벨라라면 모두 산답니다. 똑같은 장르라고 해도 당신이 나오면 뭔가 다르게 느껴지거든요. 당신에게는 다른 포르노 포토 노벨라의 여배우에게서 찾기 어려운 특별한 무언가가 있어요."

"그러니까 내가 그만큼 재능 있고 아름답다는 말씀이죠." 내가 말했지만, 그는 내 말에 찬성하지 않는 눈치였다.

"글쎄요, 잘 모르겠네요. 말로 설명하기가 어렵군요."

자꾸 우기다가 괜히 평범한 여자로 비치기는 싫었지만, 내 일에 대해 의심하는 것만큼은 도저히 참을 수 없었다.

"그건 나의 재능과 아름다움 덕분이에요. 틀림없어요. 아니면 내게 그런 자질이 없다고 생각하시는 건가요?"

"천만에요. 당연히 그런 자질을 갖고 계시죠."

드디어 우리의 의견이 하나로 모아졌다.

"지금 뭘 하시죠?"

"당신과 이야기하고 있어요." 내가 대답했다. 굉장히 재치 있는 농담이 아니라는 건 알지만, 똑똑한 여자를 보면 겁을 먹는 남자들도 꽤나 많다. 뛰어난 포토 노벨라 배우로서 나는 어떤 상황에서 어떻게 처신해야 하는지 잘 안다. 이왕 '웃기기'로 한 이상, 조금도 망설이지 않고 농담을 마무리했다. "그럼 당신은요?"

그러자 그는 대답 대신 너털웃음을 터뜨렸다.

"당신과 이야기하고 있어요." 그가 간신히 웃음을 참으며 말했다.

어느 틈에 우리는 마드리드에 도착했다.

그 순간 이후로 일어날 수 있는 일은 헤어져 제 갈 길을 가거나, 만남을 이어가는 것, 그 두 가지밖에 없었다. 하지만 너무 피곤했기 때문에 내가 먼저 나서고 싶지는 않았다. 이처럼 피곤한 탓에 좋은 기회를 놓치는 경우도 종종 있었지만 말이다. 아무튼 그건 그의 아이디어였다. 집 부근에 차를 세워둔 그는 나를 집까지 데려다주겠다고 했다. 나는 그러라고 했다. 둘이서 문 앞에 서 있는 동안, 나는 그의 부담을 덜어줄 순간이 왔다고 생각했다.

"당신은 나에 대해 다 알고 있지만, 나는⋯⋯."

"나는 사업가예요. 세계적으로 손꼽히는 플라스틱 생산 업체 중 하나를 가지고 있죠." 그는 대수롭지 않다는 듯이 말했다.

"플라스틱이라니!" 나도 모르게 외쳤다. "내가 모조 보석이나 장신구를 얼마나 좋아하는데요!"

나는 피곤했지만, 그에게 내 가방을 집까지 들어달라고 부탁했다. 나는 발렌시아에 갈 때조차 옷이 가득 든 여행 가방을 여러 개 가져가는 편이다. 그 많은 짐을 집까지 들어다준 터라 남자가 땀을 비 오듯이 흘리는 것도 무리는 아니었다.

"괜찮으시다면, 잠시 숨 좀 돌리겠습니다." 그건 우리 집에 머물기 위한 핑계였다. 그는 아주 느리게 결정을 내리는 편이었는데, 그 이유는 나중에 밝힐 생각이다.

"괜찮고말고요. 그렇게 하세요." 내가 대답했다.

여기서부터 일은 일사천리로 진행되었다. 그 전까지 우리는 많은 말을 주고받았던 반면, 그 거물이 내 곁에서 휴식을 취하는 두 시간 동안은 거의 아무 말도 하지 않았다. 다만 그는 내 몸에서 가장 중요한 세 개의 구멍에 경의를 표하느라 여념이 없었다. 어떤 구멍인지는 따로 말하지 않겠다.

다음 며칠 동안에도 시간이 허락하는 한, 경의를 표하는 행동은 계속 이어졌다. 그 거물 기업인은 내게 수 킬로그램에 달하는 모조 보석과 장신구를 선물했는데, 나를 생각해주는 그의 마음씨가 무척이나 고맙게 느껴졌다. 하지만 우리 사이에는 나를 지루하게 만드는 무언가가 있었다. 처음에는 그것이 나를 엄청나게 흥분시켰건만……. 문제는 우리가 몇 시간 동안 '즐기고' 난 다음이었다. 보통 나는 잠이 들거나 전화 통화를 했던 반면, 그는 방금 우리가 벌인 일에 대해 함께 무릎을 꿇고 하느님께 용서를 구하고 싶어 했다. 그런 일이 한두 번 반복되자, 더 이상 재미가 없어졌다. 나는 그에게 속마음을 털어놓았다. 그러자 그는 자신이 결혼했고 광신적일 정도로 독실한 가톨릭 신자라서, 신앙심 때문에 도저히 나와 친구로 지낼 수 없다고 고백했다. 그래서 나는 그에게 이제 헤어지는 것이 최선의 방법이라고 말해주었다.

여자 입장에서는 조금 전까지 실컷 즐기던 남자들이 갑자기 후회하면서 다시는 그러지 않겠다고 하느님께 맹세하는 모습을 보는 것만큼 불쾌한 것도 없다. 하지만 이틀 후 그가 다시 찾아와 나 없이는 살 수 없다고 사정할 때 매몰차게 거절한 것으로 충분했다. 그는 종교적 원칙으로 인해 나의 연인이 될 수는 없지만, 그래도 나를 만나고 싶다고 했다. 그리고 아름다운 내 모습을 그저 바라보는 것만으로도 충분하다고 했다. 심지어 그는 계획을 세우기도 했다. 그의 두 아들이 지리 과목에서 낙제하는 바람에 9월 시험을 준비해야 했던 것이다.

"우리 아이들에게 지리 수업을 해주면 어때요? 그러면 당신의 얼굴이라도 볼 수 있을 텐데."

"하지만 나는 지리의 '지' 자도 모르는걸요." 내가 그에게 말했다.

거물은 슬픔에 잠겨 자기 집으로 돌아갔다. 나는 일을 하느라 정신없이 지낸 터라 주말이면 휴식이 필요했다. 평소 하던 일 외에도, 친구인 케티 파소가 곧 발매될 거라고 귀띔해준 음반을 녹음하느라 눈코 뜰 새 없이 바빴기 때문이다. 케티는 나와 함께 포르노 사진을 찍기 시작한 친구인데, 체중 증가로 인해 심각한 문제를 겪고 있었다. 그녀는 모든 종류의 암페타민을 복용하기 시작했는데도 식욕을 억제하지 못했다. 이제는 음악 활동에 전념하고 포르노 사진을 그만두기로 했기 때문에 체중 문제 따위는 더 이상 신경 쓰지 않는다. 이제 그녀에게 섹스는 아무런 의미도 없다. 그 대신 지방이 많은 음식, 부드러운 마약, 그리고 로큰롤에 깊이 심취해 있다. 그녀는 지방이 많은 음식 중에서도 특히 베이컨, 갈리시아식 엠파나다,*8 카요*9를 가장 좋아한다. 그녀가 마약에 관해서 내게 들려준 이야기에 따르면, '센' 마약은 이미 한물갔고, '최신' 마약은 부드러워서 과다 복용

★8 빵 반죽에 야채, 고기, 참치, 어패류 등의 재료를 넣어 구워낸 스페인 전통 음식.
★9 소의 내장과 초리소, 모르시야 등을 넣어 끓이는 스튜 요리로, 마드리드의 전통 겨울 음식이다.

하는 수준이라고 한다. 다시 말해, 집을 나서기 전에 대마초 반 킬로 그램을 피우고 클럽에 가서 대략 3리터의 알코올을 마신다는 이야기다(알코올은 그녀에게도 부드러운 마약이다). 이때 미닐립, 부스타이드, 그리고 덱스트로암페타민★10이 병째로 제공된다. 그녀는 더 이상 살을 뺄 생각은 없지만, 단순 중독으로 인해 계속 암페타민을 복용하고 있다.

며칠 전, 우리는 위층에 레스토랑이 있는 그런 클럽에 함께 갔다. 케티가 주문한 바나나스플릿★11이 나오기를 기다리던 중 갑자기 프린스★12의 〈컨트로버시〉가 흘러나왔고, 우리는 프린스의 리드미컬한 베이스 연주를 따라 즉흥적으로 랩을 하기 시작했다. 우리가 부른 랩의 가사는 이랬다. "Suck it to me. Suck it to me babe. Suck it to me. Suck it to me now. After dinner. Before dinner. After lunch. Before lunch. After breakfast. Before breakfast. After Flan. Before Flan. Suck it to me." 노래를 부르면서 점점 흥이 난 걸 보면, 우리 실력이 그리 나쁘지는 않았던 것 같다. 그래서 그녀는

★10 미닐립은 혈중 콜레스테롤과 중성지방 수치를 낮추는 데 사용되는 알약이고, 부스타이드는 원래 식욕 억제제로 개발되었지만 요즘에는 각성제로 사용된다. 덱스트로암페타민은 중추신경계 각성제로 주의력 결핍 과잉 행동 장애(ADHD) 및 기면증 치료에 처방되는데 최음제와 도취제로도 사용된다.

★11 바나나를 볼에 넣고 그 위에 아이스크림을 얹은 뒤, 초콜릿과 시럽을 뿌리고 각종 견과류, 체리 등을 올려 만든 미국의 후식.

★12 Prince Rogers Nelson(1958~2016). 미국의 싱어송라이터이자 배우로, 성적인 가사와 펑크, 댄스, 록 등 요소를 결합해 큰 성공과 대중적 인기를 얻었다. 〈컨트로버시〉는 1981년에 발매된 앨범의 타이틀곡이다.

마지막 꿈

나와 함께 **싱글** 앨범을 녹음하기로 결정했다. A면에는 지방으로 흥하게 변한 자신의 얼굴을, B면에는 마약 때문에 날카로운 인상으로 변한 내 얼굴을 넣기로 했다. 다이어트를 포기한 후로 케티는 나처럼 보기 좋은 광대뼈를 봐도 아무런 감정을 느끼지 못한다. **싱글** 앨범의 제목은 그냥 간단하게 '허접쓰레기'로 붙이기로 했다.

그 주말 동안 나는 헤로인 외에는 아무에게도 신경 쓰고 싶지 않았다. 이틀 밤낮을 토하고 자면서 보내고 싶었다. 여러분은 내 말이 무슨 뜻인지 다들 알아들었을 것이다. 하지만 전화가 나를 가만히 내버려두지 않았다. 이처럼 유명한 섹스 심벌이 되면 불편한 점이 많다. 사람들 앞에서 올바로 처신해야 하고, 필요한 경우 세 단어 이상 말할 줄도 알아야 한다.

첫 번째는 여동생으로부터 걸려온 전화였다. 딸이 첫영성체를 받으니 내가 참석하면 좋겠다고 했다. 성당에서 열리는 예식에 못 오면, 살로네스 히로시마★13에 예약한 식사 자리에만이라도 와달라고 했다. 어떤 페미니스트들은 미래 여성의 미용 문제에 대한 토론회에 참석해달라고 했다. 또 프로스페리다드 주민 협회에서는 지역 주민을 위한 축제를 준비하고 있는데, 자루 경주 우승자에게 나를 상으로 주고 싶어 했다. 나가사키의 **스페인 원폭 피해자**(원폭으로 사망한 나가사키시 소재 **스페인의 집** 직원들) **지원 협회**에서도 연락이 왔다. 그들은 자선 경매를 계획하고 있었는데, 수익금은 모두 희생자 가족을 위해

★13 스페인 무르시아의 로르카에 위치한 레스토랑 겸 연회장.

쓸 예정이었다. 경매에는 바르바라 레이, 실비아 아길라르, 아드리아나 베가*[14]가 참석할 예정인데, 내가 행사에 참석해 분위기를 띄워주기를 바랐다. 나는 모든 청을 거절했다. 그런데 전화벨이 다시 울렸다. 나는 이번이 정말 마지막이라고 생각하고 전화를 받았다. 호놀룰루에서 온 전화였다. 모렌테 은행가 가문의 아들인 리카르도 모렌테가 거기서 자기와 함께 주말을 보내자고 했다.

"피곤해서요, 모렌테 씨." 내가 말했다.

"여기 오면 얼마든지 쉴 수 있어요. 여기는 비할 데 없이 아름다운 곳이에요. 분명 당신 마음에도 들 겁니다." 그는 나를 설득하려했다.

결국 나는 그의 청을 받아들였지만, 주말 내내 약에 취해 잠만 잘거라고 미리 다짐을 받아두었다. 그는 괜찮다고 했다. 리카르도 모렌테는 그 은행가 가문에서 유일하게 분별력이 있는 사람이다. 내말은 그가 동성애자라는 뜻이다. 이것이 돌이킬 수 없는 일인 데다, 그렇다고 리카르도가 은둔 생활을 할 생각도 없다는 것을 깨달은 그의 부모는 아들이 마드리드 사교계로부터 멀리 떨어진 외딴 곳에서 살도록 저택을 사주었다. 그런 곳이라면 가문의 명예를 더럽히지 않고 자기 마음대로 살 수 있을 테니까. 누가 보더라도 호놀룰루는 충분히 멀리 떨어진 곳이었다.

나는 비행기를 타고 가는 내내 잤다. 리카르도는 이탈리아 하인

★14 모두 스페인 배우들이다.

(과거에 사귀던 이탈리아 출신 남자 연인의 사촌)과 함께 공항에서 나를 기다리고 있었다. 나는 출발할 때와 마찬가지로 비몽사몽간에 도착했다. 하지만 리카르도는 나의 멍한 모습을 보고도 멋지고 아름다울 뿐만 아니라 완벽하다고 말해주었다. 그의 입에서 그런 말이 나왔다면, 그건 진정한 칭찬이었다. 왜 그런지는 모르겠지만, 갑부들은 즐거움을 찾기 위해 보통 사람들보다 훨씬 더 많은 노력을 해야 하는 모양이다. 특히 예술가 기질은 가지고 있지만 재능이 없는 갑부들이 그런 듯하다.

그때는 침대에 착륙한 기분이었다고 해도 과언이 아니다. 리카르도 모렌테는 호놀룰루의 풍경과 그것이 마드리드와 어떻게 다른지를 보여주려고 애썼다. 나는 그 모든 것이 더할 나위 없이 아름답다고 말했다. 그때 나는 극히 위험한 상태였는데, 그가 그런 사실을 알아차렸는지는 모르겠다.

저택에 도착하자마자 나는 침대에 걸터앉은 채 약을 하기 시작했다. 내가 그 먼 곳까지 간 이유가 바로 그것 때문이었으니까. 그럼에도 사교 활동을 완전히 외면할 수는 없었다. 약에 취해 게슴츠레하게 풀린 내 눈앞으로 저택에 초대받은 손님들과 하인들이 줄줄이 지나갔던 것 같다. 리카르도는 하인들을 굉장히 민주적으로 대한다. 하인들은 손님들만큼이나, 아니 오히려 그들보다 더 매력적이다. 그뿐 아니라 원하는 대로 움직일 수 있는 자유를 만끽한다. 리카르도 모렌테의 좋은 점은 어느 정도 자율성을 허용해주는 것 외에도 세계 최고의 약물을 보유하고 있다는 것이다.

나는 거기에 일주일간 머물렀는데, 남의 눈에 띄지 않으려는 의도와 달리 몇몇 원주민 출신의 하인들이 내게 푹 빠지고 말았다. 처음에는 대수롭지 않아 보이던 것들이 나중에는 없으면 안 될 만큼 소중한 존재로 변하는 걸 보면 신기하기만 하다. 어느 날 밤, 내가 리카르도 모렌테의 방에서 마리화나를 피우고 있는데 그가 모조 다이아몬드 목걸이 세 개를 꺼내면서 가장 젊고 매력적인 하인에게 마음에 드는 것을 고르라고 했다. 다음 날, 하인은 내 방으로 와서 작별 인사를 고하며 목걸이를 선사했다. 나는 감히 그 선물을 거절할 수도, 유리보다 플라스틱이 내게 더 잘 어울린다고 설명할 수도 없어서 결국 받았다. 그러고는 그 목걸이를 걸 때마다 그를 기억하겠다고 약속했다. 아무튼 일은 그렇게 마무리되었다.

나는 마드리드로 돌아온 후 어떤 이들이 나를 찾으려고 백방으로 수소문하고 다녔다는 것을 알았다. 《암돼지들》이라는 포토 노벨라를 만들겠다고 나선 이들이었다. 줄거리에 따르면, 나는 아버지가 마드리드 외곽에 가지고 있는 돼지 농장에서 돼지들과 함께 평생을 보낸 여자의 역할이었다. 그런데 아버지가 내 일을 도와줄 젊은이를 고용하는 바람에 뜻하지 않게 일이 꼬이고 말았다. 청년은 내게 반했는데, 아버지가 마음속으로 그를 좋아하게 된 것이다. 사실 나는 그가 전혀 마음에 들지 않았다. 나는 오로지 돼지들만 사랑할 뿐, 그 외에 다른 종류의 사랑에 대해서는 아무것도 몰랐다. 그가 내게 사랑을 고백하는 순간, 나는 동물 성애 취향을 가지고 있다고 털어놓았다. 그리고 그가 실망할 틈도 없이 아버지가 나타나 그를 때려죽이고 말았다. 그 순간 나는 공포에 질려 아버지와 시신을 내버려두고 달아났다. 나는 급한 마음에 히치하이킹을 시도했는데, 어떤 남자가 나를 태워주었다. 나와 잠시 이야기를 나눈 그는 내가 자기 딸이라는 결론에 이르렀다. 하녀가 어린 나를 팔아넘겼는데 그 이후로 하녀나 나에 대한 소식을 전혀 듣지 못한 것이었다.

여러분도 이미 짐작했겠지만, 이런 종류의 스토리는 뛰어난 배우가 연기하지 않으면 죽도 밥도 안 된다. 그 역할에 가장 잘 맞는 배우는 나였지만, 나를 찾지 못하는 바람에 그들은 할 수 없이 풀 안나에게 연락한 모양이었다. 처음으로 내 역할을 빼앗고 그녀는 뛸 듯이 기뻐했지만, 이번에도 운이 따라주지 않았다. 제작진이 마지막 순간에 내가 돌아온 것을 알고 결정을 번복했기 때문이다. 그러자 가련한 처지가 된 풀 안나는 끓어오르는 분노를 삭이지 못하고 치를 떨었다. 이후에 무슨 일이 일어날지 알았더라면, 나는 기꺼이 그녀에게 배역을 양보했을 것이다. 어느 날, 돼지들과 힘든 촬영을 마치고 집에 돌아왔을 때였다. 돼지들은 생각했던 것보다 연기를 잘했지만, 조금 무거워 러브신에서 애를 먹었다. 어쨌든 내가 대문을 열고 안으로 들어가려는데, 갑자기 뒤에서 처절하게 울부짖는 소리가 들렸다. 뒤를 돌아보니, 풀 안나가 험악한 표정의 표범으로 변해 있었다. 그녀는 고양잇과 동물답게 우아하고 위협적인 걸음걸이로 내게 다가오기 시작했다.

"네게 줄 선물이 있어, 풀 안나." 내가 말했다. "선물을 풀어보지도 않고 나를 해치지는 마."

우리는 함께 집 안으로 들어갔다. 곧장 나는 매력적인 원주민 하인이 선물한 모조 다이아몬드 목걸이를 찾으러 갔다. 그가 곁에 있어 나를 지켜줄 수 있다면 좋았겠지만, 그 상황에서는 오로지 내 순발력으로 그녀를 설득할 수밖에 없었다. 으르렁거리는 소리에 머리카락이 쭈뼛 섰지만, 표범은 내가 목걸이를 걸어주는 동안 가만히 있었다. 표범은 거울에 비친 자신의 모습을 보더니 마음에 쏙 드는 모양이었다. 나는 안도의 한숨을 내쉬었다. 아무튼 그날 밤은 흥미진진할 것 같았다. 그 순간, 누군가가 문을 두드렸다. 내가 문을 열자, 단단한 근육질 몸에 키도 크고 권총까지 든 남자가 서 있었다. 그리고 타고난 내 매력만으로는 그가 지금 일을 방해할 때가 아니라는 것을 설득하기에 충분하지 않은 듯했다. 그는 갑자기 한손으로 내 목을 움켜잡고, 다른 손에 든 총으로 내 심장을 겨누며 말했다.

"목걸이 어디 있어?"

나는 두려움에 사로잡힌 나머지 어떻게 대답해야 할지 몰라 머뭇거렸다. 그가 확 밀치는 바람에 나는 바닥으로 나동그라지고 말았다. 보석이라는 말을 듣자마자 표범은 남자에게 덤벼들더니 눈 깜짝할 사이에 그를 다 먹어 치웠다. 표범이 남긴 찌꺼기를 치우는 데만 꼬박 네 시간이 걸렸다.

이틀 후, 그의 시신은 공터에서 발견되었다. 시신은 내가 그곳에 옮겨놓았다.

이 사건을 통해 나는 그 도둑놈이 모렌테 가문을 위해 일하는 자라는 사실을 알게 되었다. 리카르도가 내게 전화를 걸어 나머지 이야기를 들려주었다. 알고 보니, 그건 그를 아끼고 사랑했을 뿐만 아니라 있는 그대로 받아들여준 할머니가 선물한 진짜 다이아몬드 목걸이였다. 어머니의 반대에도 그는 끝내 그 목걸이를 호놀룰루로 가져갔는데, 어머니를 안심시키기 위해 목걸이 모조품을 두 개 만들어, 사람들에게는 가짜만 보여주겠다고 약속했다. 그런데 그날 밤, 내가 있는 자리에서 그는 원주민 출신의 하인에게 목걸이 세 개를 보여주며 그중 하나는 진짜이니 마음에 드는 것을 고르라고 했고, 그 하인은 아무것도 모른 채 진짜를 골라 나에게 선물했던 것이다. 내가 마드리드로 돌아간 다음 날, 그의 어머니가 그에게 전화를 걸어 가문 보석 전시회를 열 예정이니 목걸이를 잠시 빌려달라고 했다. 그제야 리카르도는 진짜 목걸이를 원주민 출신 하인에게 주었다는 사실을 알아차렸다. 어머니는 당장 목걸이를 빌려달라고 하는데 하인이 그걸 내게 선물했다는 사실을 알게 된 그는 보통 사람보다 갑부에게서 더 히스테릭하게 나타나는 질투심에 사로잡혔다. 그는 어머니에게 전화를 걸어 내가 목걸이를 훔쳐갔다면서, 그것을 찾아서 돌려달라고 했다. 그런 와중에 표범이 물어 죽인 남자가 리카르도 M이 젊은 시절 사귀던 이탈리아 출신 남자 연인의 동생(언젠가부터 연인의 이탈리아 가족 모두 모렌테 은행과 손잡고 일하기 시작했다)으로 밝혀지면서, 사건은 뜻밖에도 거대한 국제적 음모로 발전했다. 이탈리아 출신 연인의 가족은 피살당한 남자의 원수를 갚을 때까지 절대 포기할 리 없었기 때문이다.

　나는 공포에 떨었다. 어쩌면 좋을까? 나는 다들 쉽게 알아볼 정도로 얼굴이 많이 알려진 사람이라, 이제 막다른 골목에 몰린 셈이었다. 그러던 중 좋은 생각이 떠올랐다. 나는 플라스틱 업계의 거물 기업가에게 전화를 걸었다. 그가 나를 호텔로 데려가자, 나는 그에게 나의 가장 중요한 세 구멍에 경의를 표할 수 있는 기회를 주었다. 또다시 회개하려는 기미가 보이기 직전, 그는 나 없이 살 수 없다고 고백하면서 원하는 것이 있으면 무엇이든 도와주겠다고 했다. 나는 그 기회를 놓치지 않고 말했다.

"당신 아이들에게 지리 수업을 해달라는 건 기가 막힌 생각이었어요. 하지만 나는 가정 형편 때문에 제대로 배우지 못해 문맹이랍니다. 그렇다고 배울 능력이 없다는 건 아니에요. 혹시 내가 세계 일주를 할 수 있도록 돈을 대줄 수 있나요? 그렇게만 해주면 세계 곳곳을 돌아다니면서 필요한 지리 지식을 배울게요. 사실 내가 삶에 대해 알고 있는 것도 그런 식으로 배운 거예요. 아무튼 나는 당신 아이들에게 최고의 선생이 될 거예요. 나와 함께 공부하면, 다른 어떤 지리 선생님도 가르칠 수 없는 것을 배우게 될 테니까요."

결국 그는 내 말에 넘어갔다. 그리고 내가 굳이 짐을 챙기러 집에 들르지 않고 곧장 떠날 수 있도록 필요한 옷가지를 사주었다. 나는 드디어 넓은 세상을 만날 준비를 하고 공항에 도착했다. 나는 출판사 편집자와 영화사 제작자 등에게 연락해 내 회고록을 출판하고 영화화하는 데 조금 더 인내심을 가지고 기다려달라고 사정했다. 나는 모든 이가 그것을 사려고 안달이 나 있다는 것을 잘 알고 있지만, 1년 동안 세계를 여행하면서 이탈리아인들의 복수심이 가라앉기를 기다려야 한다. 마드리드를 떠나면 내게 얼마나 많은 일들이 일어날지 생각해보라. 나는 그것들을 하나도 빠짐없이 낱낱이 글로 옮길 것을 약속한다. 이 글을 쓰면서 나는 작가이자 철학자가 되는 것이 얼마나 좋은지 새삼 깨닫는다. 마약에 중독된 섹스 심벌로서의 경력은 조만간 끝나겠지만, 작가로서는 (마약 중독 치료 센터에서 몇 달 보낸 후) 첨단 과학이 허용하는 한 오랫동안 활동할 수 있을 것이다.

나는 여행하고 글을 쓰며 살 생각이다. 그리고 모든 것을 여러분에게 전할 것을 약속한다. 내 삶은 다른 이들과 함께 나누지 않으면 아무런 의미가 없으니까. 여러분 모두와 함께.

AMARGA NAVIDAD
씁쓸한 크리스마스

•
·······

SÁBADO
토요일

오늘 아침 일어났을 때, 거실에서 테라스를 바라보니 보가 무시무시하게 생긴 바디 트렉에 팔과 다리를 붙인 채 운동에 열중하고 있었다. 그가 저 기계를 능숙하게 다루는 모습을 보니 나까지 기분이 좋아진다. 긴장된 근육, 완벽한 복근, 강인하고 탄력 있는 팔과 다리, 그리고 몇 시간 전까지 침대에서 내 몸을 감싸던 팔이 눈앞에 생생히 떠올랐다. 그가 열심히 땀을 흘리면서 자신도 모르는 사이에 발산하는 아름다움과 에너지를 바라보고 있으면 감탄이 절로 나온다. 반면 아무 소득도 없이 숨만 헐떡거리며 달리는 내 다리를 보고 있으면 고통스럽기만 하다.

보는 오전 내내, 집에서, 나와 함께 잤다. 전날 밤, 우리는 병원 응급실에 있었다.

마지막 꿈

VIERNES(EL DÍA ANTERIOR)
금요일(전날)

나는 어제 이른 오후부터 머리가 아프기 시작했다. 그래서 진통제를 먹었지만 몇 시간 만에 다시 복용했다. 밤에는 후두부에서 시작해서 모자처럼 머리 전체를 덮을 때까지 계속 퍼져나가는 유형의 지속적인 두통에 맞서기 위해 내가 가진 마지막이자 결정적인 무기인 놀로틸*¹을 복용했다. 이런 종류의 두통이 생기면 텔레비전을 보거나 전화 통화를 하지도, 책을 읽거나 컴퓨터를 보지도, 또 음악을 듣거나 차를 타지도 못한다. 보는 내가 방으로 들어가 어둠 속에서 침대에 누워 있으면 텔레비전을 보면서도 걱정스러운 눈으로 나를 지켜볼 뿐 성가시게 굴지 않는다.

어둠과 정적 속에 누워 있으면 새로운 감각이 슬며시 찾아온다. 마치 풍경이 안개와 뒤섞이다 결국 그 속으로 자취를 감추듯, 통증과 한데 뒤섞이면서도 그것과는 전혀 다른 감각이다. 내 경우에는 그 과정이 반대로 진행된다. 극심한 전율이 파도처럼 가슴 오른쪽에서 왼쪽으로 가로지른 뒤 다리를 타고 무릎까지 내려간다. 가슴이 점점 더 심하게 두근거린다. 이대로 가다가는 온몸이 터져버릴 것만 같다. 지금 나의 신경계는 통제 불능 상태다. 머리카락 뿌리에 불이 붙은 듯 뜨겁고, 얼굴은 열기로 온통 타오르는 듯하다.

★¹ 설피린을 기반으로 만든 진통제 및 해열제의 상표명이다.

나는 아무 일도 아니라고 속으로 다독이지만, 불안과 고통의 순간은 점점 길어지고 찾아오는 간격은 점점 짧아진다. 시간은 영원히 계속된다. 나는 말로 표현할 수 없을 정도로 가슴을 무겁게 짓누르는, 형체도 없는 이 발작을 잡으려고(아니면 그 위치라도 찾아보려고) 손바닥으로 몸을 더듬어본다.

지금은 12월의 첫 번째 징검다리 연휴(제헌절★²)인 데다, 보름 전부터 크리스마스 분위기로 도시 전체가 들썩이고 있다. 자정이 다가온다. 나는 불안과 두통으로 몇 시간 동안 고생한 끝에 결국 병원 응급실에 가기로 결심한다. 다행히 보가 내 곁을 지키고 있다. 만약 나 혼자였다면 지금 이런 상황에서 어떻게 했을지, 생각만 해도 아찔하다. 보는 말수가 적은 편인데, 특히 그 점이 고마울 뿐이다. 지금 같은 순간 가장 중요한 것은 반려동물이 그러듯 곁에 함께 있어주는 것이다.

URGENCIAS
응급실

나는 도착하자마자 곧장 원무과로 가서 접수한다. 그들은 나를 침대에 누였는데, 그때부터 보의 모습이 보이지 않는다.

★² 스페인의 제헌절은 12월 6일이다.

마지막 꿈

그들은 나를 전체적으로 쭉 살펴보더니, 한쪽 팔에 링거 바늘을 꽂는다. 용기 속에 든 수액 진통제가 내 몸속으로 천천히 다 들어간 다음에도 두통은 도무지 사라질 기미를 보이지 않는다. 나는 머릿속에서 벌어지는 싸움을 또렷이 느끼고 있을 뿐만 아니라, 내 몸 또한 그 충돌에 민감하게 반응한다.

나의 세계는 경추 바로 위에서 시작해 모자처럼 정수리를 덮는 영역으로 쪼그라든다. 외국인인 데다 한쪽 뺨이 경련으로 떨리는 당직 의사는 제대로 치료를 받으려면 하루 정도 입원해서 경과를 지켜봐야 한다고 했다. 나는 그 말을 믿지 않았지만, 통증이 워낙 심해 그의 제안을 받아들일 수밖에 없었다.

병실이 배정되기를 기다리는 동안 나는 보를 찾으러 대기실로 갔지만 그는 보이지 않는다. 담배를 피우지도 않는 그가 12월의 매서운 추위에도 밖에 나가 있다. 그는 평소에도 병원을 못 견디지만, 아무 말도 하지 않는다. 나는 방금 들은 이야기를 들려준다. 그는 피곤해 보이지만, 나와 함께 있기로 한다. 그는 전날에도 밤 근무를 했다.

그는 소방관이지만, 한 클럽에서 **스트리퍼**로도 일하고 있다. 하지만 전형적인 **스트립 보이**와는 전혀 다르다. 우선 자신의 몸을 의식하지 않을뿐더러 섹시한 매력을 뽐내며 춤을 추지도 못한다. 그가 무대에 오를 때, 오히려 그런 점이 사람들에게 매력으로 다가가는 것 같다. 그는 괴성이 난무하는 광란의 독신녀 파티도 능히 견딜 수 있는 인내심을 가지고 있다. 나는 친구 파트리시아와 함께 남성용 속옷 광고의 주인공을 찾다가 그를 만났다. 나는 사진 촬영을 했고, 파트리시아는 광고 캠페인의 디자인 작업을 맡았다. 촬영하는 동안 우리는 서로에게 호감을 느꼈다. 그래서 자연스럽게 그날 밤을 함께 보냈다. 나로서도 난생처음 겪는 일이었다. 불과 몇 시간 전까지 함께 촬영을 하던 사람과 가까워진 적은 한 번도 없었다.

병원에서 우리에게 입원실을 배정해주었다. 나는 병실 침대에, 보는 파란색 소파에 자리를 잡는다. 나는 그에게 이곳을 잘 알고 있다고 말한다. 10년 전, 나는 지금 우리가 있는 층의 복도와 병실 두 군데에서 나의 두 번째이자 마지막 영화의 몇 장면을 촬영했다. 한 방은 복도 왼쪽에, 다른 방은 오른쪽에 있었다. 영화에서 왼쪽 방에 있던 인물은 죽는 반면, 오른쪽 방에 있던 인물은 구조되었다. 나는 미신을 믿지 않지만, 어쨌든 구출된 인물의 방에 있게 되어 다행이라는 생각이 든다.

사실 나는 영화를 두 편 찍은 것 외에는 영화 쪽 일을 거의 하지 않았다. 주로 광고 일을 하면서 먹고살지만, 영화에 어느 정도 예견적인 측면이 있다고 항상 믿어왔다. 내가 구출된 인물의 방에서 하루를 보내게 되어 다행이라고 한 것도 바로 그 때문이다.

나는 침대에서 뒤척거리며 쉽게 잠을 이루지 못한다. 나는 잠잘 때 베개를 베면 오히려 불편한데(특히 두통이 있을 때), 여기 베개는 강가의 돌멩이로 채워 넣었는지 목덜미를 찌르는 것 같다. 베개와 씨름하던 나는 머리가 덜 불편한 방법이 있을까 궁리해보지만 모두 허사였다. 보가 나를 도와주려고 새로운 방법을 즉흥적으로 시도해본다. 이런저런 시도 끝에 나는 정성스럽게 접은 담요가 가장 편하

마지막 꿈

다는 결론에 이른다. 그는 즉흥적으로 베개를 만드는 데 능숙하다. 또한 능란한 솜씨로 쿠션과 베개를 이렇게 저렇게 합치기도 한다. 그가 베개 전문가 수준에 이른 것은 아버지가 돌아가실 때까지 몇 년 동안 옆에서 보살핀 경험 덕분이다.

여러 가지 약물이 링거를 통해 계속 내 몸속으로 들어가고 있다.

우리가 잠든 지 얼마 되지 않았을 때 간호사가 아침 식사를 가지고 온다. 이제야 간신히 잠이 들었는데! 두통은 거의 다 사라졌지만 내 몸을 완전히 떠나지도, 감쪽같이 자취를 감추지도 않은 채 어딘가에 숨어 웅크리고 있는 것 같다. 나는 의사들이 퇴원을 허락하도록 말끔히 나은 척한다.

SÁBADO POR LA MAÑANA
토요일 오전

우리는 오전 10시에 집에 도착해서 곧장 잠자리에 든다. 징검다리 연휴 때문에 거리는 인파로 넘쳐난다.

침대는 보의 몸이 모든 것을 완전하게 장악하는 공간이다. 그는 침대에 누워 두 팔로 나를 안고 지난밤 내게 하지 않은 말을 해준다. 그는 2년 전에 아버지가 돌아가신 뒤로 한 번도 병원에 발을 들여놓은 적이 없어서 대기실에 있는 게 너무 불편했다고 털어놓는다. 내 살갗은 그에게 고마워하고 있고, 그도 그것을 느낀다. 지난여름에 처음 만난 이후로 우리의 몸은 침대 시트 속에서 항상 서로를 잘 느끼고 이해한다.

SÁBADO, 3 DE LA TARDE
토요일 오후 3시

나는 오후 3시에 일어나 멍한 상태로 거실로 걸어 나가 문밖을 내다본다. 그 문은 체육관 겸 온실로 사용되는 테라스로 이어진다. 보는 이미 바디 트렉(이에 대해서는 처음에 이미 언급했던 것 같다)에서 열심히 운동을 하고 있다. 마치 자전거를 타고 있는 것처럼 보이는 그의 몸에서 기운과 건강미가 물씬 풍겨난다. 나는 감동을 느끼며 잠시 그를 바라본다. 그가 나를 바라보며 미소 짓자, 나는 교황이 수많은 군중들에게 인사하듯 오른손을 들어 그에게 화답한다. 보는 내게 몸이 괜찮은지 묻는다. 나는 이제 괜찮아졌다고 대답하지만, 솔직히 말해 꼭 그렇지만은 않다.

TARDE, NOCHE Y MADRUGADA
오후, 밤, 그리고 새벽

날이 어슬어슬 저물어간다. 보는 나와 함께 있으려고 오늘 출근하지 않기로 결정한다.

그에게 말하지 않았지만 몸이 다시 안 좋아진다. 두피가 불에 덴 것처럼 화끈거리고 가슴이 두근거리면서, 신경계가 통제 불능 상태에 빠진 느낌마저 든다. 이런 경우 창밖으로 몸을 던지지 않는 한 죽음에 대한 생각은 주관적일 뿐이라는 의사의 말을 떠올리면 다소 위안이 된다. 보는 텔레비전 앞 소파에 앉아 DVD를 보고 있다. 하지만 나는 무조건 움직일 생각으로 집 안을 여러 번 돌아다닌다. 다행히 집은 넓은 편이다. 나는 늘어지지 않으려고 한다. 움직이지 않고 가만히 있으면 신경이 날카로워지기 때문에 끊임없이 주방, 욕실, 방으로 도망치듯 움직인다. 물건을 창고에 넣거나 책을 정리한다. 책상 위에 나뒹구는 쓸모없는 메모들을 모아 쓰레기통에 버린다. 그러고 나서 소파로 돌아간다. 나는 항상 소파로 돌아가서 보의 옆에 앉아 그를 껴안거나 잠시 그의 가슴에 머리를 기댄다. 그러고 있으면 마음의 위안을 얻는다. 그 덕분에 '불안감'이 다시 찾아왔지만 정도는 그리 심하지 않다는 말도 대수롭지 않게 할 수 있다. 하지만 그건 거짓말이다. 사실은 예전과 마찬가지로 무척 불안하다.

우리는 일찍 잠자리에 든다. 나는 병원에서 준 두통약을 모두 먹는다. 이미그란 정.[3] 그리고 수면에 도움이 되도록 항우울제와 항불안제를 혼합한 약. 입이 절로 벌어지지만 졸리기는커녕 오히려 정신이 또렷해진다.

---

[3] 편두통 증세를 빠르게 완화시켜주는 약.

불안과 긴장이 머리를 짓누를수록 더 명료하게 생각할 수 있다는 사실이 놀랍기만 하다. 그래서 침대 옆 탁자에 놓아둔 책의 여백에 미래 이야기에 대한 아이디어를 적어두기도 한다. 글쓰기는 기분을 좋게 만든다. 나는 오로지 머리가 바쁘게 돌아가게 할 목적으로 책날개에 계속 글을 쓴다. 나는 그 순간에 대해서만 글을 쓸 수 있고 (상상력은 존재하지 않는다), 그 순간의 신체적 감각을 꼼꼼하고 정확하게 기록한다. 나는 침대에 앉아 글을 쓴다. 지난 이틀 동안 편두통과 긴장성 두통, 그리고 극심한 불안감과 벌인 치열한 투쟁을 세밀하게 묘사한다. 심지어 나는 내게 일어나는 일을 가지고 인물을 형상화해 그에게 불안과 고통을 이입하려고 하지만, 그것이 불가능하다는 것을 깨닫는다. 공황과 편두통은 어떤 행동과도 연결되지 않고, 사람들은 단지 수동적으로 고통에 시달리기 때문에 영화적이지 않다.

나는 메모를 마치고 다시 침대에 눕는다. 보는 이미 잠들었다. 잠자는 능력 하나만큼은 놀라울 정도다. 나에게는 저런 재능이 없다. 나는 눕기만 하면 바로 곯아떨어지는 사람들이 놀랍고 부럽기만 하다.

내 곁에서 고이 잠든 동물의 숨결을 느낄 때면 가슴 뭉클한 감동이 밀려온다. 이미 말했듯이, 지금 혼자였다면 견디기가 훨씬 더 힘들었을 것이다. 하지만 보만 바라보며 밤을 지새울 수는 없다. 나는 풍경을 보듯이 서두르지 않고 천천히 그의 몸을 잠시 감상한다. 그리고 불을 끈다.

　　　　　　　　　　　　　　　　　　　　　마지막 꿈

보의 몸이 빚어내는 풍경은 이제 내 손안에서만 존재한다. 사방이 어두운데도 잠이 오지 않는다. 나는 다시 불을 켠다. 몇 분 전 책날개에 몇 마디 끼적거려놓은 후뱅 폰세카*⁴의 책을 읽으려고 한다. 제목은 《분비물, 배설물, 그리고 허튼소리》*⁵다. 그런데 도무지 집중이 되지 않는다. 하느님과 인간의 배설물에 관한 내용이라는 건 알지만, 사실 한 문장도 이해되지 않는다. 몸이 좋아지면 다시 읽어보기로 하고 침대 옆 탁자에 책을 내려놓는다.

또다시 불안이 엄습해온다. 나는 운동 삼아 심호흡을 한다. 보는 여전히 자고 있다. 나는 이불 속으로 들어가 그의 팔, 허리, 엉덩이 윗부분, 가슴을 어루만지다가, 이번에는 손으로 그의 온몸을 더듬는다. 나는 그를 애무하다 허무함에 빠지지 않도록 그의 근육질 몸을 꼭 껴안았다. 밤의 적막 속에서 나의 불안감은 점점 커져만 가고, 이름 붙일 수 없는 악이 나의 내면에서 끓어오른다. 왜 그런지 모르겠지만, 누워 있으면 더 무방비 상태가 되는 것 같다.

시계를 본다. 밤 11시가 넘었다. 응급실이 떠오르지만 이내 그 생각을 떨쳐버린다. 두통은 어젯밤에 어느 정도 가라앉았지만, 나머지 통증이 계속되고 있다. 정신과 진료를 받았어야 했다. 정신과 의사에게 전화를 해야 하는데, 아는 의사가 없다. 더욱이 이런 시간에는 말이다.

★⁴ Rubem Fonseca(1925~2020). 브라질의 작가로, 도시를 배경으로 폭력과 성적인 내용을 다룬 어두운 작품을 많이 썼다.
★⁵ 원제는 'Secreções, Excreções e Desatinos'인 단편집으로 2001년에 출간되었다.

사교계의 유명 인사인 내 친구 가브리엘라(그녀는 정치인, 디자이너, 예술가, 그리고 이 세 분야의 지망생들이 자주 드나드는 레스토랑의 주인이다)가 얼마 전 자기 집에서 가진 만찬 자리에서 내게 의사 한 명을 소개시켜준 기억이 난다. 그녀는 오늘도 파티를 열 거라며 내게 올 수 있느냐고 물었다. 나는 미안하지만 참석할 수 없을 것 같다고 양해를 구했다. 당장이라도 그녀에게 연락하고 싶은 마음이 굴뚝같지만 꾹 참는다. 그녀에게 내 문제를 일일이 설명하는 모습을 상상하기조차 힘들다. 게다가 가브리엘라는 나를 항상 곤경과 궁지에 몰아넣는다. (전에 말한 적이 없는 것 같은데, 비록 지금까지 두 편의 영화밖에 안 만들었지만, 나는 컬트 영화 감독이다. 그리고 몇 되지 않지만 그 컬트 영화 제작에 참여한 예술가들은 가브리엘라의 파티라면 빠지지 않는다.)

나는 결국 파트리시아에게 연락하기로 마음먹는다. 사실 그녀는 오래전부터 전문가의 도움이 필요할 정도로 힘들어했다. 가장 중요한 도움은 자기 자신으로부터 받아야 할 텐데, 그런 점에서 그녀는 여전히 결단을 내리지 못하고 있다. 한때는 파트리시아가 나보다 훨씬 더 많은 고통을 받았다. 그녀가 자기 속사정을 모두 털어놓았기 때문에 그 사실을 알게 되었다. 하지만 이제는 자기 자신에 대한 수치심 때문에 내게 아무 말도 하지 않는다는 느낌이 든다. 그녀는 남편과 헤어지는 것에 대한 공포증을 가지고 있는데도 자나 깨나 그 생각뿐이다(그런 모습을 볼 때마다 짜증 나기는 하지만, 나는 다른 이들의 공포증을 존중한다). 그녀는 그래픽 디자이너라 밤에 늦게

자는 편이다(우리는 여러 번 작업을 같이했는데, 남성용 속옷 광고 모델을 찾으려고 함께 스트립쇼 극장에 갔다가 보를 만났다). 그녀는 밤에 집중력이 더 높아지는 스타일인데, 그러면서 기나긴 기다림의 시간을 채운다.

나는 파트리시아에게 전화를 건다. 그녀는 여러 명의 정신과 의사를 알고 있지만 지금처럼 연휴가 낀 주말 밤에 연락할 만큼 친한 사이는 아니라고 대답한다. 나는 단숨에 그녀에게 증상을 설명한다. 그녀는 평소처럼 차분하게, 그리고 조금의 의심도 없이 진단을 내린다. 그녀는 내가 불안이나 공황 발작을 겪고 있거나 그 후유증에 시달리고 있는 거라고 한다. 그녀는 그런 병세에 대해 잘 알고 있었고, 나도 당연히 그런 증세일 거라고 생각했다. 그런 걸 보면 내가 인생을 그리 헛되이 보낸 것 같지는 않다. 그녀는 트란키마진*⁶ 0.5 mg을 혀 밑에 넣어보라고 권한다.

나는 항불안제를 복용하지 않는다. 두통은 아버지에게 물려받았지만 불안증을 겪기 시작한 것은 최근이라 불안과 공황 발작에는 문외한이나 마찬가지다. 파트리시아가 권한 알약을 약국에서 구입하려면 의사의 처방전이 필요하다.

"가브리엘라한테 가봐. 분명 트란키마진을 가지고 있을 거야." 파트리시아가 넌지시 권했다.

★6 알프라졸람이라는 신경안정제를 기반으로 만든 불안증 및 극심한 스트레스, 공황 발작 등의 치료제다.

"나도 생각해봤는데, 가비*⁷의 사교 생활 때문에 엄두를 못 내겠어. 오늘 밤만 해도 가비네 집에서 파티가 열리는데, 난 못 가겠다고 했거든."

"내 생각에는 그게 가장 빠른 방법인데. 정 그러면 응급실에 가보든지."

"어제 갔었는데, 두통 이야기만 하느라 불안에 대해서는 말도 꺼내지 못했어."

"그럼 가브리엘라한테 가봐. 지금으로서는 그게 가장 빠른 방법이니까." 그녀가 결론짓는다.

GABRIELA
가브리엘라

나는 보를 깨우기 위해 담요 속으로 들어가 입으로 그의 성기를 애무한다. 그러면서 갑자기 불안 발작이 일어나서 그러니 가브리엘라네 집에 약 좀 얻으러 같이 가자고 말한다.

보는 달콤한 꿈에서 깨어나지 못해 비몽사몽간을 헤매고 있는 터라 내 말을 이해하는 데 시간이 좀 걸린다. 그럴 만도 하다. 나는 가는 길에 차 안에서 솔직히 가브리엘라가 무섭다고 털어놓았다. 만약

★⁷ 가브리엘라의 애칭.

나를 보면 들어와서 같이 파티를 즐기자고 조를 게 분명하니, 보에게 혼자 들어갔다 오는 게 좋을 것 같다고 말한다. 더구나 내가 코카인을 하지 않겠다고 하면 왜 그러느냐고 다그칠 테고, 아무튼 나를 쉽게 놓아주지 않을 게 뻔했다. 나는 보와 함께 가브리엘라를 두어 번 만난 적이 있다. 보는 내가 왜 그녀의 집에 안 들어가려고 하는지 이해가 안 간다는 눈치다. "그걸 일일이 다 이야기하자면 길어. 하지만 정말이야, 그게 최선의 방법이라고." 내가 말한다.

그러다가 결국에는 보에게 자초지종을 설명한다. "알다시피 나는 컬트 감독인데, 가비는 항상 나를 누군가와 연결시켜 다큐멘터리를 만들어달라고 하거든. 매사가 그런 식이라……."

나는 보에게 현재 상황을 정확하게 설명할 수 없다는 것을 깨닫는다. 어쨌든 그는 혼자 가브리엘라의 집에 올라가 트란키마진을 가져오겠다고 하지만, 먼저 그녀에게 연락해서 보만 올라간다고 알려야 한다. 내가 그 아래, 그녀의 집 대문 옆 보도에 있다는 사실은 알리지 않고.

가비는 전화기에 대고 고함을 지르듯 말한다. 파티 분위기가 한껏 고조되어 있다.

"오, 암파로. 와줘서 고마워. 안 그래도 전화하려던 참이었어. 방금 바렌보임*⁸과 네 얘기를 하고 있었거든."

★⁸ Daniel Barenboim(1942~). 유대계 음악가이자 지휘자로, 아르헨티나 부에노스아이레스에서 태어났다.

"가비, 난 못 간다고 했잖아. 그런데 내 말 좀 들어봐. 지금 보가 거기로 갈 테니 그 사람 편으로 트란키마진 좀 보내줄래? 집에 트란키마진 있지?"

"물론이지. 그리고 코카인과 멋진 저녁도 있고. 바렌보임이 아르헨티나 밀라네사*⁹를 먹고 싶다고 노래를 불러서 한가득 만들어놓았어. 너도 좋아하잖아."

"그럼. 엄청 좋아하지."

"그리고 아이스크림도 있어. 그러니까 올 수 있지?"

"아냐, 난 못 가. 대신 보가 갈 거야. 내 남자친구 있잖아. 난 지금 불안 발작이 일어나서 트란키마진이 필요해. 처방전이 없어서 약국에 갈 수도 없어. 정말이야, 가비. 당장이라도 폭발해버릴 것만 같아. 살면서 이렇게 괴로운 적은 처음이야."

"그러면 더더욱 와야겠네. 지금 너한테 필요한 건 파티라고."

"정말이야. 난 못 간다니까……."

"한 시간 동안만이라도 좋으니까 일단 와. 바렌보임이 너한테 〈마술피리〉 다큐멘터리 연출을 맡기고 싶다고 난리라니까. 그와 잠깐 이야기를 나누고 트란키마진을 가져가."

"가비, 제발 부탁이야."

"너무 비싸게 굴지 마!"

★9 소고기, 닭고기, 돼지고기 등에 빵가루를 입혀 튀긴 음식으로 이탈리아 밀라노의 코톨레타에서 비롯된 것으로 보인다. 19세기 말에서 20세기 초에 아르헨티나로 건너온 이탈리아 이민자들이 전한 것으로 알려져 있다.

마지막 꿈

이젠 어쩔 도리가 없었다. 결국 나는 보와 함께 파티 장소로 올라 간다. 다행히 가브리엘라가 직접 나와 문을 열어주었다. 나는 가브 리엘라를 끌고 주방을 거쳐 그녀의 방으로 간다. 덕분에 술 취한 손 님들로 시끌벅적한 거실을 피할 수 있었다. 더구나 내가 지극히 힘 든 상태라는 것을 그녀에게 알릴 수 있어 일석이조다. 나는 평소 이 런 식으로 수선을 피우지 않지만, 그녀는 그렇다. 그녀는 조심성이 전혀 없는 반면, 나는 매사에 신중한 편이다. 그녀도 그런 사실을 알 고 있다.

가비는 내게 0.5mg짜리 트란키마진 네 알을 주고, 내일 아침 자기 가 먹을 두 알은 남겨둔다. 아직 마셔야 할 코카인과 테킬라가 많이 남았기 때문이다. 쉰다섯 살의 나이에도 저렇게 살 수 있다는 게 믿 어지지 않는다.

나는 한 알을 혀 아래에 넣고 그녀의 방 침대에 눕는다. 커다란 침 대에 손님들이 입고 온 코트와 모피 등이 한가득이다. 나는 외투 밑 으로 파고 들어가 머리만 쏙 내민다. 보는 침대 귀퉁이에 걸터앉는 다. 나는 가브리엘라에게 항불안제 효과가 나타날 때까지 둘만 있게 해달라고 부탁한다. 그러고는 나중에 바렌보임과 잠깐 이야기를 나 누겠다고 약속한다. 정말 잠깐 동안만. 그녀는 방을 나간다. 그녀가 파티 여주인으로서 정말 탁월하다는 점은 인정하지만, 이미 나는 오 래전부터 그녀를 따라잡는 게 버거웠다.

AL DÍA SIGUIENTE
다음 날

자고 일어났더니 기분이 개운하다. 보는 어머니 집에 가야 한다. 그는 내가 괜찮아졌는지 확인한다. 나는 그에게 너무 신경 쓰지 말고 가서 볼일을 보라고 당부한다. 정말 내가 생각하는 것만큼 괜찮은지 확인해보기 위해서라도 혼자 있어야 한다.

그런데 보가 문밖으로 사라지는 순간, 뺨에 열이 오르기 시작하고 불안감에 휩싸이면서 가슴이 찢어지는 느낌이 든다. 나는 잠시 그 생각을 떨쳐낸다. 그러고는 다시 혀 아래에 트란키마진 한 알을 넣는다. 이제부터 또 하루를 때워야 한다.

지난밤 내내 내 곁을 지킨 보를 더는 괴롭히고 싶지 않다. 나는 코미디 영화가 있는지 광고란을 빠르게 훑어본다. 결국 미셸 공드리 감독의 〈이터널 선샤인〉[*10]을 보기로 한다. 영화는 30분 후에 시작한다. 나는 택시를 타고 가면서 몇 군데 전화를 걸어, 휴일에도 진료 중인 신경정신과 병원을 알아낸다. 병원은 저녁때나 갈 수 있을 듯하다. 머리를 쓰려면 일단 뭘 좀 먹어야겠다. 나는 파트리시아에게 전화를 건다, 그녀는 내게 괜찮은지 묻는다. 나는 어젯밤에 가브리엘라네 갔던 일을 간단히 이야기하고, 집으로 찾아가도 되는지 물어본다. 그녀는 물론 괜찮다고 한다. 네 살 난 딸 로레나와 하

★10 2004년에 발표된 로맨스 영화로, 짐 캐리, 케이트 윈슬렛, 커스틴 던스트, 마크 러팔로, 일라이저 우드 등이 출연했다.

마지막 꿈

루 종일 집에 있을 거라고 한다. 이렇게 해서 앞으로 네 시간을 때울 수 있게 된 셈이다. 나는 보에게 전화를 걸어, 편안히 잘 지내고 있고 미셸 공드리의 영화를 보러 간다고 전한다. 택시가 시내에 이르자 거리는 인파로 북적거린다. 마치 저마다 다른 사상을 가진 이들이 서로 다른 구호를 외치며 시위를 벌이는 것 같다. 카오스. 언짢은 기분이 든다. 택시는 도로에 갇힌 채 오도 가도 못하는 신세가 된다. 나는 요금을 내고 차에서 내린다. 그리고 인파를 헤치고 영화관까지 달려간다.

미셸 공드리나 그의 영화가 내 마음을 충분히 사로잡지 못한 탓에 공황 발작이 연달아 일어난 것은 아니다. 공황 발작이 발생하는 빈도는 줄었지만 여전히 내 안에 도사리고 있다. 따라서 내가 생각하는 것보다 좋아졌다고 방심해서는 안 된다. 나중에 정신과 의사에게 일목요연하게 설명할 수 있도록, 내게 일어난 증상을 머릿속에 기록한다. 나는 영화가 끝날 때까지 잘 참고 견뎌낸다. 그런 다음, 프린세사 거리에 있는 로스 쿠보스 광장으로 걸어간다.

내가 영화관에서 나와 가장 먼저 통화한 사람은 보였다. 내 걱정으로 마음을 졸이고 있던 그는 나를 혼자 두고 온 것을 심하게 자책했다. 나는 이제 괜찮으니까 내 걱정일랑 말라고 그를 안심시킨다. 중간에 나오지 않고 끝까지 영화를 다 봤다는 건, 아직 나 스스로 마음을 추스를 수 있다는 것을 증명하니까.

"그럼 지금 집으로 갈까?" 그가 묻는다.

"아냐, 일부러 오후에 약속을 잡았어." 내가 말한다. "모처럼 어머니와 오붓한 시간을 보내라고 말이야."

보는 약간 실망한 눈치다. 새삼스레 내가 그를 몹시 사랑하고 있다는 생각이 들면서 눈시울이 뜨거워진다. 어떤 일이 있어도 그에게 이런 나약한 모습을 보여주고 싶지는 않다. 나는 그에게 조금 있다 파트리시아네 놀러가기로 했는데, 빕스에 가서 그녀의 어린 딸에게 줄 선물을 살 생각이라고 말한다. 우리는 밤에 집에서 만나기로 약속한다.

PATRICIA
파트리시아

파트리시아가 문을 열어준다. 우리 둘은 함께 일할 뿐만 아니라 친구 사이다. 그렇지만 가끔은 몇 주씩 서로 개인적인 이야기를 나누지 않을 때도 있다. 그녀나 나나 친구들을 성가시게 하는 것을 그다지 좋아하지 않는다. 둘 다 내성적이라 속을 잘 드러내지 않는 편이지만, 어쩌다 비밀을 털어놓을 때면 남자들 못지않다.

우리 둘만 있을 수 있는지 확인하기 위해 나는 그녀의 남편, 즉 딸의 아버지에 대해 물어본다. 예상한 대로 그는 집에 없다고 한다. 그 말을 듣자 마음이 놓인다. 그는 미국 자전거 브랜드의 영업사원으로 출장을 자주 다닌다. 나는 그 남자가 마드리드 밖 또는 마드리드 안에 두 번째, 아니면 세 번째로 다른 살림을 차렸다는 것을 안다. 그

마지막 꿈

리고 파트리시아도 그 사실을 안다. 그녀는 여러 번 그와 헤어지려고 했다. 그럴 때마다 그녀는 분노를 삭이지 못해 나를 붙잡고 서러운 눈물을 터뜨리며 그동안 자기가 참고 견뎌야 했던 아픔과 시련을 이야기하곤 했다. 악랄하기 그지없는 남편. 마지막으로 결별을 시도했을 때 모든 게 끝난 것처럼 보였지만, 결국에는 이도 저도 아닌 상태가 되고 말았다.

친한 사이이긴 해도 나는 그녀가 불편해할까봐 더는 캐묻지 않는다. 물론 나도 내 문제에 대해 이야기하지 않는다. 결론적으로 우리 둘은 남자처럼 강인한 편이다. 좀처럼 자신의 속내를 드러내지 않는 사람들이라도 착한 심성을 가지고 있다면 영혼의 친구가 되어 묵묵히 서로를 도울 수 있는 법이다. 침묵이라는 것이 그다지 좋은 소리를 듣지는 못하지만, 그렇다고 그렇게 나쁜 것도 아니다.

파트리시아의 눈매는 본래 슬퍼 보이지만, 그날 오후 자기 집 대문 옆에 선 그녀의 눈에는 헤아릴 길 없는 슬픔이 가득 차 있다. 나는 그녀에게 아무것도 묻지 않고, 필요하다면 무엇이든 도울 수 있다는 눈빛으로 그녀를 바라본다.

파티*11나 나나 말수가 적은 편이다. 그래서 나는 그녀의 딸 로*12에게 관심을 돌린다. 로레나. 나는 아이에게 선물을 건넨다. 아이는 선물을 받지만 아무 말도 하지 않는다. 아이는 작은 칠판에 그림을 그리고 있다.

★11 파트리시아의 애칭.
★12 로레나의 애칭.

나는 아이에게 뽀뽀를 해달라고 하지만, 아이는 내 말을 무시하고 대답조차 하지 않는다. 그래서 내가 아이에게 입을 맞추려고 하지만 이마저도 뿌리친다. 아이는 나를 좋아하지 않는 모양이다. 하자 내게 무뚝뚝하게 구는 모습이 오히려 재미있다.

내가 파트리시아와 함께 거실로 들어가자, 아이도 따라 들어와 계속 혼자 논다. 나는 45분 동안 아이만 바라본다. 아이를 보고 있으면 바다나 불꽃을 보는 느낌이 든다. 아이들은 항상 진실하고, 어른들의 시선을 의식하지 않고 계속 새로워진다.

텔레비전에서는 줄리 테이머 감독*[13]의 〈프리다〉가 방영되고 있다.

"난 저 영화를 본 적이 없어." 파티가 특유의 냉담하면서도 무덤덤한 어조로 말한다.

물론 나는 이미 저 영화를 봤다. 그런데 성공한 영화감독에 대한 소수 영화 감독의 질투인지 모르겠지만, 살마 아예크*[14]가 주연을 맡았는데도 영화는 전혀 마음에 들지 않았다.

화면에서는 차벨라 바르가스가 남자처럼 머리를 빗고 〈라 요로나〉*[15]를 라이브로 부르고 있다. 그 장면을 보자 화가 머리끝까지 치민다. 원곡에 대한 해석도 엉망이지만, 무엇보다 사운드가 형편

★13 Julie Taymor(1952~). 미국의 영화 및 연극 연출가, 시나리오 작가이다. 〈프리다Frida〉는 줄리 테이머가 2002년에 제작한 영화로, 멕시코 화가인 프리다 칼로의 삶을 그렸다.
★14 흔히 셀마 헤이엑으로 알려진 살마 아예크Salma Hayek(1966~)는 멕시코 태생의 배우이자 영화 제작자이다. 〈프리다〉에서 프리다 칼로 역을 맡아 2002년 아카데미 여우주연상 후보에 올랐다.
★15 멕시코 설화를 바탕으로 한 노래로, '울보 여인'이라는 의미이다.

없다.

"저 영국 여자는," 나는 줄리 테이머를 가리키며 말한다. "차벨라 바르가스가 어떤 존재인지 전혀 모르나봐. 〈라 요로나〉로 무엇을 할 수 있는지는 말할 것도 없고 말이야."

정말로 화가 난다.

TESIS SOBRE LA LLORONA
〈라 요로나〉에 관한 의견

나는 차벨라 바르가스가 부른 〈라 요로나〉를 쉰 번도 넘게 들었다. 그런데 노래는 매번 달랐고, 나는 그때마다 울음을 터뜨렸다. 차벨라는 말년에 목소리를 완전히 잃어버렸다(하지만 그녀의 재능은 여전했고, 체념과 고독에서 우러나오는 슬픔 또한 그대로였다. 모든 것이 예전 그대로였을 뿐만 아니라, 오히려 더 깊은 맛을 풍기는 것 같았다). 시간이 갈수록 차벨라는 **노래를 부르는** 횟수가 줄어들고, **이야기하듯** 노래하는 경우가 많아졌다. 마지막 콘서트에서는 노래를 한 소절도 부르지 않고, 대신 시처럼 읊조리다 마지막에 가서는 중얼거리기만 했다. 그런데 그 효과는 놀라울 정도였다. 그녀가 말한 것처럼, 수녀원의 침묵 같았다. 그녀는 피날레를 위해 절규를 아껴두고 있었다. 마지막 소절은 조금 전의 중얼거림을 이어가듯 나지막한 속삭임으로 시작된다. "나는 당신을 사랑해요, 그러니 당신도 사랑해줘요, 요로

나. 내가 당신을 더 사랑하길 빌어요. 나는 이미 당신에게 삶을 바쳤잖아요, 요로나. (그녀는 천둥이 치는 듯 쩌렁쩌렁하고 도발적인 목소리로 소리 지른다.) 뭘 더 바라는 거죠? (이전에 아껴두었던 목소리가 마지막에 이르러 급류처럼 터져나오며 점점 더 커진다.) **더 많이 바라는 건가요?**" 관객은 항상 마지막에 환호성을 질렀다.

이 기적을 직접 목격한 우리들만이 그때의 감동을 이해할 수 있을 것이다.

"그 앨범이 여기 어딘가에 있을 거야." 파트리시아가 감미로우면서도 무덤덤한 목소리로 말한다.

AMARGA NAVIDAD
씁쓸한 크리스마스

나는 그녀가 찾을 때까지 기다리지 않고 턴테이블과 CD가 있는 거실 한구석으로 가서 차벨라의 앨범을 찾는다. 사실은 정말로 그 앨범을 찾는다기보다는, 방금 뜬금없이 일장 연설을 늘어놓고 나니 괜히 쑥스러워서 바쁜 척하려는 것이다. 아무래도 말을 좀 줄이고, 약에 취한 듯이 과도하게 흥분한 상태에서 말하지 않도록 조심해야 할 것 같다. 아니면 아까 복용한 트란키마진이 부작용을 일으켜 정말로 약에 취한 상태인지도 모른다.

서두르지 않으니 금방 찾는다. 나는 앨범에 수록된 곡을 쭉 훑어본다. 〈라 요로나〉, 그녀가 처음으로 이야기하듯 노래를 부르기 시작한 1995년에 취입한 곡이다. 〈사랑의 밤〉, 〈나를 생각해줘요〉, 〈나의 추라스코〉,[16] 〈소박한 것들〉, 〈씁쓸한 크리스마스〉. 지금은 12월이니 마지막 곡이 가장 잘 어울릴 것 같다. 나는 음반을 CD 플레이어에 넣는다. 이 노래는 일종의 캐럴이다.

나는 당신이 12월에 떠났으면 했어

당신의 잔인한 작별 인사가 나의 크리스마스가 될 테니까,

사랑하는 이와 이런 식으로 새해를 맞이하고 싶지는 않아

내게 너무 아픈 마음의 상처를 주니까.

그러고 나서 많은 일이 일어나고

당신이 후회하고 두려움에 떨 때면

당신이 버리고 떠난 것이 당신이 가장 사랑하는 것이라는

사실을 알게 될 거야. 하지만 그때는 이미 늦었어.

나는 당신이 12월에 떠났으면 했어

당신의 잔인한 작별 인사가 나의 크리스마스가 될 테니까,

사랑하는 이와 이런 식으로 새해를 맞이하고 싶지는 않아

내게 너무 아픈 마음의 상처를 주니까.

나는 소파에 앉아 조용히 노래를 듣는다. 파트리시아가 주방에 가

[16] 브라질과 우루과이, 아르헨티나를 비롯한 남아메리카 지역에서 주로 먹는 전통 고기구이 요리이다.

만히 서 있는 모습이 보인다. 그녀는 아무 소리도 내지 않고 움직이지도 않는다. 그 모습이 〈죽은 자들〉*[17]에서 가족 파티를 마치고 계단을 내려오다 노래를 듣고 얼어붙은 듯 난간에 손을 얹고 층계에 가만히 서 있던 안젤리카 휴스턴을 연상시킨다.

나는 파트리시아가 왜 꼼짝도 하지 않는지, 그 이유를 상상해본다. 차벨라의 노래 가사. 그 노래는 불시에 우리 둘의 마음을 사로잡았다.

정적. 아이는 계속 놀고 있다. 그 노래는 아이의 놀이 속까지 파고들지는 못했다.

파트리시아는 의도적으로 우리에게 등을 돌린 채 주방에 계속 서 있다. 로레나의 아버지를 버리고 떠나는 것에 대한 공포감 때문에 얼어붙은 듯 꼼짝도 못하는 것 같다. 나의 해석은 그렇다. 그렇다면 그 쓸쓸한 크리스마스는 그녀에게 해방의 크리스마스가 될 수도 있을 터였다.

아이가 침묵을 깨고 호두가 가득 담긴 그릇에서 하나를 꺼내 내게 건넨다. 나는 호두 껍데기를 깨려고 안간힘을 쓴다. 마치 엄청나게 중요한 일이라도 되는 것처럼 그 행동에 집중한다. 아이는 금속으로 된 평평한 하트 모양의 도구를 가져온다. 그 도구의 끝을 껍데기 홈에 대고 힘을 가하자 호두가 둘로 쪼개진다. 첫 번째 호두를 깨자 집 안에는 껍데기가 부서지면서 내는 건조한 소리만 들린다. 내 귀에는

*17 존 휴스턴 감독의 1987년도 영화이다. 안젤리카 휴스턴 등이 출연했다.

마지막 꿈

파트리시아가 산산이 부서지는 소리처럼 들린다. 로레나는 내가 호두를 깨주는 것이 굉장히 편하다는 것을 알게 된다. 아이는 내게 호두를 하나씩 건네면서 껍데기를 깨달라고 하고, 자기는 까놓은 호두를 먹는다. 이런 무한한 순환 과정이 시작된다. 나는 그나마 할 일이 생겨서 즐겁다.

파트리시아가 천천히 거실로 돌아와 내 옆자리에 앉는다. 그 노래가 주입한 독이 마음에 넘쳐흐르고 있다는 것을 그녀의 눈빛에서 느낄 수 있다. 그녀는 아무 말도 하지 않고, 맥주를 병째로 들이마신다. 나는 아이에게 호두의 어떤 부분을 먹을 수 있고, 어떤 부분을 먹으면 안 되는지 설명해준다. 그사이, 파트리시아는 상처받고 증오심으로 가득한 눈빛으로 우리를 바라본다.

EPÍLOGO
에필로그

계단을 내려가 거리로 나서면서 나는 파트리시아와 아이와 함께 있던 한 시간 동안 한 번도 불안 증세를 보이지 않았다는 것을 깨닫는다.

나는 얼마 후 만난 정신과 의사에게 그 사실을 처음으로 이야기한다. 그는 내게 후버플렉스라는 충격요법을 권하지만, 그것 역시 병을 완전히 제거하지는 못한다.

나는 보와 함께 잠든다. 나는 그 어느 때보다 절실하게 그의 몸 안으로 숨으려고 한다. 왠지 모르게 앞으로 그에게 못되게 굴 것 같은 예감이 든다.

나는 다른 정신과 의사를 찾아간다. 마침내 제헌절이 낀 긴 주말의 지옥에서 벗어난다. 다시 정상적인 일상으로 돌아온 처음 며칠 동안은 내 인생에서 가장 행복한 순간이다.

마지막 꿈

ADIÓS, VOLCÁN
화산같이 살다간 이여, 안녕

•
......

20년 동안 나는 그녀가 서던 무대를 찾아다녔고, 마드리드에 있는 살라 카라콜★¹의 자그마한 백스테이지에서 그녀를 만난 후 그곳의 뜨거운 8월의 태양 아래에서 기나긴 작별 인사를 나눌 때까지 또 20년 동안 그녀에게 작별을 고했다.

차벨라 바르가스는 체념과 슬픔으로 대성당을 지었다. 그곳은 우리 모두가 들어갈 수 있고, 또 나설 때는 우리가 저지른 실수와 화해하고 앞으로도 계속 그 실수를 저지르고 다시 시도할 수 있는 공간이다. 위대한 작가 몬시바이스★²는 이렇게 말했다. "차벨라 바르가스는 과격하다 싶을 만큼 적나라한 블루스의 표현 방식으로 구슬픈 란체라ranchera★³의 정서를 탁월하게 드러낼 줄 알았다." 몬시바

★¹ 마드리드 시내에 있는 콘서트홀.
★² Carlos Monsiváis Aceves(1938~2010). 멕시코의 작가이자 철학자, 정치 활동가이다.

이스에 의하면, 차벨라는 마리아치Mariachi[4]를 배제함으로써 란체라의 축제적 성격을 없애는 동시에 가사를 통해 아픔과 패배 의식을 적나라하게 드러냈다. 아구스틴 라라의 단손 곡 〈나를 생각해줘요〉[5]의 경우, 차벨라는 리듬이 경쾌해 춤추기 좋은 노래를 파두나 구슬픈 자장가로 둔갑시킬 정도로 원래 리듬을 바꿔버렸다는 것이다(나도 그렇게 생각한다).

이 세상 그 누구도 천재적인 가수 호세 알프레도 히메네스[6]의 노래를 차벨라만큼 애절하게 부르지 못했다. "내 과거를 알고 싶다면, 나는 또 다른 거짓말을 해야 해요. 나는 그들에게 말할 거예요 괴로움이라는 걸 모르고, 모든 사랑에서 승리했으며, 단 한 번도(차벨라는 여기서 '나는 단 한 번도'라고 노래한다) 울어본 적이 없는 이상한 세계에서 왔다고요."[7] 차벨라는 특히 노래의 엔딩 부분을 힘주어 부름으로써 자신의 이름을 딴 새로운 장르를 만들어냈다. 호세 알프레도의 노래가 사회 주변부에서 태어나 패배 의식과 체념에 대해 이야기한다면, 차벨라는 자신이 살았던 세상의 위선에 아이러니한 슬픔과 고통을 더했으며, 언제나 그런 세상에 도전하듯 노래했다. 노래가 끝을 향해 절정으로 치달을 즈음이면 그녀는 온몸으로 희열을 표현하

---

[3] 멕시코 전통음악 장르로, 그 뿌리가 멕시코혁명 시기 이전으로 거슬러 올라간다. 주로 사랑과 실연의 아픔, 애국심과 자연을 노래한 란체라는 새로운 민족의식의 상징으로 발전했다.
[4] 란체라를 연주하는 악단이자 음악 장르를 가리킨다.
[5] 아구스틴 라라Agustín Lara(1897~1970)는 멕시코의 작곡가로 1,000곡 이상의 작품을 남겼다. 단손danzón은 쿠바의 콘트라단사와 아바네라로부터 비롯된 음악이자 춤이다.
[6] José Alfredo Jiménez-Sandoval(1926~1973). 멕시코의 가수.
[7] 호세 알프레도 히메네스가 부른 〈이상한 세계〉 가사의 일부이다.

마지막 꿈

며 슬픔과 한탄을 찬가로 뒤바꾸고 사람들의 얼굴을 향해 토해내듯 엔딩을 불렀다. 그 장면은 관객이 감당하기 어려울 정도로 엄청난 경험이었다. 사실 우리는 그렇게 가까이에서 거울을 보는 것에 익숙하지 않다. 엔딩에서 피를 토해내듯 절절하게 부르는 노래는 말 그대로 내 마음을 갈가리 찢어놓았다. 결코 과장이 아니다. 아마 그 자리에서 나와 같은 경험을 한 이가 많았을 것이다.

일흔 살이 넘어 새롭게 시작한 두 번째 인생에서 시간과 차벨라는 손을 잡고 나란히 걸어간다. 차벨라가 스페인에 건너오면서 그녀의 노래는 사람들로부터 — 멕시코에서는 얻지 못했던 — 큰 공감을 얻었다. 사람들의 따뜻한 공감 속에서 차벨라는 조용히 절정기에 이르렀고, 그녀의 노래 또한 감미로움을 더해갔으며 레퍼토리 속에 웅크리고 있던 사랑도 꽃피웠다. "아, 나는 영원히 빛나는 별을 갖고 싶어요. 사랑의 밤을 위해 가장 고급스러운 크리스털 잔으로 건배하고 싶어요. 나는 항구로 돌아오는 배처럼 기쁨으로 넘치고, 영광스러운 천 개의 종 소리가 울려 퍼지는 가운데 사랑의 밤을 위해 건배하고 싶어요."[8] 1990년대와 금세기 일부의 기간 동안, 차벨라는 우리나라 사람들과 함께 영원하고 행복한 사랑의 밤을 보냈다. 모든 관객들과 마찬가지로, 나도 그녀가 나와 단둘이서 사랑의 밤을 보낸 것처럼 느껴진다.

나는 수십 개의 도시를 돌아다니며 그녀를 소개했다. 그녀와 함

★8 차벨라가 부른 〈사랑의 밤〉 가사의 일부다.

께했던 모든 순간이, 특히 콘서트가 시작되기 몇 분 전 대기실의 모습이 생생하게 떠오른다. 그 무렵, 그녀는 술을 끊었고 나는 담배를 끊었다. 그 순간, 우리는 금단증상 때문에 어쩔 줄 몰라 하는 사람들 같았다. 그녀는 이럴 때 테킬라 한 잔만 마시면 목소리가 따뜻해질 거라고 말했고, 나는 담배 한 갑만 피우면 불안감을 해소할 수 있을 거라고 했다. 우리는 손을 잡고 웃으며 입맞춤을 했다. 우리는 많은 키스를 나누었고, 그 덕분에 나는 그녀의 피부가 어떤지 잘 안다.

스페인에서 몇 년간 전성기를 누린 덕분에 차벨라는 파리의 올랭피아*9에서 데뷔할 수 있었다. 이전에는 위대한 롤라 벨트란*10만이 이룬 위업이었다. 잔 모로*11가 내 옆에, 1층 발코니 아래 반원형 좌석에 앉아 있었다. 가끔 그녀에게 노래의 몇 소절을 번역해주었는데, 모로는 "그럴 필요 없어요, 페드로. 완벽하게 알아들었으니까요"라고 속삭였다. 물론 그녀가 스페인어를 알아서 그렇게 말한 것은 아니다.

파리 올랭피아에서 눈부신 공연을 한 덕분에 마침내 그녀는 가장 단단히 닫혀 있던 문, 즉 멕시코시티의 베야스 아르테스 극장의 문을 열 수 있었다. 오랫동안 마음속에 품고 있던 또 다른 꿈을 이룬 셈이었다. 파리 공연이 있기 얼마 전, 어떤 멕시코 기자가 나를 찾아

★9 프랑스 파리 9구에 있는 음악홀.
★10 María Lucila "Lola" Beltrán Ruiz(1932~1996). 멕시코의 배우이자 가수이다.
★11 Jeanne Moreau(1928~2017). 프랑스의 배우 겸 영화감독이다.

마지막 꿈

와 차벨라를 배려해준 데 대해 감사의 뜻을 전했다. 나는 그에게 나의 행동이 아량이 아니라 이기심에서 비롯된 것이라고 대답했다. 내가 준 것보다 훨씬 더 많은 것을 받았으니까. 그리고 아량과 관용은 믿지 않지만 비열함과 인색함은 믿는다고, 이것이 바로 차벨라가 가장 열정적으로 문화 대사 역할을 하는 나라를 가리킨다고도 말했다. 1950년대에 작은 클럽에서 노래한 이후(이국적인 댄서 통골렐레와 함께 데뷔한 엘 알라크란을 알았더라면 얼마나 좋았을까!) 차벨라는 분명 신과 같은 존재가 되었지만, 주변부의 신에 지나지 않았다. 그녀는 내게 텔레비전이나 극장 무대에서 노래를 부르고 싶었지만 그럴 기회가 주어지지 않았다고 말했다. 아무튼 올랭피아 공연 이후 그녀의 상황은 크게 달라졌다.

멕시코시티의 베야스 아르테스 극장에서 공연이 있던 날 밤, 나는 무대에서 그녀를 소개하는 영광을 누렸다. 이로써 차벨라는 또 다른 꿈을 이루었다. 우리는 이를 축하하기 위해 가리발디 광장에 있는 테남파 바로 가서 호세 알프레도 히메네스—그 자리를 더욱 빛내줄 사람—와 함께 기쁨을 나누었다. 우리는 그 위대한 호세 알프레도에게 헌정된 벽화 아래 앉아 새벽까지 술을 마시고 노래를 불렀다(사실 그녀는 술 대신 물만 마셨지만, 다음 날 지역 신문들은 '차벨라, 다시 술을 입에 대다'라는 제목의 기사를 1면 톱으로 다루었다). 그날 밤, 그녀와 함께 자리하는 행운을 누린 우리는 모두 정신이 혼미해질 때까지 노래를 불렀다. 무엇보다 차벨라는 그날 행사를 위해 우리가 고용한 마리아치 중 한 명과 함께 노래를 불렀다. 그녀가 란체라의 전형적이고 독창적인 편성에 따라 부르는 노래를 들은 것은 그날이 처음이었다. 그것은 내가 그녀 곁에서 경험한 수많은 기적 가운데 하나였다. 그녀가 마지막으로 마드리드를 방문했을 때, 레시덴시아 데 에스투디안테스*12 공연을 사흘 앞두고 우리는 엘레나 베나로츠, 마리아나 히알루이, 페르난도 이글레시아스*13와 저녁 식사를 함께 했다. 그 자리에서 엘레나는 차벨라에게 노래하다 가사를 잊은 적이 없는지 물었다. 차벨라가 대답했다. "그런 경우가 간혹 있지만, 항상 내가 있어야 할 곳으로 가게 되더군요." 나는 그녀를 기리기 위해 그 말을 문신으로 새기기로 했다. 나는 그녀가 마땅히 있어야 할 곳으로 가는 모습을 몇 번이나 보았다! 테남파 바에 갔던 그날 밤, 말로 표현할 수 없을 만큼 뜨거운 바의 분위기 속에서 차벨라는 사랑하는 동료 호세 알프레도의 벽화 아래에서, 마리아치의 반주에 맞추어, 마땅히 있어야 할 자리에서 밤을 마무리했다. 그녀가 과거에 두 대의 기타 반주에 맞추어 절절하게 부르던 노래가 이번에는 즐겁고 경쾌하게 들렸다. 마땅히 있어야 할 곳에서, 마땅히 따라야 할 방식대로. 그날 밤 〈마지막 한잔〉*14은 술을 흠뻑 마시고, 마음껏 사랑하며, 여전히 살아서 노래할 수 있다는 기쁨에 바치는 멋진 찬가였다.

★12 Residencia de Estudiantes. 자유주의 사상 및 과학·예술 진흥을 목적으로 1910년 마드리드에 설립한 학생 및 예술가 기숙사로, 스페인 문화생활의 중심지 역할을 했다.
★13 엘레나 베나로츠Elena Benarroch(1955~)는 모로코 태생의 스페인 패션 디자이너다. 마리아나 히알루이Mariana Gyalui는 아르헨티나 태생의 배우이자 음악 프로모터, 사업가로 차벨라 바르가스의 친구이다. 페르난도 이글레시아스Fernando Iglesias(1909~1991)는 아르헨티나의 배우이다.
★14 차벨라 바르가스의 노래 제목이다.

마지막 꿈

체념과 슬픔은 진정한 축제로 변했다.

4년 전, 나는 그녀가 살고 있던 테포스틀란을 찾아갔다. 그녀의 집은 발음하기도 힘든 찰치테페틀산 바로 앞에 있었다. 구로사와[15]가 만든 〈7인의 사무라이〉의 미국판인 〈매그니피센트 7〉[16]이 바로 그 계곡과 산에서 촬영되었다. 차벨라는 내게 전설 하나를 들려준다. 그 전설에 의하면, 다음 종말이 도래할 때 그 산은 문을 일제히 열 것이고, 그 안으로 들어가는 자들만이 구원을 받을 것이다. 그녀는 그러한 문들이 그려져 있는 것처럼 보이는 산기슭의 몇 곳을 손으로 가리켰다.

모렐로스의 이 지역에는 생명체와 영혼, 그리고 식물과 별에 관한 전설이 많이 전해진다. 차벨라는 땅보다 바위가 더 많은 산 외에도, 포포카테페틀이라는 웅장한 이름을 가진 화산과 함께 지내고 있다. 사랑하는 여인의 싸늘하게 식은 육신 앞에서 절망에 지쳐 쓰러질 만큼 인간을 사랑한 과거를 지닌 활화산. 나는 차벨라의 입에서 지명이 나올 때마다 그 자리에서 기록한다. 그러고는 '페틀'로 끝나는 이름을 발음하기가 너무 어렵다고 털어놓는다. 그녀에 따르면, 한때 여자들이 이러한 글자를 발음하는 것이 금지되었다고 한다. 왜요? 단지 그들이 여자라는 사실 때문에요. 그녀가 대답한다. 그런 것을 전혀 부끄러워하지 않는 나라에서 흔히 볼 수 있는 남성 우월주의의 가장

★15 黑澤明(1910~1998). 거장으로 평가받는 일본의 영화감독이다.
★16 1960년 존 스터지스 감독이 연출한 미국 서부영화 〈황야의 7인〉을 리메이크한 작품이다. 〈황야의 7인〉의 각본을 쓴 윌리엄 로버츠는 구로사와 아키라의 〈7인의 사무라이〉(1954)를 옛 서부 스타일로 리메이크했다.

비이성적인 형태(모든 것이 다 그런 식이다) 중 하나다.

내가 그곳까지 찾아갔을 때, 그녀는 "난 아주 평온하게 살고 있어요"라고 말했다. 그리고 마드리드에 와서도 내게 같은 말을 되풀이했다. 그녀의 입에서 흘러나오는 '평온'이라는 말은 모든 의미를 온전하게 담고 있다. 다시 말해, 그녀는 차분하고, 어떤 두려움이나 불안도 없이, 또 기대하는 것도 없이(아니면 모든 것을 기대하고 있지만 이를 말로 설명할 수 없는 건지도 모른다) 평온하다. 그녀는 "어느 날 밤, 나는 멈추게 될 겁니다"라고도 했다. '멈추게 될 것'이라는 말은 무거운 동시에 가볍게, 그리고 결정적인 동시에 우연하게 그녀의 입에서 떨어졌다. 그녀는 계속 말했다. "조금씩, 혼자서 그것을 즐길 거예요." 그녀는 그렇게 말했다.

안녕, 차벨라. 화산같이 살다간 이여, 안녕.

당신의 남편이. 이 세상에서 당신이 나를 보면 즐겨 불렀던 그 이름.

페드로 알모도바르

마지막 꿈

LA REDENCIÓN
속죄

•
....

나는 도시의 교도관으로 실로 엄청난 사건을 목격했다. 비록 나는 어리석고 아둔하지만 모든 사람이 다 알 수 있도록 그 사건을 밝히기로 결심했다.

그런데 그 이방인이 우리 도시에 도착하기 전의 이야기부터 시작하는 것이 좋을 것 같다. 인근의 다른 도시에서 그가 했다는 말이 소문을 타고 오래전부터 퍼지기 시작했기 때문이다. 그가 스스로 메시아, 즉 우리 모두가 수세기 동안 간절히 기다려온 하느님의 아들이라고 주장했다는 말이 돌았는데, 얼마 지나지 않아 우리는 그것이 사실이라는 것을 확인할 수 있었다. 이 도시에 사는 우리는 그 무엇도, 그 누구도 기다린 적이 없다고 장담할 수 있다. 하지만 그 이방인이 수년에 걸쳐 여러 곳을 돌아다니며 같은 말을 반복하자, 메시아의 유토피아라는 말이 우리에게도 친숙하게 느껴지기 시작했다.

유토피아는 전염성이 강해서 어지러울 정도로 빠르게 퍼져나간다. 나는 그 사건을 목격했지만, 지금은 아무것도 확신할 수 없다. 다만 그가 나타나기 전에는 아무도 그에 대해 이러쿵저러쿵 이야기하지 않았다는 것만큼은 또렷이 기억한다. 꾸며낸 이야기가 다 그렇듯이, 소문이 퍼지고 난 후 사람들은 그가 이전에 했던 말이 모두 사실이라는 증거를 찾아냈다. 하지만 나는 그것이 이곳 주민들의 상상력이 빚어낸 결과라고 확신한다. 집단의 상상력은 개인의 상상력보다 우월한 법이다. 개인이 아무리 상상력이 풍부하고, 집단의 구성원들이 아무리 멍청하다 할지라도 말이다(하지만 나는 상상력이 지적 능력과 아무 관계 없다고 믿는다). 예를 들어 어떤 사람이 미리 선택한 기준에 따라 상상력을 발휘하여 무언가를 만들어낸다고 가정하자. 그런데 한 집단이 같은 기준에 따라 같은 일을 한다면, 집단의 상상력이 개인의 상상력보다 훨씬 더 뛰어나다는 것을, 그리고 그 작업의 결과물이 독창적이고 더 탁월할 뿐만 아니라 보다 일관된 성격을 지니고 있다는 것을 확인할 수 있다.

어쩌면 내가 틀렸을 수도 있겠지만, 나는 그 이방인이 이 지역의 여러 도시를 돌아다니면서 자신의 존재를 알렸기 때문에 우리 도시에 나타나기 전에 이미 소문이 파다하게 퍼졌을 거라고 생각한다. 그렇다고 그의 말투나 행동거지가 거짓과 속임수로 가득 차 있었다는 뜻은 아니다. 오히려 풍부한 언어 구사 능력(그는 언어 구사의 대가였다)과 말을 효과적으로 퍼뜨리는 재주 덕분에 그는 마법 같은 성과를 거두었다고 할 수 있다.

마지막 꿈

내가 그를 처음 만났을 때, 그는 이미 여러 명의 제자를 거느리고 있었다. 그들은 언제나 그를 둘러싸고 있었으며, 스승의 존재와 능력을 널리 알리기 위해 인근 도시를 돌아다니고 있었다. 그는 이미 꽤 유명한 인물이었기 때문에 나는 첫날부터 그를 유심히 관찰했다. 그는 용모가 매우 수려했다. 도저히 인간으로 보이지 않을 정도로 완벽한 외모였다. 왜 그의 화려한 외모가 사람들의 감탄을 자아내는지 충분히 이해할 수 있었다. 나도 그를 보고 놀란 입을 다물지 못했으니까. 그것이 그의 가장 큰 무기였고, 그를 그토록 유명하게 만든 이유였다. 그를 한번 본 사람들은 모두 거부할 수 없을 만큼 강한 매력을 느꼈고, 그 매력을 통해 자연스럽게 그의 말에 관심을 가졌다. 그도 그럴 것이 그는 자기를 둘러싸고 있는 이들이라면 누구든 가리지 않고 다가가 미소 지으며 끊임없이 이야기를 늘어놓았기 때문이다. 그렇지만 그의 말은 그의 아름다운 용모보다 더 이해하기 어려웠다. 사실 우리처럼 평범한 사람들은 그러한 언변과 용모를 지닌 그에게 감히 범접하기가 어려웠다. 그래도 그의 지혜보다는 아름다움 ― 비록 그의 아름다움도 완전히 이해할 수는 없었지만 ― 에 감탄하기가 더 쉬웠다.

그가 하는 말을 쉽게 이해할 수는 없었지만 우리는 그 속에 무언가 중요한 의미가 담겨 있다는 것을 직감했다. 그는 불멸성, 완전함, 어둠, 사랑, 구원에 대해 이야기하곤 했는데, 그것은 우리에게 언제나 생소한 언어였다. 나는 어쩌면 내가 너무 둔하고 무지해서 그런 것인지도 모른다고, 그래서 그의 말을 이해하지 못한 거라고 생각했다. 그래서 그가 무슨 말을 했는지 알아듣기 쉽게 설명해달라고 다른 사람들에게 부탁했지만, 그들도 제대로 설명하지 못했다. 이처럼 제대로 이해하지 못했는데도, 어쩌면 그 결과일지도 모르겠지만, 아무튼 그의 설교는 언제나 흥미롭고 매력적이었다.

그가 무엇을 하고 무슨 말을 하는지에 대한 소문은 나날이 부풀어갔다. 그 이방인은 정말로 보기 드물 정도로 뛰어난 사람이었다. 하지만 그에 대해 떠도는 이야기들 가운데 상당수는 아마 날조된 것일 가능성이 높았다. 그의 설교를 들었을 때, 나는 그가 말하는 사랑과 존중이 그의 얼굴에 그대로 나타나는 것을 보고 놀라움을 금치 못했다. 우리가 그를 놀라우면서도 신기한 표정으로 바라보는 것처럼, 그도 우리를 경이롭게 여기는 것 같았다. 그는 우리가 꿈에도 생각하지 못한 아름다움을 지닌 존재라도 되는 듯, 우리에게 깊은 감동을 받은 것 같았다.

행동만 놓고 보면 그가 결코 정상이 아니라고 단언할 수 있다. 처음에 그는 잠도 자지 않고 먹지도 않았다. 어떤 신체적 욕구도 드러내지 않았다. 아무 말도 하지 않고 생각에 잠겨 있을 때, 그는 우리 곁에 있지 않았다. 그때 그의 모습은 마치 신기루처럼 보였다.

그 이방인의 명성은 당국에 아무 문제도 되지 않았다. 도시에서 점차적으로 신화가 만들어져가고 있다는 사실은 항상 일정한 위험을 내포하지만, 이방인이 사람들을 매료시키긴 해도 그의 말에 어떠한 정치적 의미도 담겨 있지 않았기 때문에 당국은 그의 존재를 크게 우려하지 않았다. 그는 환상적인 세계와 생각을 꿈꾸게 만드

마지막 꿈

는 시인이었다. 그러한 이유로, 그리고 그의 아름다운 용모 덕분에 항상 그를 따르는 이들이 있었다. 그러나 그의 연설은 예전에 비해 더 명료해진 것은 아니지만, 어느 시점부터 보다 가까운 현실과의 관계를 다룸으로써 더 쉽게 해석될 수 있는 — 그가 정말 그런 의도로 연설을 한 것인지는 모른다 — 용어들을 포함하기 시작했다. 그가 말했다. "나의 왕국은 이 세상에 있지 않다." 예전에 그는 자신이 그 왕국을 다스리는 하느님의 아들이라고 선언했다. 그는 자기를 따르면 더 나은 삶을 살게 될 거라고 약속했고, 자기를 믿고 이 세상과 관련된 것을 모조리 버린다면 어둠에서 구원해주겠다고 했다. 그가 이러한 주장을 펼치는 데에서 더 나아가 정부를 직접 겨냥하는 듯한 발언을 이어나가자, 대통령도 더 이상 보고만 있을 수는 없었다. 그에게서 자신의 분석과 예상으로는 도저히 파악할 수 없는 자질을 갖춘 엉뚱한 혁명가의 모습을 본 대통령은 그를 감옥에 가두고 추후에 재판을 통해 그의 진짜 의도가 무엇인지 밝혀내라고 명령했다.

그의 수많은 추종자들은 너무 두려웠던 나머지 이러한 불의에 과감히 맞서지 못했다. 그가 기습적으로 체포된 후 오히려 정부와 화해하고 우호적 관계를 유지하려는 분위기가 조성되었다. 사람들은 그를 존경했지만, 대통령과 마찬가지로 그가 이야기한 것이 진실인지 거짓인지 모두 밝혀내지 않으면 못 견딜 정도로 궁금해했기 때문이다. 국민들은 다시 한 번 변덕스러운 모습을 보여주었다.

이렇게 해서 그는 결국 투옥되었고, 내가 그를 감시하게 되었다.

그런데 그 당시 감옥에는 유명한 도적 바라바스도 갇혀 있었다. 이방인은 그와 같은 방을 쓰게 되었다. 나는 그들을 감시하는 임무를 맡은 것을 영광으로 여겼다. 그들은 그 무렵 가장 큰 관심을 불러일으키는 죄수들이었고, 나 또한 호기심에 이끌려 지시받은 대로 그들이 갇힌 철창 앞을 단 한순간도 떠나지 않았다. 이방인은 공적인 활동을 하는 동안 수많은 이들을 만났지만, 바라바스만큼 그에게 깊은 인상을 남긴 사람은 거의 없었다.

도적은 감방 한구석에서 지저분하고 사나운 짐승처럼 쉬고 있었다. 이방인은 평소와 다름없이 자상하고 온화한 표정으로 물었다.

"당신은 누구지?"

바라바스는 이렇게 고상하게 생긴 사람이 감방에 갇힌 것을 보고 속으로 놀랐지만, 일부러 화난 표정을 지으며 그를 노려보았다.

"그게 왜 궁금한데?"

"내게는 모든 것이 다 중요하니까. 이 세상에서 나만큼 호기심이 많은 사람은 없을 거야."

이처럼 비상식적인 대화가 오가는 가운데, 바라바스는 그가 미치광이나 다름없어 대화를 포기하겠다는 듯 조롱 섞인 미소를 지었다. 하지만 감옥에서 보내는 시간은 공허함 그 자체라, 모든 걸 잊기 위해 상상할 수 없는 것까지도 시도하게 된다. 이방인이 그를 귀찮게 하지 않고 몇 시간 동안 침묵이 흐르고 난 뒤, 바라바스가 그에게 물었다.

"대체 여기서 뭘 하는 거지?"

마지막 꿈

"나도 잘 모르겠네. 끌려오긴 했지만, 아직 사람들을 많이 만나지 못해서 이게 무슨 의미인지 모르겠어."

바라바스의 눈에 경멸하는 듯한 웃음이 떠오르더니, 곧 그는 분노에 찬 표정을 지으며 윽박지르기 시작했다.

"그건 또 무슨 헛소리야? 입만 열었다 하면 허튼소리가 술술 나오는구먼. 세 치 혀로 나를 엿 먹이려는 것 같은데, 조심하는 게 좋을 거야."

"아냐, 그럴 리가 있나. 나는 다만 나에 대해 이야기하고 싶을 뿐이야. 당신도 나처럼 자신에 대해 말해주면 좋겠어. 당신 눈에는 내가 이상해 보이겠지만, 나한테도 당신이 낯설어 보이니까."

이방인이 이처럼 솔직하고 진지하게 말하자, 바라바스가 잘난 체하는 자에 대해 품고 있던 반감도 조금씩 줄어들었다.

"나는 도둑이야. 사람들은 나를 바라바스라고 불러."

"어쩌다 도둑이 된 거지?"

바라바스는 이방인의 순진한 태도를 어떻게 해석해야 할지 몰라 잠시 망설였지만, 대수롭지 않게 여기고 넘어가기로 했다. 처음에는 머리가 돈 사람인 줄 알았지만, 그의 외모와 행동거지를 관찰하고 보니 실제로는 섬세하고 선량한 마음을 가진 이라는 것을 알 수 있었다. 그를 바라보면서 바라바스는 자신이 더 역겹게 느껴졌다. 그는 값비싼 천으로 지은 옷을 입고 있었을 뿐만 아니라, 자태에서 완벽함과 우월함의 아우라가 느껴졌다. 도둑의 험상궂은 인상과 거친 태도 때문에 이방인은 자신이 감옥에 들어와 그에게 어떤 인상을 주었는지 알아차리지 못했다. 반면 도둑은 이방인의 기품 있는 말투와 자태에 짜증이 치밀었다. 그가 자기를 갖고 노는 건지 계속 헷갈렸던 바라바스는 무뚝뚝하게 대답했다.

"남의 물건을 훔치니까 도둑이지. 아니면 도둑질하다가 연거푸 잡혀서 그랬던가."

"도둑질이 나쁜 건가?" 이방인이 천진난만하게 물었다.

"당신 생각은 어떤데?"

"당신을 비난하기에 앞서 깊게 성찰하지 않은 것 같아. 아무리 봐도 저 사람들이 깊게 생각하지 않고 당신을 기소한 것 같군. 게다가 당신이 남의 물건을 훔친 건 그 순간 그것이 필요했기 때문이었을 텐데……."

"꼭 그런 건 아니야! 술을 마시려고 돈을 훔치기도 했어. 그것도 나보다 돈이 더 필요했던 사람한테서. 정말 나쁜 마음을 먹고 한 짓이라고."

고상한 이방인의 출현에 마음이 흔들린 바라바스는 그가 말한 대로 자신의 행동을 정당화하고 싶지 않았다. 오히려 자신을 더 추악한 인간으로 만들려고 했다. 이방인 앞에서 자기 존재가 어느 때보다 초라하고 비참하게 느껴졌다. 괴물 같은 모습을 감추려고 했던 자신이 그의 눈에 얼마나 기괴하게 보였을까. 그래서 그는 감방 동료의 친절한 태도를 단번에 차단하고 싶어 자신이 실제보다 더 나쁜 사람인 척한 것이었다.

하지만 이방인은 그를 영웅처럼 쳐다보았다.

"당신이 그런 일을 모두 했다고?"

"그것 말고도 훨씬 더 많아." 바라바스가 덧붙였다. "누가 수틀린다고 어느 날 갑자기 나를 여기로 끌고 온 게 아니라고. 남자들은 내가 자유롭게 거리를 활보하면 자기 아내나 딸들이 절대 안전할 수 없다고 생각해서 날 여기 가두어놓은 거야."

자신의 빛나는 우아함과 섬세함과는 너무나 다른 도적의 잔혹함과 난폭함에 매료된 이방인이 놀란 눈으로 그를 쳐다보았다.

"그것만이 아냐. 살인도 했어." 바라바스가 계속 말했다.

"살인을 했다고?"

방금 한 말이 그에게 훨씬 더 강한 인상을 남긴 것 같았다. 그는 인간이야말로 자신의 가장 불완전한 작품 중 하나라고 멸시하며 보좌寶座에 앉아 계신 하느님 아버지의 권능에 대해 생각하면서, 놀랍게도 바라바스같이 하찮은 존재가 감히 하느님의 뜻에 도전할 수 있다는 사실을 알게 되었다.

"그래." 바라바스는 이방인의 반응에 당황스러워하며 대답했다. "그렇다고 내가 좋아서 그런 거라고 할 수는 없어. 나만 그런 게 아니라, 이 세상에는 나와 비슷한 무리가 많다고."

이방인은 잔뜩 들뜬 표정으로 바라바스를 쳐다보았고, 그는 그 눈빛을 보고 적잖이 당혹스러웠다. 다른 자리였다면 버럭 화를 냈겠지만, 이방인에게는 누구든 자기편으로 끌어들이는 무언가가 있었다.

"왜 그런 눈으로 나를 보는 거지? 당신, 대체 어디서 온 거야?"

"나는 이 세상 사람이 아니야."

"아, 그러셔?" 도둑이 농담조로 말했다.

"응."

"그럼 당신이 사는 세상은 어떤 곳인데?" 그가 재미있다는 듯이 물었다.

"당신 같은 이들은 모르는 세계. 나는 하느님의 아들이야. 인간 세상의 언어에는 하느님의 나라에 대해 이야기할 수 있는 어떤 용어도 없네. 나는 그곳에서 왔어."

바라바스는 계속 경박한 말투로 말을 이어나갔다.

"아, 당신이 왜 놀라는지 알겠어. 당신은 인간들이 나 같을 거라고는 전혀 예상하지 못했을 테니까. 그렇지?"

"나의 아버지는 당신들에 관해 한 번도 이야기한 적이 없어. 당신들을 잘 모르시는 것 같기도 하고."

"그럼 여기는 뭐 하러 온 거야?"

"당신들을 구원하러."

이 말을 들은 바라바스는 이방인이 농담하는 줄 알고 폭소를 터뜨렸다. 웃음을 터뜨리긴 했지만, 그는 여전히 이방인을 어떻게 평가해야 할지 갈피를 잡지 못했다. 그의 말을 들어보면 하나같이 이상했지만, 그 속에는 신비로운 무언가가 있어서 모두 사실처럼 느껴졌다. 어쨌든 바라바스의 웃음소리는 점점 커졌고, 거칠지만 솔직하고 꾸밈없는 그의 모습에 감탄한 이방인도 그를 따라서 함께 웃었다.

두 죄수가 마치 오랜 친구라도 되는 양 함께 웃는 것을 보고 나는 얼마나 놀랐는지 모른다.

밤의 적막이 없었더라면, 그가 감옥에서 보낸 첫날 밤에 무슨 일이 일어났는지 모르고 지나갔을 것이다. 두 죄수는 아이들처럼 밤이 깊어가는 줄도 모르고 농담을 주고받다가 다음에 무엇을 해야 할지, 무슨 말을 해야 할지 몰라 잠시 침묵에 잠겼다. 사실 나는 그들을 거의 보지 못했지만, 두 사람이 감방의 고독으로 인해 서로 마음이 끌리기도 하고, 부딪히기도 하는 긴장된 분위기를 혼자 상상하곤 했다. 두 사람은 각자 사는 세계가 얼마나 다른지를 가장 극명하게 보여주는 사례였다. 바라바스는 이방인의 아름다운 용모, 온화하고 부드러운 태도, 그리고 비상식적 언행에 놀라 말문이 막힌 반면, 이방인은 바라바스의 추악함과 잔혹성, 열정과 불행한 삶에 똑같이 매료되었다. 그들은 다시 대화를 이어나갔지만 얼마 지나지 않아 자리에 눕는 소리가 들렸다. 감옥 안은 칠흑같이 어두웠다. 하지만 같은 침대에 누워 가쁜 숨을 몰아쉬면서 몸을 부르르 떠는 그들의 모습이 어렴풋이 보였다.

다음 날 아침, 나는 그들에게 먹을 것을 갖다주었다. 이방인이 들어온 이후 내가 감방 안에 들어간 것은 그때가 처음이었다. 두 사람은 모두 차분하고 평온해 보였다. 하지만 그날따라 바라바스의 남자다움이 더 빛나 보였다.

이방인이 우물쭈물 망설이며 음식을 집어 들다 결심이 선 듯 마침내 입을 열었다.

"좋아. 나도 당신들이 하는 일을 모두 하고 싶어. 나도 당신들 같은 사람이 되고 싶다고."

도둑과 나는 그가 정말 평범한 인간이 아니라고 확신하면서 그를 바라보았다.

그렇게 함께 몇 시간을 보낸 후, 두 사람은 서로의 마음을 끌어당기는 매력을 받아들였다. 서로에게 솔직하고 꾸밈없이 행동하자, 두 사람 사이의 차이점이 사라졌다. 그들은 서로를 의식하지 않고 당당하게 이야기를 나누었다.

"그러니까 당신은 우리를 구원하러 여기까지 온 거로군. 와보니 어때?" 바라바스가 말했다.

"가장 좋은 곳으로 나를 데려다준 것 같아. 당신 덕분에 인간이라는 존재의 경이로움을 발견해가고 있으니까."

"감히 하느님의 아들이라고 떠들어대다니, 너무 시건방진 거 아냐? 그런데 대체 무슨 일로 감옥에 갇힌 거야?"

"그건 나도 모르겠어. 당신들의 관점에서 보면, 내가 어떤 잘못을 저질렀을지도 모르지. 하지만 정확히 어떤 잘못인지는 모르겠어."

"걱정되지 않아?"

"아니."

"아무 생각이 없는 친구로군. 죽음이 이 감방에 얼마나 가까이 있는지 몰라서 그래?"

"언젠가 나는 죽을 거야. 그렇게 예정되어 있으니까. 하지만 내게 죽음은 또 다른 의미가 있을 거야."

"제발 그러지 말고." 바라바스가 지금까지의 거칠고 난폭한 태도를 모두 버리고 말했다. "농담하는 거라면, 솔직히 말해줘. 당신은 지금 그 말이 얼마나 위험한 결과를 초래할지 전혀 몰라."

도시에서 가장 사납고 무시무시한 사기꾼인 바라바스조차 이방인 앞에서 자신이 아닌 다른 사람을 걱정하고 있었다. 자기도 모르는 사이에.

"**아버지**는 나를 인간들 중 하나로 만들기 위해 여기로 보내신 이상, 미리 인간에 대해 말씀해주셨어야 했어. 그런데 전혀 모르는 것을 가지고 계획을 세우는 바람에 너무 서두르신 것 같아. 당신들의 세계에 들어온 이후로 내 눈에는 모든 것이 항상 낯설게만 보였지. 그래서 내 본질에만 몰입하느라 당신들이 어떤 존재인지 잘 몰랐어. 그런데 어제 이 감옥에 들어온 이후로 인간에 대해 조금씩 알게 되었고 관심을 갖기 시작했어. 이제 당신들에 대해 더 많이 알게 된 걸 보면 나도 인간이 다 된 것 같아."

"당신 말이 사실이라면, 더 이상 아무 말도 하지 마. 불행의 구렁텅이에 빠지지 말라고. 나를 똑바로 봐. 당신이 얼마나 망가질 수 있는지 똑똑히 보란 말이야."

"어떻게 그런 말을 할 수 있지? 이미 인간은 자기 안에 신성을 가지고 있다고."

"그딴 헛소리는 집어치워!" 바라바스는 어리석은 말을 하는 이방인에게 버럭 화를 냈다. "신성은 분명 어떤 능력을 가지고 있을 거라고."

"당신들도 그걸 가지고 있다니까."

"우리가? 정신이 나갔군!"

"당신들은 엄청나게 다양한 감정을 누리고 있잖아. 나도 감정이라는 걸 느끼기 시작한 후로 인간이라는 걸 실감하고 있어. 내 마음속에서 여러 감정이 균형을 이룬다고 해도 나는 결코 즐겁지 않아. 그건 아무것도 아니야. 나는 **아버지**에게 아무런 감정을 느끼지 않아. 물론 **아버지**도 나에게 아무 감정을 느끼지 않고. 우리의 과거, 미래, 현재는 이미 결정되어 있을 뿐만 아니라, 모두 똑같아. 우리는 누구나 평온하고 똑같은 꿈속에 있는 듯 살고 있어. 그런데 당신들은 증오, 두려움, 사랑을 느끼고 살잖아. 어젯밤 나는 열정이 무엇인지 알게 되었어. 그건 내가 알고 있는 그 어떤 것과도 비교할 수 없어. 왜 그런지 모르겠지만 지금 기분이 울적한 게 울고 싶군. 내 기분을 그 무엇과도 비교할 수 없어."

"하지만 우리 인간들은 알고 있어. 미움은 결코 좋은 게 아니야. 두려움이나 사랑 역시 마찬가지고. 그 모든 것이 끔찍하다니까."

"내게는 그 끔찍한 것과 비교할 수 있는 게 하나도 없어. 당신들의 존재는 동시에 그 모든 것이 되지만, 우리의 존재는 그 모든 것이 무無인 상태니까."

"나와 함께 있으면 시간을 두고 더 많은 모습을 발견하게 될 거야. 하기는 이보다 더 나쁜 길을 택할 수도 없었겠지만, 앞으로도 계속 서로를 존중하면서 지낼 수 있는지 한번 보자고."

"굳이 시간을 두고 나를 설득할 필요는 없네. 당신의 생명력, 당신들 모두의 생명력. 그게 무엇을 의미하는지 알겠나? 당신은 모든 것을 완전히 파괴할 수도 있다고……."

마지막 꿈

"파괴한다고? 내가?"

"당신이 그랬잖아. 당신은 사람을 죽였어, 그렇지?"

"응. 그런데 난 동시에 피해자이기도 했다고."

"사람을 죽이는 것은 **하느님 아버지**의 뜻을 거역하는 거야."

"그런데 그분, 그러니까 복되신 네 **아버지**는 파괴하지 않으시나?"

"우리 **아버지**는 지속적인 망각과 무의식의 상태야. 그래서 창조할 수도, 파괴할 수도 없어. 하지만 우리 왕국의 미래가 당신들의 힘에 의해 바뀔 수 있도록 나를 여기로 보내셨지."

"네 **아버지**는 완전히 미쳤구나. 너처럼 말이야."

"아무튼 여기 와서 정말 좋군." 잠시 침묵을 지키던 이방인이 말했다.

앞서 나는 이방인과 바라바스를 상반되는 두 존재로 묘사했다. 그런 이유로 그들은 처음 만난 순간부터 서로에게 마음이 끌렸던 것 같다. 셋째 날, 내가 음식을 갖다주었을 때 두 사람 모두 딴판으로 변해 있었다. 바라바스는 잔인한 성격이 누그러든 반면, 이방인은 예전에 비해 무언가 좀 부족하고 인품도 별로 고매하지 않아 보였다. 시간이 흐를수록 그들은 서로에게 더 많은 영향을 미쳤다. 이방인은 아버지의 명령을 충실히 실천에 옮기면서 진정한 인간이 되었다. 배고픔을 느끼고 사랑하며 추위를 탔고, 사흘 동안 감옥에 갇혀 있던 사람처럼 꾀죄한 몰골을 하고 있었다. 그러나 동시에 그는 그런 상태에 이른 것을 무척 기뻐했다. 심지어 자신이 누구인지조차 잊어버렸지만, 재판관과 군중 앞에 불려 나가자 다시금 자신의 사명을 깨달았다. 가장 험난한 과정이 그의 앞에 놓여 있었다. 마침내 진정한 인간이 된 그는 한계와 두려움을 느꼈다.

군중은 권력자와 범상치 않은 인물 사이에 벌어질 흥미진진한 대결을 기대했고, 결과야 어떻든 재미난 구경거리가 될 것이 틀림없었다. 사람들은 마음속으로 대통령의 부당한 처사가 이방인이 자신의 힘과 권능을 증명해야 하는 시험대라고 받아들였다.

이방인은 혼자 출두하지 않았다. 자신이 어떤 역할을 해야 하는지 모른 채 바라바스도 재판에 참석했다. 이방인이 지저분하고 지친 모습으로 나타나자 사람들은 실망감을 감추지 못했다. 며칠 전에는 말 한마디 하지 않아도 온몸에서 뿜어져나오던 신념의 힘이 온데간데 없었고, 그의 얼굴에는 의심의 빛이 역력했다. 그가 여느 인간과 다름없이 나약한 모습을 보이자, 군중은 그에게 등을 돌리기 시작했다. 그를 알던 사람들에게는 우상이나 다름없던 그의 신화가 이러한 첫인상 앞에서 와르르 무너지고 말았다. 많은 사람들이 그를 보고 경멸했고, 그의 가장 가까운 제자들은 그가 어서 말을 꺼내어 그들의 두려움을 지워주기를 애타게 기다리고 있었다. 하지만 이미 패배감에 빠져 있던 이방인은 고개를 푹 숙인 채, 할 말이 없다는 듯 질문이 나오기만 기다렸다.

검사의 심문이 시작되었다.

"당신은 스스로를 하느님의 아들이라고 선언하고, 당신의 왕국이 여기가 아니라 다른 세계에 속한다고 주장한 혐의를 받고 있습니다.

그게 사실입니까?"

이방인은 허세 섞인 말을 한 자신이 부끄럽고 혼란스러운 나머지 고개를 끄덕일 수밖에 없었다. 자신의 입으로 그런 말을 한 것을 기억했기 때문에, 아니라고 말할 엄두가 나지 않았다. 체포되기 전까지는 그저 허상에 불과했던 그의 모든 것에 깜빡 속았다고 느낀 사람들이 욕지거리를 내뱉으며 소리를 질렀다.

"대답하세요. 사실입니까? 기억을 잃은 겁니까? 아니면 말을 할 줄 모르는 겁니까?" 검사가 재차 물었다.

이방인은 힘겹게 대답했다.

"네, 사실입니다."

군중은 두려움에 떠는 그를 보며 비웃었고, 가장 가까운 제자들마저도 그와 접촉한 적이 없다고 딱 잡아뗐다.

"당신을 따르면 더 나은 삶을 살게 될 거라고 약속한 게 사실입니까? 그리고 당신이 약속한 모든 것을 얻으려면 심지어 자기 부모, 땅, 친구들까지 버려야 한다고 말한 게 사실입니까?" 검사가 끈질기게 추궁했다.

이방인은 속으로 생각했다. '내가 어쩌자고 그런 말을 했던 거지?' 하지만 그는 검사가 거짓말을 하는 게 아니라는 것을 알았다. 자신이 그런 말을 무수히 하지 않았던가. 그런데 그렇게 자신감 있게 열변을 토하던 그의 모습은 이제 온데간데없이 사라지고 없었다. "오, 나의 하느님, **아버지**시여!" 그는 두려움에 떨며 중얼거렸다. 그가 처한 상황에 무관심한 **하느님 아버지**는 그의 안에서 이렇게 대답했다. "아무 걱정 하지 마라. 너도 알겠지만 이건 단지 형식적인 절차일 뿐이니 곧 지나갈 것이다. 아주 잘하고 있구나." "그렇지만……." 이방인은 따져 물으려고 했다. "넌 나에 대한 믿음을 저버렸구나." 하느님이 탄식하듯 말했다. 검사는 상념에 빠진 그의 정신을 차리게 하는 동시에 아우성치는 군중을 진정시키려고 소리쳤다.

"묻는 말에 대답하세요. 사실입니까, 아닙니까?"

이방인은 부끄럽고 후회스러운 나머지 웅얼거렸다.

"네, 사실입니다."

그러자 여기저기서 악담과 욕설이 터져나왔다. 바라바스는 성난 군중을 바라보았다. 그는 친구만큼 괴로웠지만, 아무것도 할 수 없었다.

"어떻게 서슴없이 그런 말을 할 수 있는 겁니까? 당신이 하는 말은 국가의 안전과 이익을 심각하게 위협하고 있습니다. 당신의 말을 듣는 사람들에게 실현 불가능한 이익을 약속함으로써 당신은 모든 사람에게서 불만과 불안을 야기하고 있습니다. 당신은 자신이 어떤 사람이라고 믿기에 질병, 가난, 추악함, 불의에 종지부를 찍겠다고 큰소리치는 겁니까?" 검사가 웃으며 말한다. "하느님의 아들이라도 됩니까?" 사람들이 검사의 말에 호응해 합창하듯 일제히 큰 소리를 지른다. 귀가 먹먹할 정도다. "누가 그런 터무니없는 말을 믿겠습니까? 당신 자신을 냉정하게 돌아본 적이 없습니까? 거지도 당신만큼 몰골이 초라하지는 않을 겁니다. 심지어 바라바스도 그 정도는 아니에요." 마지막 말을 듣고 모든 시선이 일제히 도둑에게로 향했고, 군

마지막 꿈

중은 악다구니를 쓰며 조롱했다. "저 사람을 보세요. 바라바스가 이 불행한 자보다 하느님의 아들처럼 보이지 않습니까?"

검사는 군중이 소란을 피워도, 즐겁게 웃고 떠들어도 가만히 내버 려둔다. 마치 자신의 재치만 보여주면 상관없다는 태도다.

"당신은 보잘것없는 허세로 국민의 안녕을 유린하고 정부 당국을 모욕하는 중대한 범죄를 저질렀으니, 처벌받아 마땅합니다."

마뜩치 않은 표정으로 그 장면을 지켜보던 대통령은 자신이 잘 모르는 사안에까지 이렇게 개입해야 한다는 데 짜증이 치밀었다.

"검사 양반, 너무 윽박지르지 말아요. 그럴 만한 가치도 없어요. 이 세상에는 저자보다 더한 말을 하는 미친 자들도 많으니까요."

"앞으로 모든 이들이 공적인 자리에서 말을 가려서 하게 만들려 면 무거운 처벌로 본보기를 보여야 합니다."

"좋아요. 그만하면 됐으니까, 나는 이제 가보겠소. 당신이 옳다고 생각하는 대로 해요. 판결에 대한 모든 책임을 당신에게 위임할 테 니."

군중의 뜨거운 호응에 고무된 데다 대통령이 자리를 비우자 마음 이 홀가분해진 검사는 그 자리에 모인 군중에게 형량을 결정하게 함으로써 그들의 환심을 사려고 했다. 바라바스가 저지른 악행은 이 미 널리 알려져 있었기 때문에 다음 날 그를 십자가형에 처하기로 했다. 그러나 그 순간, 바라바스는 불쌍한 이방인보다 사람들로부터 더 많은 동정을 받았다. 검사가 군중에게 둘 중 한 사람을 살려줄 수 있는 결정권을 주자, 사람들은 한바탕 큰 소란을 피운 뒤 결국 바라바스를 선택했다.

이방인은 도둑을 살릴 수 있어 기뻤지만, 자신이 곧 죽을 거라고 생각하자 두려워 눈물을 흘렸다. 자신이 부활한다거나 천국으로 돌아간다는 것은 단 한순간도 위안이 되지 못했을뿐더러, 그런 생각조차 들지 않았다. 인간으로서 그가 유일하게 열정을 갖는 대상은 인간이었고, 그의 유일한 두려움 또한 그들로 인해 생겨났다.

바라바스는 그 자리에서 풀려났지만 이방인은 다시 감옥으로 끌려갔다. 그날 밤, 나는 그가 정말로 하느님의 아들이라면 인간이 겪는 고통의 크기는 어느 정도일지 알 수 있었다. 끝나지 않을 것처럼 길고 긴 그날 밤, 도둑의 빈자리를 보면서 조용히 다가오는 죽음에 대한 공포와 고통이 점점 커져만 갔다. 그래도 그는 바라바스가 풀려났다는 것을 생각하면서 간신히 버텼지만, 동시에 그와 영영 이별해야 한다는 사실이 견디기 어려웠다.

사람들은 새사람으로 거듭난 바라바스를 기쁘게 맞이했다. 매춘부들은 포도주에 젖은 몸을 그에게 바치려 했다. 하지만 놀랍게도 바라바스는 이를 다 거절했다. 그는 도시를 떠돌며, 과거의 자신을 잊고 그동안 익숙하게 살아왔던 세계를 외면했다. 그리고 내가 들은 바에 따르면, 그에게도 그날 밤은 견딜 수 없이 괴로웠다고 한다. 길을 가다 누가 인사를 건네면 그는 사납게 으르렁거리기 일쑤였다. 그러자 몇몇 이들은 그를 구해준 것을 후회하면서 그에게 따지고 들었다. 그는 도망치려고 했지만, 이방인을 감옥에 홀로 내버려 두어야 한다는 생각에 한 발짝도 내딛지 못했다. 보초들이 내게 귀띔해준 바에 따르면, 그는 동이 틀 때까지 감옥 주위를 배회했다고 한다.

다음 날, 우리는 이방인을 감옥에서 끌어내어 십자가에 매달 산으로 데려갔다. 그는 사람들이 가져온 십자가를 메고 형장으로 가야 했다. 나는 그렇게 무력한 상태에 빠진 사람을 본 적이 없었다.

밖으로 나가자, 바라바스가 주인을 잃어버린 개처럼 그곳을 지키고 있었다. 하지만 이방인은 무거운 나무 십자가를 지고 있어 땅만 보고 있었기 때문에 그를 보지 못했다.

보초들에게 다가간 바라바스는 믿기 어려울 정도로 공손하게 자기가 이방인을 도와 나무 십자가의 끝이라도 받칠 수 있게 해달라고 사정했다. 보초들은 놀란 표정을 지으며 순순히 승낙했다. 그제야 과거 하느님의 아들은 자기 친구가 왔다는 것을 깨달았다.

"뭐 하는 건가?" 그가 지친 목소리로 물었다.

"당신을 따라가려고."

"어서 가. 자유를 맘껏 누리라고. 당신이 자유롭게 살 수 있다면, 그것만으로도 내 죽음은 충분히 의미 있는 일이 될 거야. 사람들이 후회하기 전에 어서 떠나."

"딱히 할 일도 없어."

"앞으로도 계속 훔치고, 죽이고, 강간하면 되잖아. 당신이 가진 힘을 맘껏 사용하라고."

"어젯밤, 나는 아무것도 하고 싶지 않다는 걸 깨달았어. 더 이상 그런 짓에 흥미가 없다는 걸 말이야. 당신 덕분에 난 완전히 딴사람이 됐어."

"그런 말 하지 말라니까. 이처럼 어리석은 희생을 더 힘들게 하지 말라고."

"걱정하지 마. 당신에게는 아직 해야 할 임무가 남아 있으니까."

"난 죽음이 두려워. 내 임무 따윈 중요하지 않다고. 지금은 오로지 나 자신과 당신만을 생각해야 하니까."

"당신 아버지는?"

"모르겠어. 너무 먼 곳에 계셔서, 더는 그분의 존재를 느낄 수도 없어."

"지금 상황에서 이런 말 하기는 좀 그렇지만, 당신이 말한 임무가 더 이상 중요하지 않다면 말이야, 이 모든 것을 내팽개치고 함께 달아나는 게 어떨까?"

"도망가자고?"

"응."

"난 지금 내 몸을 가눌 힘도 없어."

"그건 나한테 맡겨."

바라바스는 눈 깜짝할 사이에 나무 십자가를 들어 보초들을 모두 때려눕혔다. 그들을 물리친 바라바스는 이방인을 품에 안고 산으로 도망쳤다.

MEMORIA DE UN DÍA VACÍO
공허했던 어느 하루의 기억

•
·······

성목요일.[1] 창문을 통해 눈부신 햇살이 한가득 들어온다. 내 앞에 놓인 오늘 하루를 어떻게 보내야 할지 모르겠다. 지루하고 따분한 하루에 대해 글을 쓰는 것이 재미있고 흥미로울까? 요즘에는 이런 날들이 두렵기만 하다.

방금 나는 라이언 머피가 연출한 다큐멘터리 시리즈 〈앤디 워홀 일기〉 전편을 다 봤다. 사실 남은 분량이 많지 않았다. 오전에 시리 즈를 보는 것은 드문 일이지만, 오늘은 특별한 날이다.

앤디 워홀이 마드리드에 왔을 때, 나는 그를 위해 열린 모든 파티 에 초대받았다. 그때는 1983년이었고, 그는 '총, 십자가, 그리고 칼'

---

[1] 기독교에서 그리스도가 수난을 당한 성금요일의 전날을 말한다. 이때 그리스도가 유명한 최후의 만찬에서 성체성사를 제정했기 때문에 그리스도의 성체제정일 혹은 주님 만찬 성목 요일이라고도 부른다.

이라는 제목의 전시회를 홍보하러 왔다. 우리는 파티가 열릴 때마다 계속 소개받고 서로 인사를 나누었지만, 그는 내게 한마디도 하지 않았다. 그는 사람을 만날 때마다 늘 손에 들고 다니는 자그마한 카메라로 상대의 사진을 찍었다. 사람들은 나를 소개할 때마다 그에게 항상 같은 말을 했다. "이 사람(즉 나)은 스페인의 워홀이에요." 그런 말을 다섯 번째 듣는 순간, 그는 내게 사람들이 왜 나를 스페인의 워홀이라고 부르는지 물었다. 나는 당황스럽기도 하고 부끄럽기도 해서 이렇게 얼버무렸다. "아마도 내가 만든 영화에 복장 도착자와 성전환자가 많이 나와서 그런 모양이에요." 정말이지 곤혹스러운 만남이었다. 그가 스페인을 찾은 것은 기본적으로 갑부들, 〈올라〉*² 에나 나올 법한 사람들에게 초상화를 의뢰받기 위해서였다. 부유한 상류층, 귀족, 은행가의 집에서 그를 위한 파티가 열렸지만, 실제로 그에게 작품을 의뢰한 이는 아무도 없었다. 나는 그에게 초상화를 그려달라고 하고 싶었지만, 당시에는 그 정도의 돈을 마련할 수 없었다.

그 다큐멘터리 시리즈에서 나는 앤디 워홀과 바스키아*³의 관계를 설명하는 대목이 가장 마음에 들었다. 그들 사이에는 육체적 관계가 없는 진정한 러브 스토리가 있었고, 바스키아가 어느 순간부터 자신의 멘토가 된 워홀을 존경하고 동경했다는 사실이 분명히 드러난다. 그들은 함께 작업하기로 결정한 이후 대략 200점의 작품을 그

★2 1944년 바르셀로나에서 창간된 주간지로 주로 유명 인사들에 관한 소식을 다룬다.
★3 Jean-Michel Basquiat(1960~1988). 미국 태생의 작가이자 그래피티 예술가이다.

렸다. 나는 파리 전시회에서 그 작품들을 보았는데, 정말 마음에 들었다. 워홀은 바스키아가 자기보다 더 나은 작가라고 말했다. 나도 그의 말에 동의한다.

이외에 그들이 공동 제작한 작품들이 뉴욕에서 발표된 시기도 매우 흥미롭다. 이는 예술계에서 아주 중대한 사건이었지만, 당시 비평가들은 미온적이고 그다지 호의적이지 않은 반응을 보였다. 심지어 그들은 바스키아가 워홀의 마스코트에 지나지 않는다고 말하기도 했다. 이제는 그 작품들의 예술적 가치를 의심하는 이가 아무도 없지만, 당시 뉴욕의 비평가들은 인색하고 가혹했던 것 같다. 그래서 그들이 함께 작품을 그리는 특별한 경험도 심드렁해지고, 두 예술가 모두 자신에 대해 쓰인 글에 아주 민감하게 반응했다는 것이 놀라웠다. 나는 그들 정도의 예술가라면 그런 글을 대수롭지 않게 넘길 줄 알았다.

나는 그 당시 워홀과 주변 사람들의 동성애가 지속적이고 집요하게 언급되었다는 게 놀랍기만 하다. 그리고 몇몇 비평가나 전문가들이 게이 예술가로 인정받고 싶어 한 워홀의 염원에 대해, 그리고 자신의 실제적인 페르소나는 집에 둔 채 모든 사람들 앞에서 오로지 그로테스크한 인물로만 나타나기 위해 용의주도하게 (그리고 뛰어난 솜씨로) 만든 가면에 대해 이야기했다는 게 놀라울 따름이다. 그가 누구를 속이려고 했던 것도 아닌데 말이다. 물론 그가 그런 방식으로 한동안 즐겁게 보낼 수 있었다는 것도, 또 세상 사람들과 가장 흔한 아바타를 함께 나누고 싶었을 뿐이라는 것도 충분히 이해할 수 있다. 하지만 그렇게 평생을 보낸다면?

나는 워홀이 세계에서 가장 편견이 없는 도시, 아방가르드적인 예술 환경에서 살고 있기 때문에 아무도 그가 동성애자인지 아닌지를 따지지 않을 거라고 생각했다. 그의 인생에서 두 번째로 위대한 연인이었던 파라마운트사의 한 임원이 그와의 관계를 끝까지 고백하지 않았던 것도 그런 분위기 때문이었을 것이다. 곰곰이 돌이켜보면 1980년대 중반만 해도 자신이 동성애자라고 커밍아웃하는 것은 언제 터질지 모르는 폭탄을 주머니에 가지고 다닌다고 말하는 것이나 다름없었다.

〈히트〉, 〈육체〉, 〈트래시〉를 촬영할 때(폴 모리세이[*4]가 앤디의 그림자에 가려져 있던 시기)만 해도 그런 문제에 신경 쓰는 사람은 아무도 없었다. 그건 〈잠〉, 〈외로운 카우보이〉, 〈첼시의 소녀들〉, 〈반항하는 여자들〉과 같은 워홀의 초기 영화가 나오던 시기에도 그랬다. 순진한 생각일지 모르지만, 나는 워홀이나 바스키아의 작품과 삶을 보면서 그들의 성적 정체성이나 바스키아의 피부색을 떠올리지 않는다. 하지만 다큐멘터리에 따르면 그러한 세부적인 요소들에 주목하는 이들이 많았던 모양이다.

나는 《앤디 워홀 일기》가 출간되자마자 사서 읽기 시작했지만, 솔직히 처음 몇 페이지 이상을 넘어가지 못했다. 그가 처음에 언급한 내용은 택시를 타고 이동한 경로와 그렇게 다니면서 발생한 비

[*4] Paul Morrissey(1938~). 미국의 영화감독으로 앤디 워홀과 교제한 것으로 유명하다. 대표작으로는 〈육체〉(1968), 〈트래시〉(1970), 〈히트〉(1972) 등이 있다.

용과 관련된 정확한 수치뿐이었다. 나는 계속 읽을 만한 인내심이 없었다.

내가 '지금'에 대해서 글을 쓰는 것은 이번이 처음이다. 다시 말해, 나는 내가 살고 있는 지금 이 순간의 일기를 쓰려고 한다(물론 가끔 순회 홍보를 하다 메모를 하기도 하고, 어머니가 돌아가셨을 때 다음 날 어떤 느낌이었는지 기억하고 싶어서, 그것도 아주 상세하게 기억하고 싶어서 글을 쓰기도 했다). 일반적으로 나에 관해 글을 쓰는 것은 지루하기 짝이 없지만, 자기 자신에 대해 이야기하고 글을 쓰는 작가들이나 예술가들의 책을 읽는 것은 매우 흥미롭다. 그런 의미에서《앤디 워홀 일기》는 그가 직접 쓴 것이 아니라, 매일 아침 일어나자마자 팻 해켓[5]에게 전화를 걸어 전날 있었던 모든 일을 불러준 내용(모든 것의 가격처럼 시시콜콜한 내용까지 알려주었다. 내 생각에 그의 문학작품은 바로 이런 점, 즉 택시를 탄 것처럼 단순한 일이라고 해도 자신이 한 모든 것에서 발생한 가격을 기록하는 것 등의 일로 구성된 듯하다)이라는 것이 무척이나 신기하다. 만약 아주 시시콜콜한 내용에 이르기까지 삶의 모든 순간을 온전히 기록하고 싶다면, 그것을 손수 이끌어내고 기억하고 언어로 형상화하면서 큰 즐거움을 느낄 것 같다. 그것은 책의 한 면 한 면에 거울처럼 비친 자신의 모습을 성찰하고 느끼는 일종의 유희라는 생각이 든다. 나는《일기》가 출간된 후 그가 한 번이라도 읽어봤을지 궁금하다. 아무래도 그랬을 것 같지 않다. 아무

★5 Pat Hackett. 작가이자 극작가로《앤디 워홀 일기》을 탄생시킨, 워홀의 가장 가까운 친구이다.

리 자신의 삶을 이야기한 것이라고 해도, 거의 1,000페이지에 달하는 두꺼운 책을 그가 읽는 모습은 얼른 상상이 가지 않는다.

그로부터 5년 후, 나는 그가 살고 있는 뉴욕에 도착했다. 당시 뉴욕에는 바이러스가 한창 퍼지고 있었다. 사람들은 그 시대와 도시에서 가장 중요한 예술가들의 생명을 앗아간 팬데믹과 함께 살아가고 있었다. 나는 〈신경쇠약 직전의 여자〉로 엄청난 성공을 거둔 후였고, 그곳에서 〈욕망의 낮과 밤¡Átame!〉*⁶을 개봉했다.

뉴욕은 끊임없이 재창조되는 도시로, 어떤 비극이든 딛고 다시 태어날 줄 안다. 나는 스튜디오 54*⁷에서 광란의 밤을 보내지는 못했지만, 1990년 당시 뉴욕의 밤은 여전히 광기, 화려함, 매력을 잃지 않았다. 새로운 시대가 도래했어도, 뉴욕은 여전히 뉴욕이었다. 가장 중요한 파티와 이벤트는 **드래그 퀸**drag queen*⁸들의 주도하에 진행되었는데, 대부분 루폴과 레이디 버니*⁹가 선두에 섰다. 얼마 안 가 그들은 여성이지만 역시 **드래그 퀸**이던 수잔 바치*¹⁰와 함께 뉴욕 밤

★6 1989년 제작된 스페인의 다크 로맨틱 코미디 영화로, 알모도바르가 감독과 공동 각본을 맡았다.
★7 맨해튼에 있는 유명한 나이트클럽으로, 1977년 스티브 루벨과 이언 슈레이거가 설립했다.
★8 엔터테인먼트를 목적으로 여성 성별 기호와 성 역할을 모방하고 종종 과장된 드래그 의상과 화장을 하는 사람을 가리킨다. 역사적으로 대부분의 드래그 퀸은 남성이었다.
★9 루폴RuPaul이라는 이름으로 잘 알려진 루폴 안드레이 찰스RuPaul Andre Charles(1960~)는 미국의 유명 드래그 퀸이자 배우, 가수이다. 레이디 버니Lady Bunny는 미국의 유명한 드래그 퀸이자 나이트클럽 DJ, 배우, 코미디언이다.
★10 Susanne Bartsch(1951~). 스위스 태생의 미국 이벤트 기획자이다.

마지막 꿈

세계의 여왕이 되었다. 그들은 고통과 상실로 피폐해진 도시에 활력과 기쁨을 불어넣을 줄 알았다.

〈욕망의 낮과 밤〉뉴욕 시사회의 진행을 맡은 루폴과 레이디 버니에게 스페인에서 주문 제작한 집시 스타일의 드레스를 입혔던 기억이 난다. 그들은 새로 문을 연 뉴욕의 나이트클럽 더 팩토리 — 예전에는 전기 회사였다 — 의 철제 계단을 내려오면서 나를 위해 〈뉴욕, 뉴욕〉을 불러주기로 한 라이자 미넬리[11]와 함께 등장했다. 계단으로 가는 길에 그녀는 내 팔을 잡았고, 나는 그녀가 떨고 있다는 것을 알아차렸다(그녀는 그 얼마 전에 재활 치료를 마쳤지만 여전히 허약한 상태였다). 그녀가 내게 말했다. "내가 어떻게 하길 바라는지 말해봐요. 알겠지만, 나는 영화감독의 딸이잖아요……."

그렇게 삶은 계속되었고, 10년 전에는 상상할 수도 없던 새로운 형식의 축하 행사가 생겨났다. 그 무렵 하우스들은 당시 유행하던 나이트클럽에서 놀랄 만한 무도회를 열었다. 나는 다큐멘터리 〈파리는 불타고 있다〉와 마돈나의 〈보그〉가 나오기 전, 그리고 〈포즈〉[12]라는 시리즈물이 나오기 30년 전에 보깅[13]이 어떻게 시작되고 형성

★11 Liza May Minnelli(1946~). 미국의 배우 겸 가수이다. 역시 배우이자 가수였던 주디 갈런드와 영화감독인 빈센트 미넬리의 딸이다.
★12 1980년대~1990년대 할렘가의 성소수자들을 다룬 드라마로 2018~2021년까지 방영되었다. 뉴욕의 '사교 댄스' 문화와 HIV 확산을 주된 주제로 다루었다.
★13 뉴욕 할렘의 볼룸 신에 속한 LGBTQ+ 성소수자들에 의해 시작된 춤이다. 이름에서 나타나듯 잡지 〈보그〉에 등장하는 패션 모델들의 포즈로부터 영감을 받아 만들어진 것으로 알려져 있다. 마돈나의 〈보그〉(1990)와 〈파리는 불타고 있다〉(1991년 선댄스 영화제 심사위원 대상 수상작)에 소개되면서 큰 인기를 끌었다.

되었는지 지켜볼 수 있었다.

특히 팝의 제왕에 대해 말하고 있는 지금, 잊어버리기 전에 내가 가장 최근에 봤던 팝 아트의 가장 탁월한 작품을 소개하고 싶다. 채널을 돌리는데, 한 매거진 프로그램에서 갑자기 타투 아티스트가 등장한다. 그는 윌 스미스가 크리스 록의 뺨을 갈기는 장면을 디자인한 것으로 유명한데, 입체감 없이 선으로만 그린 매우 정교한 작품을 선보인다. 그는 자신이 처음 타투했던 손님의 다리를 보여주기도 한다.

지금 이렇게 글을 쓰다보니, (오스카 시상식에 참석하기 위해) 로스앤젤레스행 마지막 비행기를 타고 가면서 읽은 레일라 슬리마니★14의 책이 떠오른다. 그녀는 내가 즐겨 읽던 《달콤한 노래》(2016년도 공쿠르상 수상작)를 쓴 작가이기도 하다. 비행기에서 읽은 책을 찾아서 다시 훑어보니 《한밤중의 꽃향기》라는 작품이다. 책은 마치 작가가 스스로를 몰아세워 쓴 듯한 인상을 풍기는데, 글쓰기에 전념하기 위해서는 은둔이 필요하다는 이야기로 시작한다. 그녀는 이렇게 고백한다. "나에게 은둔이란 삶이 나타나게 만들기 위한 필요조건이다. 일상의 소음에서 벗어난 후에야 비로소 가능한 세계가 모습을 드러낸다." 나는 그녀가 글을 쓰는 장소에서 혼자, 전화도 받지 않고 외부와의 어떤 연결도 거부한 채 컴퓨터 앞에 앉아 아이디어가 떠

★14 Leila Slimani(1980~). 모로코 태생의 프랑스 언론인이자 작가로, 2014년 여성의 성적 욕망을 적나라하게 다룬 첫 소설 《오크의 정원에서》를 발표해 큰 화제를 불러일으켰다.

오르기를 기다리거나, 아니면 바로 그 긴장감, 즉 무의미한 나날의 공허함에 관해 글을 쓰기 시작하는 모습을 상상해본다. 그녀의 공허함, 그렇게 부를 수 있다면, 그것은 나의 공허함과 다르다.

나는 다른 이들의 연락에 제대로 응하지 않고, 참된 우정을 쌓지 않거나 기존의 친구 관계마저 소홀히 한 결과, 완전한 고립 상태에 빠지고 말았다. 나의 외로움은 나를 제외한 그 누구에게도 신경을 쓰지 않은 결과이다. 그래서 조금씩 사람들이 내 곁에서 사라지고 있다. 오늘 같은 날, 외로움이 내 마음을 무겁게 짓누른다. 내가 아무리 외로움에 익숙해져 있고, 외톨이 전문가가 되었다고 해도 아무 소용 없다. 나는 이런 상황이 싫고, 많은 경우 불안을 느낀다. 그런 이유로 나는 항상 영화 제작 과정에 관여하고 있어야 한다. 지금 세 개의 프로젝트를 눈앞에 두고 있지만, 휴일, 그 빌어먹을 성주간이 나를 가로막고 있다. 그때가 되면 우리 회사 직원들은 일하지 않고, 몇 안 되는 친구들과 동생마저 모두 마드리드를 떠나기 때문에 모든 활동이 중단된다.

나는 권태를 이겨내고 옷을 입은 다음, 거리로 나간다. 마드리드는 이미 텅 비어 있지만, 내가 사는 곳 맞은편 보도와 핀토르 로살레스 거리에는 사람들이 꽤 많다. 테라스에 앉아 있거나 산책하는 이들, 아이들을 데리고 나온 가족들. 그리고 연인이나 신혼부부로 보이는 키가 아주 작은 라틴아메리카 출신의 한 커플이 눈에 띈다. 그들은 벤치에 앉아 지나가는 이들을 신기한 듯 바라보고 있다. 나는 중성적인 옷차림에 캐주얼한 남자 헤어스타일을 하고 키도 아주 작아 쌍둥이처럼 보이는 레즈비언 커플과도 마주친다. 그들은 나이가 많은 편이다. 나는 그들에 대해 더 알고 싶다. 어쨌든 두 사람이 서로 만나 인연이 된 것만으로도 기쁜 일이다. 커플의 침묵은 내게 항상 깊은 인상을 남긴다.

나는 30분 동안 3,426걸음, 2.57킬로미터를 걷는다. 더 많이 걸어야 하지만, 지금은 불가능하다. 허리 수술을 해서 내가 산책할 수 있는 시간은 30분에 불과한데, 그나마도 특히 요방형근에 통증이 심해 힘들다.

"……글을 쓰기 위해서는 우선 다른 이들을 멀리해야 하고, 그들에게 자신의 존재와 애정을 드러내서도 안 되며, 또한 친구와 자녀들을 실망시켜야 한다. 이런 훈련을 통해 나는 만족, 심지어 행복의 이유를 찾는 동시에 우울함의 원인을 찾기도 한다." 슬리마니는 책에서 이렇게 말한다. 나는 그녀의 의견에 동의하지 않는다. 아니, 전혀 동의할 수 없다. 이 문장을 액면 그대로 받아들인 결과, 행복이나 만족을 얻기는커녕 오히려 우울해지기만 했다. 영화 각본을 쓰고 연출하기 위해서는 자신의 모든 것을 다 바쳐야 하는데도 시간을 인색하게 사용하는 사람을 보면—적어도 나는—불쾌한 기분이 든다. 어쩌면 슬리마니의 작업과 나의 작업은 오랫동안의 은둔을 필요로 한다는 점에서 그녀의 말이 옳을지도 모른다. 그렇지만 나는 사람들과의 접촉이 많이 그립다. 하지만 나이가 들어가면서 모든 것이다 도움이 되는 것도 아니고 사람들을 만나는 것만으로는 충분하지 않기 때문에 단지 옛날로, 내가 사교적인 존재였고 성가대처럼 여럿이 어우러지는 삶을 살던 때로 돌아가기는 결코 쉽지 않다. 전화기를 들고 친구들에게 무작정 연락하는 것이 늘 자극을 주는 것은 아니다. 나는 이런 것을 부정적으로 본다. 특히 나처럼 주변의 많은 것들, 즉 어머니, 어린 시절, 신부님들과 보낸 학창 시절, 마드리드에서 보낸 젊은 시절, **모비다 시대**[15]에 자주 만났던 수십 명의 친구들, 우연히 엿들은 대화들, 몇몇 친구들의 기행, 그리고 가장 친한 친구 관계에서 일어난 고통 등으로부터 영감을 받아 영화 각본을 쓰는 사람의 경우에는 더더욱 그렇다. 젊은 시절 내가 확신했던 한 가지를 꼽는다면, 앞으로의 삶이 절대 지루하지 않으리라는 것이었다. 하지만 지금은 지루하다. 그리고 그것은 일종의 패배다.

다시 슬리마니의 이야기를 계속해볼까 한다. 내가 정말 좋아하는 《한밤중의 꽃향기》가 작가 자신에게 그랬던 것처럼, 내게도 훌륭한 길잡이이자 명분이 될 것이다. 그녀는 편집자의 권유에 따라 미술관에 갇힌 채 꼬박 하룻밤을 보냈다. '미술관에서 보낸 나의 밤 Ma nuit au musée'이라는 프로젝트였다. 편집자는 그녀에게 베네치아의 상징적인 건물이자 과거에 세관으로 사용되다 현대미술관으로 탈바꿈한 푼타 델라 도가나에서 자고 그에 대해 글을 써보라고 제

---

[15] 스페인의 독재자 프랑코가 죽은 뒤 민주주의 체제로 이행하는 과정에서 발생한 반문화 운동, 즉 마드리드 모비다movida madrileña가 활발하던 시기로 1980년대 중반까지 지속되었다. 주로 음악과 영화 분야가 운동을 주도했다.

안했다.

　작가 스스로 자신이 현대미술에 대해 별로 할 말이 없고, 그다지 관심이 없다고 인정하지만, 그녀는 그 안에 하룻밤 갇혀 있는다는 생각에 혹해 결국 그 제안을 수락했다. 책을 보면, 지금의 나와 비슷하지만 나보다 훨씬 많은 재능과 흥미진진한 이야깃거리를 가지고 있는 슬리마니가 오로지 자신만을 위해 전시된 작품들에 푹 빠져드는 과정이 펼쳐진다. 때때로 그녀는 작품을 이해하지 못하기도 하지만, 그 작품들은 내면의 메커니즘을 활발하게 작동시켜 그녀가 라바트*[16]에서 보낸 어린 시절, 글쓰기의 진정한 의미, 아버지, 그리고 자신이 속해 있는 모로코와 프랑스의 두 문화로 이끈다. 사실 완전히 프랑스인도 아니고, 그렇다고 완전히 모로코인이라고 할 수도 없는 그녀는 마치 두 개의 의자에 엉덩이 한쪽씩을 걸쳐놓은 듯 항상 어정쩡한 입장이다. 미술관에서 하룻밤을 보내기 위해 가야 하는 베네치아 같은 도시에서 벌어지는 자살과 불길에 휩싸인 노트르담 대성당에 대해서도 이야기한다. 특히 노트르담 대성당이 지치고 절망한 나머지, 자신을 소비되어야 하는 관광 명소로 둔갑시켜버린 사람들 앞에서 스스로 불을 질러 자살했다고 말한 그녀의 글은 정말 인상적이다.

　"나갈 수도, 들어올 수도 없는 곳에서 혼자 있는 것, 그것은 분명 소설가들이 꿈꾸는 환상이리라. 우리 모두는 자신의 방에 스스로를

★16 모로코의 수도.

가두고 유폐시킨 채, 수감자인 동시에 감시자가 되는 꿈을 꾼다." 나는 그런 생각만 해도 겁이 난다. 어쩌면 내가 소설가가 아니라서 그럴 수도 있고, 아니면 극심한 폐소공포증을 갖고 있어서 그럴지도 모른다. 나는 그 책이 너무 재미있어서 단숨에 읽었다. 모든 페이지에 밑줄을 그어놓았지만, 앞서 말한 것처럼 나는 작가의 견해에 모두 동의하는 것은 아니다. 그리고 나는 그럴 때마다 묘한 즐거움을 느낀다.

어느 순간 그녀는 좋든 나쁘든 자신의 운명을 받아들여야 한다고 말한다. 하지만 나는 운명을 받아들이기를 거부하고 더 좋은 운명으로 바꾸려고 노력한다. 비록 고립과 마비 상태가 무언가를 좋게 만드는 최고의 방법은 아닐지라도 말이다. 하지만 사람들은 모순된 말과 행동을 일삼으면서도 편안히 살아간다. 나 또한 그런 것들을 순순히 받아들인다.

슬리마니는 계속해서 무슬림들에게 지상의 삶은 허망할 뿐이며, 우리는 아무것도 아니기 때문에 신의 자비에 따라 살아간다고 말한다. 나 같은 무신론자에게는 너무 가혹한 말이다. 나는 그녀가 말한 것처럼 이 세상에서 인간의 존재는 덧없는 것이라 그것에 집착해서는 안 된다는 것을 받아들일 수 없다. 인간의 존재가 허무하다는 것은 분명하지만, 그것은 우리가 살기 위한 구실로 삼을 수 있는 유일한 것이기도 하다. 본능적으로 이유와 설명을 찾는 우리 인간은 생각하는 존재이기 때문이다.

슬리마니에 의하면, 남자들은 가혹한 운명을 잘 받아들이지 못한다. 이 부분은 마치 나에 대해 이야기하고 있는 것 같다.

소설이든 영화 각본이든 글을 쓰려면 장시간의 집중과 고독이 필요하다. 하지만 이러한 흐름(자신이 전하고 싶은 이야기 속에 이미 자리 잡았을 때 느끼는 것)이 컴퓨터 앞에 앉아 있을 때 항상 나타나는 것은 아니다. 내 경우는 오히려 움직이는 것이 많은 도움이 된다. 예를 들면, 산책하는 것이다. 글을 쓰다 중단하고 산책을 나가도 내 마음은 걷는 동안 계속 글을 쓴다. 그러다 뜻하지 않게 무례를 범하는 경우도 있다. 언젠가 산책하던 도중에 누가 다가와 말을 걸었을 때, 나는 "실례지만 지금 글을 쓰고 있습니다"라고 양해를 구한 적이 있다. 농담처럼 들릴 수도 있겠지만, 산책하는 동안 내가 쓰고 있는 이야기를 발전시키는 데 필요한 새로운 아이디어가 떠오르는 경우가 종종 있다. 차를 타고 가는 도중에도 이런 일은 일어난다. 물론 비행기로 장거리 여행을 하는 동안에도 마찬가지이다. 시간과 공간에 대한 기준이 사라지면서 오히려 집중력이 높아진다. 내가 읽는 모든 것은 내게 새로운 힘과 영감을 준다. 영화를 구상하는데 줄거리나 이야기가 막힐 때 이를 풀어준 새로운 아이디어는 대부분 비행기를 타고 여행하는 동안, 잠든 낯선 이들에게 둘러싸여 있을 때 잘 떠올랐다.

나는 글쓰기에 대해 이야기하고 다른 작가들의 글을 끊임없이 인용하는 작가들을 좋아한다. 슬리마니의 책은 글쓰기에 대한 성찰로 가득하다. 그녀는 "나는 위안을 얻기 위해 글을 쓴다고 생각하지 않는다"라고 말한다. 나는 그 말에 전적으로 공감한다. "작가는 자신

　　　　　　　　　　　　　　　　　마지막 꿈

의 슬픔과 악몽 같은 기억에 병적으로 얽매여 있는데, 이런 것들이 치유되는 것보다 더 나쁜 것은 없을 것이다." 잘은 모르겠지만, 누구든 행복할 때는 글을 쓰지 않고, 행복한 인물에 대해서도 쓰지 않는 것 같다. 긴장과 갈등은 음악의 박자 같아서, 어떤 이야기를 풀어나가는 데 꼭 필요한 요소들이고, 이야기에 일종의 뼈대와 구조를 만들고 리듬을 부여하는 역할을 한다.

오늘은 성목요일이다. 오늘은 하루 종일 텔레비전을 켜지 않았지만, 행렬의 북소리와 밀랍 양초 타는 냄새, 신자들(신앙의 힘과 술기운으로 한껏 달아올라 있다)이 스페인의 온 마을과 도시를 돌아다니며 다양한 성모를 찬양하느라 목이 터져라 외치는 소리가 내 귓가에 들려온다. 이와 더불어 러시아의 폭탄이 우크라이나 도시들을 파괴하는 소리도 들린다. 그들에게는 휴전조차 없다. 전쟁의 공포는 심지어 성주간에도 휴식을 허용하지 않는다.

그러다 밤이 찾아오고 나는 글쓰기를 멈춘다.

UNA MALA NOVELA
나쁜 소설

•
....

나는 언제나 나쁜 소설을 쓰는 꿈을 꾸었다. 처음부터 그랬던 건 아니다. 젊었을 때 내 꿈은 작가가 되어 훌륭한 소설을 쓰는 것이었다. 그런데 시간이 지나면서 현실에서는 내가 쓴 것이 결국 영화로, 즉 처음에는 슈퍼 8*mm* 단편영화로, 그다음에는 영화관에서 개봉되어 성공을 거둔 장편영화로 만들어졌다. 나는 그 글들이 문학적인 이야기가 아니라 영화 각본의 스케치라는 것을 깨달았다.

얼핏 보기에는 좋은 각본을 쓰는 작가가 좋은 소설을 쓸 수 있을 것(그리고 그럴 운명인 것) 같다. 나는 시간, 성숙함, 경험치, 그리고 어느 정도의 재능과 자신만의 관점과 세계를 갖추면 충분하다고 생각했지만, 그 모든 것을 다 가졌으면서도 나 스스로를 기만하고 있다는 것을 깨달았다. 좋은 각본을 쓰는 것은 결코 쉽지 않은 일이며, 많은 시간과 고독한 순간이 필요하고, 자기 자신에게 조금 가혹해야

마지막 꿈

한다. 하지만 그렇다고 해서 좋은 각본이 저절로 소설이 되는 것은 아니다. 그 누구도 좋은 각본을 쓴다고 해서 좋은 소설, 더군다나 위대한 소설을 쓰게 되리라고 생각할 만큼 어리석지는 않다. 그렇지만 그것은 우리가 반드시 지켜내야 하는 정당하고 인간적인 열망이다. 이를 위해서는 자신의 작품과 사랑에 빠지지 않는 것이 중요하다.

나는 그러한 나약함을 이미 극복했거나, 아니면 적어도 확실하게 물리쳤다고 생각한다. 평범한 작가들과 그렇지 않은 작가들에게 내가 꼭 해주고 싶은 조언은 바로 자기비판을 연습하라는 것이다. 물론 나도 이를 실천하고 있다. 자기비판을 하다보면 아주 소중한 가치를 지닌 것, 즉 침착함과 기다릴 줄 아는 법을 깨우치게 된다. 그래서 나도 기다렸다(40년 넘게 기다려왔다). 자기비판이 지닌 또 다른 긍정적인 효과는 실망스러운 결과를 얻더라도 전보다 더 잘 견딜 수 있다는 점이다.

오늘날에는 소설화된 각본이라는 하위 장르가 존재하는데, TV 시리즈물에서 가장 흔하게 볼 수 있다. 멀리 갈 것도 없이 저명한 작가인 쿠엔틴 타란티노[*1]는 최신작인 〈원스 어폰 어 타임 인 할리우드〉를 발표한 직후, 영화의 인물들이 그대로 나오는 같은 제목의 소설을 썼다. 그가 영화를 만들기 전에 소설을 썼는지 아니면 그 후에 썼는지 모르겠지만, 아마도 소설을 먼저 쓰기 시작했고, 몇 장이 넘어간 다음에 영화로 만들어야겠다고 생각하고 각본을 쓴 것 같다. 그

[*1] Quentin Jerome Tarantino(1963~). 미국의 영화감독이자 작가, 프로듀서, 배우이다. 대표작으로 〈저수지의 개들〉, 〈펄프 픽션〉, 〈킬 빌〉 등이 있다.

렇게 완성된 각본은 오스카상 각본상 부문 후보에 올랐지만, 결국 〈기생충〉에게 상을 빼앗기고 말았다. 〈기생충〉은 훌륭한 영화이지만, 계속되는 줄거리의 반전과 극단적인 전환을 좋아하지 않는다면 각본에 다소 의문을 가질 수도 있다. 각본을 쓰다보면, 줄거리는 그대로 전개하되 성격이나 장르를 바꾸면 안 되는 순간이 있다. (내 경우에는 이 모든 것을 뒤섞는다. 나는 뒤섞는 걸 좋아하지만 장면의 전환에는 별로 관심이 없는 편이다. 나는 〈키카Kika〉★²를 만들면서 이러한 사실을 배웠다. 그 영화에서 이처럼 모든 것을 극단적으로 변화시키는 혼합을 시도했다 끔찍한 결과를 낳았기 때문이다.) 단정적으로 말하고 싶지는 않지만, 〈기생충〉의 세 번째 파트는 완전히 다른 영화라는 느낌이 든다. 어쨌든 나는 두 영화와 두 작가를 모두 좋아하기 때문에 내가 너무 흥분하고 있는 건 아닌지 모르겠다. 그런데 나는 방금 전까지 소설화된 각본에 대해 말하던 중이었다. 앞서 언급한 두 작품보다 덜 유명하지만 이와 비슷한 사례들은 훨씬 많다.

소설화된 각본은 대부분의 경우 원래 각본을 소설화함으로써 영화가 거둔 성공을 확대하려는 전략으로, 확실한 독자층을 가지고 있다. 사실 그런 독자층이 있다는 것만 해도 정말 대단한 일이다. 오랫동안 나는 문화에서뿐만 아니라 요리, 패션 등에서도 대체품을 소중히 여겨왔다. 하고 싶지만 할 수 없다는 사실에는 감동적인 순진함이 있다.

★² 1993년 개봉한 스페인의 드라마 영화로, 알모도바르가 감독과 각본을 맡았다.

하지만 소비자를 떠나 오로지 작가만을 생각한다면, 소설화된 각본은 일종의 자기기만이다. 그건 심지어 오토픽션autofiction[3]에서도 마찬가지다. 그렇다면 각본과 소설의 차이는 무엇일까? 소설은 말을 주요 도구로 삼는 이야기인 반면, 각본은 말을 버리지 않으면서도 그것이 이미지에 미치는 영향을 기반으로 하는 이야기이다. 그런 의미에서 등장인물들이 말을 많이 한다는 이유로 어떤 각본은 매우 문학적이라는 평가를 받기도 한다. 에릭 로메르가 좋은 예지만, 잉마르 베리만은 더 좋은 예이다.[4] 그들이 쓴 각본 중 일부는 소설화되었거나, 영화보다 전인지 후인지 잘 모르겠지만, 아무튼 책으로 출간된 경우도 있는 것으로 기억한다. 그런데 베리만은 원래 연극계 출신이라 만약 직접 각본을 쓴다면 그것을 소설화할 만한 몇 안 되는 감독 가운데 하나일 것이다.

나는 이 글의 첫 문장이 전혀 사실이 아니라고 고백하지만, 그렇다고 그 문장을 포기하고 싶지는 않았다. 사실 내가 항상 나쁜 소설을 쓰는 꿈을 꾼 것은 아니다. 나의 각본은 점점 더 문학적으로 변해가고 있는 데다 리듬과 영화 문체의 문제로 인해 포함시킬 수 없었던 소재가 많이 있던 터라, 내게 충분한 재능이 있었다면 오히려 영화보다 더 나은 소설이 되었을 법한 작품도 있었다. 하지만 나는 오

---

[3] 작가 자신을 주인공으로 하는 자전적 소설.
[4] 에릭 로메르Éric Rohmer(1920~2010)는 누벨바그 시대를 대표하는 프랑스의 영화감독이다. 에른스트 잉마르 베리만Ernst Ingmar Bergman(1918~2007)은 스웨덴의 영화, 연극 및 오페라 감독이다. 현대 영화 최고의 감독으로 손꼽힌다.

랜 세월이 지나고 여러 편의 영화를 만들고 나서야 나의 수준과 역량이 소설가가 되기에는 역부족이라는 사실을 깨달았다. 내가 만들어낸 모든 이야기들과 모든 등장인물들(실패한 인물이 아니라, 잘 만들어진 인물을 말하는 것이다) 중에서 최종적으로 영화에 포함시키지 못한 극적인 소재가 거의 두 배였다. 나는 등장인물들과 그들의 이야기에 관해 화면에 나오는 것보다 훨씬 더 많은 정보를 가지고 있다. 만약에 내가 쓴 것이 소설이었다면, 이처럼 남아도는 정보는 모두 제자리를 찾았을 것이다.

감독/각본가만큼 소설가와 상반되는 존재는 없을 것이다. 감독은 행동하는 사람이며, 문장, 반응, 장면, 전체 인물을 가차 없이 줄여나가야 한다. 감독은 자기가 전달해야 하는 이야기의 노예나 다름없기 때문에, 이를 충실히 구현하려면 모든 팀이 던지는 수백 개(이는 절대 과장이 아니다)의 질문에 일일이 답해야 한다. 감독에게 주어지는 시간은 항상 부족하기 마련이고, 스튜디오에서 촬영이 진행되는 경우 이동 거리는 짧겠지만 같은 장면을 무수히 반복해야 할 수도 있다. 키우는 반려동물을 촬영 현장에 데려올 수도 없다. 하지만 소설가는 앉아서 작업을 하기 때문에 원하는 만큼 컴퓨터 앞에 앉아 있을 수 있고, 또 기분 전환을 위해 산책을 나갈 수도 있다. 소설가는 글을 쓰는 과정에서 누구와 대화할 필요도, 질문에 답할 필요도 없다. 그 대신 고양이를 쓰다듬을 수도 있고, 술을 마시고, 줄담배를 피울 수도 있다. 이처럼 소설가는 자유로운 사람이다. 물론 다른 사람들과 마찬가지로 살면서 불행한 일이 없지는 않겠지만, 소설가는 그것을 자신의 소설에서 가장 생생하고 강렬한 부분으로 바꿀 줄 안다.

그렇지만 다시 한 번 소설가와 각본가의 차이점에 대한 질문으로 돌아가면, 여러 가지 답이 머릿속에 떠오른다. 이 두 가지는 완전히 다른 분야이다. 좋은 소설이 그 수준에 걸맞은 영화로 만들어진 경우가 거의 없다는 것은 그리 놀랄 만한 일이 아니다. 그 위대한 큐브릭*⁵조차도 나보코프의《롤리타》로 성공적인 영화를 만들지 못했다. 물론 예외도 있다. 제임스 조이스의《더블린 사람들》을 영화화한 존 휴스턴이나, 람페두사의《표범》을 영화로 만든 비스콘티*⁶가 그런 경우에 해당한다.

예를 들어 각본에서 한 인물이 문을 열기로 되어 있다고 가정해보자. 누군가가 문을 두드렸다. 따라서 각본에서는 그다음에 이루어질 행동(가령 누구누구가 문을 연다)을 설명하기만 하면 된다. 반면 소설에서는 그 짧은 이동 과정 동안(남자가 문으로 다가가는 동안) 인물의 이야기 전체는 물론, 그와 세상의 관계를 모두 전달할 수 있다. 즉 소설가는 단 한 장면에서 모든 것을 이야기할 수 있다.

영화에서는 내면의 목소리가 존재하지 않는다. 보이스오버 내레

★5 Stanley Kubrick(1928~1999). 미국의 영화감독으로, 영화 역사상 가장 혁신적인 영상을 만든 거장 가운데 한 명으로 손꼽힌다.

★6 주세페 토마시 디 람페두사Giuseppe Tomasi di Lampedusa(1896~1957)는 이탈리아의 작가로, 그가 쓴 유일한 소설인《표범》은 사후에 출판되어 세계적으로 큰 성공을 거두었다. 이 작품은 이탈리아의 루키노 비스콘티Luchino Visconti di Modrone(1906~1976) 감독에 의해 영화화되어(1963) 칸영화제 황금종려상을 받았다.

이션과 플래시백 같은 것이 있지만, 내면의 목소리와는 본질적으로 다르다. 보이스오버 내레이션을 바탕으로 플래시백을 탁월하게 활용할 줄 아는 전문가인 마틴 스코세이지*⁷가 아니라면 이 두 가지 모두 극도로 조심스럽게 다루어야 하는 서사적 요소들이다. 몇 년 전, 나는 소설가로서의 꿈을 포기한 적이 있었다. 하지만 주인공이 이미 존재하는 작품인《왈테르와 그의 장애물》을 다시 쓰기로 결심한다는 엔리케 빌라마타스*⁸의《마크와 그의 장애물》을 읽고 나의 한정된 재능으로 어떤 종류의 소설을 시도할 수 있을지에 대한 시야가 넓어졌다.

마크는 유작遺作에 매료된 나머지, 자신이 쓴 책이 미완성 유작처럼 보이게 만드는 걸 꿈꾼다. 그는 위작僞作에도 마음이 끌리지만, 나는 자기기만이 없으면 위작도 존재하지 않는다고 생각한다. 중요한 것은 자신을 속이지 않는 것(갑자기 이에 대해 의문이 든다)이고, 마크는 절대로 자신을 속이지 않는다. 그의 계획은 일자리를 잃는 바람에 하루하루가 너무 길게 느껴지는 터라 매일 글을 써서 그 공허한 시간을 채우는 것이다. 그러나 그는 규칙적으로 일기를 쓰는 것보다 픽션을 쓰는 데 마음이 더 끌린다. 픽션을 쓰기 위해서는 몇 가지 아이디어가 필요하다. 그러던 차에《왈테르와 그의 장애물》

★7 Martin Charles Scorsese(1942~). 미국의 영화감독이자 프로듀서, 시나리오 작가이다. 다양한 장르의 실험을 즐기며, 도시 뒷골목 사람들의 삶을 사실적으로 잘 표현한다.
★8 Enrique Vila-Matas(1948~). 스페인 바르셀로나 태생의 작가로 여러 분야와 장르를 넘나드는 글쓰기로 유명하다. 대표작으로《바틀비와 바틀비들》(2000)과《마크와 그의 장애물》(2017) 등이 있다.

을 발견한다. 이 작품은 출간 당시 홀대받았을 뿐만 아니라, 이제는 아무도 기억해주지 않는다. 게다가 작가는 공교롭게도 그의 이웃이었는데, 그에게 호의적이지 않다. 그런 까닭에 마크 또한 그를 조금도 존중하지 않는다. 이런 등등의 이유로 말미암아 마크는《왈테르와 그의 장애물》을 다시 써서 더 좋은 작품으로 만들겠다고 결심한 것이다. 그는 법적으로나, 문학적으로나 미래에 대해 걱정하지 않는다. 어쩌면 이 소설을 다 끝내기도 전에 죽을 수도 있고, 그러면 이 작품은 가짜 유작이 될 테니까.

나는 흥미진진하고 독창적인 빌라마타스의 소설을 읽고 난 뒤, 멀리 갈 것 없이 나를 포함해 소설을 쓰려고 하는 사람들이 있기 때문에 작가의 자질과 작품 수준의 문제가 어떤 장애물, 그러니까 나의 장애물이 되어서는 안 된다는 결론에 이르렀다. 만약 내가 위대한 소설을 쓸 능력이 없다고 생각한다면, 굳이 그 수준이나 가치에 구애받지 않는 다른 유형의 소설을 시도해볼 수도 있을 것이다. 나는 결국 나쁜 소설도 소설인지라, 작품의 수준이라는 문제를 깨끗이 잊어버리거나 거기에 대해 더 이상 신경 쓰지 않는다면 그 정도는 충분히 쓸 수 있을 거라고 생각했다. 그러한 작품은 성숙하면서도 정직한 소설이 될 터였다. 작가 스스로 자신이 무엇을 하고 있는지 잘 알고 있을 뿐만 아니라, 모든 것을 초월하고자 하는 젊은 시절의 허세 따윈 이미 극복했을 테니까 말이다. 그래서 오히려 더 재미있는 소설이 될 수도 있을 것 같은데, 어쩌면 그런 작품이 이미 있을지도 모르겠다.

나는 에마뉘엘 카레르의 《요가》★9를 읽다 그가 흠모하는 카를 젤리히★10의 《로베르트 발저와의 산책》에서 인용한 조언을 하나 발견했다. 그것은 참을성이 없는 작가들을 위한 조언이다. "종이 몇 장을 꺼내 사흘 동안 계속 머리에 떠오르는 모든 것을 다 써보기 바란다. 그 어떤 것도 절대 왜곡하지 말고, 위선 따윈 다 떨쳐버려라. 자기 자신, 여인들, 튀르키예 전쟁, 괴테, 폰크 사건, 최후의 심판, 직장 상사에 대한 생각을 모두 써보라. 그러면 사흘 후, 지금까지 한 번도 표현한 적이 없던 새로운 생각들이 얼마나 많이 떠올랐는지 확인하고 깜짝 놀랄 것이다. 그것이 사흘 만에 독창적인 작가가 되는 기술이다."

나는 그 조언에 매료되었고 전적으로 동의하지만, 그렇게 뛰어난 훈련을 끝까지 해낼 능력이 없는 듯하다. 물론 나는 사흘 동안 머릿속에 떠오르는 그 어떤 것도 왜곡하지 않고, 위선을 떨쳐버리고 모두 쓸 수는 있다. 1년 중 가장 외롭고 지루한 시기인 크리스마스나 성주간에 사흘 연속인지는 모르겠지만, 아무튼 이틀 정도는 그런 비슷한 일을 해본 것 같다. 내 경우, 요가 명상에서처럼 생각이 자연스레 흐르게 하는 것보다 차라리 이렇게 글을 쓰는 편이 더 쉬운 것 같다. 촬영이 없는 날 대부분 그렇듯이 내가 침묵에 빠져 있으면 이런

★9 에마뉘엘 카레르Emmanuel Carrère(1957~)는 프랑스의 소설가이자 영화감독이다. 《요가》(2020)는 심각한 위기에 빠진 자신을 일으켜 세우기 위해 분투하는 주인공-작가 자신의 삶을 그린 작품이다.
★10 Carl Seelig(1894~1962). 스위스 출신의 저술가로, 로베르트 발저의 친구이자 후원자로 잘 알려져 있다. 1957년 《로베르트 발저와의 산책》을 출간했다.

마지막 꿈

저런 생각과 노래가 계속 떠오르고, 머릿속을 떠나지 않으려고 한다. 특히 노래가 그렇다. 가끔은 같은 노래가 한두 번 반복해서 흘러나오다가, 체념에 빠진 뇌가 나의 명령을 실행하여 다른 노래로 바꾸어버린다. 그러면 그 노래는 결국 내가 잠들 때까지 계속 그렇게 반복된다. 그건 고문이나 다름없다.

나는 아무 거리낌 없이 내 자신에 관해 글을 쓸 수 있다. 오히려 그것은 내가 유일하게 잘하는 일이라고 할 수 있다. 내 경우는 '나의 여자들'이나 '나의 남자들'에 대해 쓰는 것이 훨씬 더 어려울 것 같다. 내가 쓴 글에 그 누구도 끌어들이고 싶지 않기 때문이다. 만약 원래 인물이 전혀 알아볼 수 없을 정도로 허구화된 경우라면 또 모르겠지만.

튀르키예 전쟁이나 괴테에 대해 글을 쓰려면 우선 관련 자료부터 모두 검토해야 하는 데다, 어쨌든 그렇게 하려면 적어도 사흘은 걸릴 텐데, 나는 그럴 마음이 전혀 없다. 그다음은 폰크 사건인데, 요즘 매일 뉴스에 나오는 범죄에 대해서라면 무엇이든 쓸 수 있을 것 같다. 그리고 직장 상사에 관해서? 내게는 상사가 없다. 나의 상사는 나 자신이다. 카를 젤리히의 조언은 훌륭하지만, 동시에 나 자신뿐만 아니라, 어쩌면 훌륭한 작가를 꿈꾸는 많은 이들이 처한 불확실하고 불안한 상황을 보여주는 것 같아 아쉬운 생각이 든다.

튀르키예 전쟁, 폰크 사건, 그리고 괴테에 관해 일일이 조사할 수도 없고, 그러기에는 내가 너무 게으르기 때문에 나와 더 가까운 주제와 인물들을 찾아볼 생각이다. 오히려 이것이 더 좋은 출발점이 될 수 있을 것 같다.

"나는 1950년대 초반에 태어났다. 스페인 사람들에게는 무척이나 힘든 시대였지만, 그 당시 영화와 패션계는 엄청난 풍요를 누렸다."

마지막 꿈

258, 260~263쪽에 나오는 글은 레일리 슬리마니의《한밤중의 꽃향기》(카바렛 볼테르 출판사, 2022, 말리카 엠바레크 로페스 번역)에서, 그리고 272쪽에 수록된 글은 카를 젤리히의《로베르트 발저와의 산책》(시루엘라 출판사, 2009, 카를로스 포르테아 번역)에서 인용한 것이다.

《라 요로나》(루이스 마르티네스 세라노 노래, ⓒ프로모토라 이스파노 아메리카나 데 무시카),《씁쓸한 크리스마스》(호세 알프레도 히메네스 노래, ⓒ에디토리알 메히카나 데 무히카 인테르나시오날), 그리고《이상한 세계에서》(호세 알프레도 히메네스 노래, ⓒ에디토리알 메히카나 데 무시카)의 원문 가사 일부는 모두 피어 뮤직 에스파뇰라 1인 주주기업의 허락을 받아 전재했다. 그리고《사랑의 밤》(돌로레스 두란/버전: 라파엘모)은 저작권자인 페르마다 두 브라지우의 허락을 받아 수록했다.

욕망의 지도 그리기, 혹은 이상한 세계를 꿈꾸기

엄지영

•
....

세계적인 영화감독 페드로 알모도바르의 《마지막 꿈》은 "단편적이고 불완전할 뿐 아니라, 어딘가 수수께끼 같은 자서전"에 가장 가까운 이야기 모음집이다. 이 작품집에서 알모도바르가 가장 주목하는 것은 "픽션과 현실의 차이"다. 작가는 그 차이를 사유하면서 독자들에게 화두를 던진다. "삶을 더 쉽고 편하게 만들기 위해 현실을 어떻게 픽션으로 보완하면" 되는가, 그리고 "현실이 더 완전해지고, 더 즐겁고, 더 살기 좋아지려면 어떻게 픽션을 필요"로 하는가. 바로 이 물음 속에 《마지막 꿈》뿐 아니라, 알모도바르의 영화 세계 전체를 이해하기 위한 열쇠가 숨겨져 있다. 여기서 알모도바르가 말하는 픽션은 삶의 다양한 양태를 순간 속에서 세밀하게 포착한 것으로 우리의 "삶을 훌쩍 뛰어넘"어 새로운 것을 창조해내는 역량, 즉 "이야기" 꾸며내기를 의미한다. 이는 이야기 속에 "내가 쓰는 것

(글), 내가 촬영하는 것(영화), 그리고 내가 살아내는 것(삶)"이, 따라서 현실과 픽션, 사실과 거짓, 현실적인 것과 잠재적인 것, 그리고 다양한 시간의 층위가 식별 불가능할 정도로 복잡하게 뒤얽혀 있기 때문이다.

예를 들어 각본에서 한 인물이 문을 열기로 되어 있다고 가정해보자. 누군가가 문을 두드렸다. 따라서 각본에서는 그다음에 이루어질 행동(가령 누구누구가 문을 연다)을 설명하기만 하면 된다. 반면 소설에서는 그 짧은 이동 과정 동안(남자가 문으로 다가가는 동안) 인물의 이야기 전체는 물론, 그와 세상의 관계를 모두 전달할 수 있다. 즉 소설가는 단 한 장면에서 모든 것을 이야기할 수 있다.

알모도바르의 이야기 꾸며내기-픽션은 존재하는 것을 다양하게 "왜곡"하고 변형시켜 새로운 이야기를, 따라서 아직은 존재하지 않지만 곧 도래할 사건을 창조해내는 생성 과정이다. 다시 말해, 이야기하기는 존재하는 것-현실을 지속적으로 미분화시킴으로써 새로운 현실과 존재를 무한하게 생성해내는 창조 행위이다.《마지막 꿈》에서 작가는 성경(〈속죄〉), 잠자는 숲속의 미녀 및 광녀 후아나의 전설(〈아름다운 광녀 후아나〉), 그리고 흡혈귀 전설(〈거울 의식〉)뿐 아니라, 더 나아가 〈욕망이라는 이름의 전차〉, 〈인간의 목소리〉, 〈오프닝 나이트〉(〈지나치게 많은 성별의 변화〉) 같은 기존의 작품에 이르기까지 수많은 이야기들을 변형시켜 새로운 이야기를 만들어낸다(알모도바르는 플라톤적인 원본-사본의 관계를 전복시킬 뿐만 아니라 원본, 혹은 원본의 가치를 가차 없이 파괴한다). 그런 점에서 알모도바르는 마치 마리아치를 배제해 축제적 성격을 없애는 동시에 원래의 박자를 완전히 바꿔버림으로써 경쾌한 리듬에 따라 춤출 수 있는 노래를 파두나 구슬픈 자장가로 둔갑시키는 차벨라의 것과 같은 예술 세계를 지향한다. 이와 더불어 그의 분신인 화자 "나" 또한 파티 디 푸사-차벨라 바르가스-레온-루이스-암파로 등의 인물로 다양하게 변신한다. 이 인물들은 다르게 보이지만 "실제로는 같은 사람"이다. 차이가 빚어내는 다채로운 세계.

알모도바르의 예술 세계는 "나는 타자다"라는 랭보의 시적 진술에 그 뿌리를 두고 있는 것으로 보인다. 자기 동일성에 기초하는 정체성을 버리고 타자로 무한하게 변신하는 그의 미학은 "미래 이야기"를 끊임없이 창조해냄으로써 "미래의 존재"를 예고하고 선취하는 이야기-강으로 펼쳐진다. 이러한 면모를 가장 분명하게 드러내는 것이 바로 〈마지막 꿈〉에 등장하는 화자의 어머니가 (미래의) "이야기꾼"에게 남긴 교훈이다. 어린 시절 어머니는 글을 읽을 줄 모르는 까막눈인 이웃 사람들의 편지를 대신 읽어주는 "즉흥적인 창작"자의 역할을 맡는다.

그런데 나는 엄마가 읽고 있는 이야기를 주의 깊게 듣다 그것이 종이에 적힌 내용과 똑같지 않다는 사실을 알고 깜짝 놀란 적이 한 두 번이 아니었다. 사실 엄마는 편지를 읽다 필요하다 싶으면 거기

없는 이야기를 지어냈다. 엄마가 지어낸 이야기는 언제나 그들의 삶을 늘여놓은 것이었기 때문에 이웃집 여자들은 그런 사실을 전혀 눈치채지 못했다. 편지를 다 읽고 나면 그들은 오히려 더 만족스러워했다. (……) 엄마의 말이 옳았다. 엄마는 편지의 빈 곳을 채워주고, 이웃 여자들이 듣고 싶어 하는 내용을, 그리고 때로는 편지를 쓴 이가 깜박 잊고 빼먹었을 수도 있지만, 듣고 나면 흔쾌히 고개를 끄덕일 만한 내용을 들려주었다.

한편 알모도바르에게 미래는 모든 것이 되고 모든 것으로 변신할 수 있는 잠재성, 즉 "백지 상태"(〈미겔의 삶과 죽음〉)이다. (나의 개인적인 상상이지만, 〈방문〉에서 파울라로 '변신'한 루이스가 학창 시절 신부들의 만행을 폭로하는 글을 적은 종이 또한 백지가 아니었을까?) 이처럼 백지 상태인 미래는 이야기의 변용을 통해 새로운 사건과 세계를 무한하게 창조해내는 모체matrix가 된다.《마지막 꿈》에서 이러한 미래는 현실적인 것과 잠재적인 것이 서로를 반사하며 무한히 증식하는 "거울"의 이미지로 자주 표현된다. 반면에 〈거울 의식〉의 흡혈귀-백작의 모습은 거울에 비치지 않는다. 그 대신 "다른 사람들의 환상에만 비칠 뿐"이다. 결국 〈거울 의식〉에서 흡혈귀라는 존재는 미신과 두려움에 기초하는 종교, 특히 신비주의 전통과 하나로 "결합"된다. 알모도바르는 이야기를 통해 종교의 원리를 전복시킴으로써 현실적인 것과 잠재적인 것 사이의 대칭적이고 연속적인 의미의 회로를 만들어내려는 것으로 보인다.

알모도바르에게 있어 이야기를 생산하는 근원적인 힘은 "삶에 대한 욕망"이다. 그리고 그 욕망은 지속적으로 "무언가를 만들어내고자 하는 욕망"이다. 그런 점에서 이야기 — 니체나 들뢰즈 식으로 말하자면 거짓을 만들어내는 역량 — 는 궁극적으로 필연의 억압에서 벗어나 모든 것이 항상 돌발적이고 즉흥적인 관계를 통해 이루어지는 자유로운 "우연"의 바다로 나아가기 위해 욕망의 지도를 그리고 "가능한 세계"의 건축학을 꿈꾸는 것이리라. 알모도바르는 이야기를 통해 삶에 대한 낙관적인 믿음을 되찾고 슬픔과 체념을 진정한 축제의 기쁨으로 승화시키고자 한다. 어쩌면 알모도바르의 "마지막 꿈"*1은 "괴로움이라는 걸 모르고, 모든 사랑에서 승리했으며, 단 한 번도 (……) 울어본 적이 없는", 순수한 욕망의 법칙에 따라 살아가는 "이상한 세계"를 그리는 것, 혹은 "나쁜 소설"을 쓰는 것이 아닐까. 〈지나치게 많은 성별의 변화〉에서 볼 수 있듯 이야기는 미래에 대한 "열정"(레온)을 "언어"(다니엘)에 전하는 것이 아닐까. "완전한 자유"를 꿈꾸는 알모도바르가 우리 관객-독자들에게 나직이 속삭인다.

나는 이야기를 쓰고 싶다.

★1 스페인어로 "마지막 꿈El último sueño"은 '궁극적인 꿈'이라는 뜻도 가지고 있다.

또 한 명의 페드로 알모도바르, 말하자면 가지 않은 길

정성일 / 영화감독, 영화평론가

•
....

내가 페드로 알모도바르를 직접 만나본 것은 아니지만 이 책을 읽다보면 내가 만난 적이 없는 알모도바르를 대면하고 있는 것 같은 기분이 든다. 그렇다고 이 책이 이제까지 내가 알던 알모도바르의 영화에서 보여주지 않고 감춰놓았던 무언가를 고백하고 있는 것은 아니다. 아마 그런 기대를 했을지도 모른다. 〈페피, 루시, 봄, 그리고 다른 평범한 소녀들〉, 〈마타도르〉, 〈신경쇠약 직전의 여자들〉, 〈비밀의 꽃〉, 〈내 어머니의 모든 것〉, 〈그녀에게〉, 〈나쁜 교육〉, 〈줄리에타〉, 〈페인 앤 글로리〉, 그리고 〈룸 넥스트 도어〉. 내 머릿속에 제일 먼저 떠오르는 알모도바르의 영화다. 아마 다른 누군가는 다른 열 편의 목록을 열거할 것이다. 알모도바르 영화를 볼 때마다, 이제부터 열거하는 언어들, 개념들, 목록들에서 장면들을 떠올려주길. 반복해서 마주치는 짓궂은 정념, 가끔 지나칠 정도로 감상적인 슬픔에 사로잡힌 것만 같은 눈물, 반대로 사악하기 짝이 없는 상황, 학교, 병원, 어두운 방, 클럽, 체육관, 동물원, 수녀들, 신부들. 그렇다, 그리고 성당. 그 사이에서 가져보는 고독, 그런데 그것을 과장되게 장식하는 포스트모던한 미장센들. 아마 아무도 알모도바르의 흑백영화는 상상하지 못할 것이다. 그 색채의 향연 속에서 종종 넋을 잃고 쳐다보다가도 갑자기 정신이 들 때마다, 도대체 이 사람을 그렇게 사로잡았던 것은 무엇일까, 무엇이 이 사람을 그렇게 괴롭혔던 것일까, 무엇이 이 사람을 그렇게 슬프게 만들었던 것일까, 어떻게 이 사람은 착란에 가깝게 여겨지는 '신경쇠약 직전'에서 빠져나올 수 있었던 것일까, 라고 궁금해한 적이 없다면, 당신은 이 책의 가장 나쁜 독자이다. 그렇지 않다면 이 책을 지금 집어 들었을 리가 없다.

이 책은 안드레이 타르콥스키의《시간의 각인》과도 전혀 다르고, 루이스 부뉴엘의《마지막 숨결》과도 전혀 다르다.《마지막 꿈》을 읽는다고 해서 갑자기 알모도바르의 영화가 잘 이해되는 것도 아니며, 그렇다고 이 책에서 알모도바르 영화의 정수라고 할 수 있는 그의 영화론이 전개되는 것도 아니다. 오히려 아주, 아주 가끔, 심지어 이런 느낌마저 드는데, 그는 이 책이 자신의 영화들에 대한 해설서가 되는 것을 할 수 있는 한 방해하는 것처럼 보이기조차 한다. 아마 독자들은 내게 반문할 것이다. 당신 말대로라면 내가 왜 이 책을 읽어야 하나요? 좋은 질문이다.

알모도바르의 영화들은 내내 이야기를 만들고 있는 사람이 다른 모든 사람과 다르기 때문에 위험한 부조화에 시달리고 있으며, 이해할 수 없는 불행과 다투고, 게다가 점점 사태가 악화되고, 그러면서 거의 자신이 위태롭다고 여겨질 때, 가까스로 자신을 창작하는 사람으로 만들어서 무거운 고통과, 종종 어떻게 이런 상상까지 떠올리나 싶은 분노와 끝없는 슬픔으로부터 해방시키는 데 겨우 성공했다는 어떤 화해의 자리를 마주하게 만든다. 나는 알모도바르의 영화를 볼 때마다 그 구불구불한 경로에 항상 감탄한다. 하지만 의문이 감도는 것을 멈출 수 없었다. 그에게 영화만으로 충분할 수 있었을까.

또 한 명의 알모도바르가 여기에 있다. 소설가들은 인터뷰를 할 때마다 부질없는 짓을 하지 마세요, 나는 이미 내 작품에 모든 것을 다 써놓았습니다, 라고 대답하곤 한다. 그리고 무엇보다도 문장들 사이에 압축되어 있는 것처럼 읽히는 질문들과 망설일 필요도 없다는 듯이 사용되고 있는 어휘들이 그 자신의 내밀한 무언가를 드러내 보여주고 있다, 라고 덧붙인다. 나는 그 말을 여기서 되풀이하고 싶다. 어쩌면 낯설게 들릴지 모른다. 소설가 알모도바르. 하지만 여기서 달리 뭐라고 부를 수 있을까. 차라리 영화를 보면서, 지금 내가 떠올리는 장면들은 지나치게 웃기거나, 때로 눈물을 흘리면서 고백을 늘어놓기 시작하거나, 아니면 무거운 표정으로 인생을 돌아보면서 교훈을 들려주는 것만 같은 순간들인데, 그럴 때마다 어디까지가 그 자신의 삶과 결합한 것이며, 어디서부터가 타협한 것인지 이따금 그 경계를 놓고 망설였는데, 여기서는 아니에요, 당신이 지금 읽고 있는 그대로예요, 라고 그 말을 그대로 옮겨 적은 것만 같은 대목들과 번번이 마주친다. 문학평론가 롤랑 바르트의 말을 빌려서 옮겨 쓰고 싶다. 소설은 허구이지만 고백이고, 진리는 아니지만 진실이다. 소설가 미셸 뷔토르는 훨씬 근사하게 말했다. 소설이라고 하는 순간 거기에는 어떤 선언이 있다. 그건 어떤 확인도 필요 없다는 선언이다. 이 책을 읽고 나면 영화를 보았을 때보다 알모도바르에서 더 많이 알게 된 것만 같은 착각이 벌어진다. 어쩌면 착각이 아닐지도 모른다.

아마 이 책에 대한 해설은 달리 필요 없을 것이다. 왜냐하면 알모도바르 자신이 서문의 형식을 빌려 자화자찬하듯 글을 하나씩 소개하고 있기 때문이다. 그의 소개에 따르면 이 책의 제목이기도 한 〈마지막 꿈〉이 "(……) 지금까지 내가 쓴 글 가운데 가장 뛰어나다". (아마도) 자신의 어머니에게 바치는 글을 쓰면서 가져보는 심정이 내내 배어들었기 때문일 것이다. 게다가 어머니의 임종을 맞이하는 마지막 구절은 감동적이기까지 하다. 하지만 독자로서 나는 동의하지 않는다. 나는 〈어느 섹스 심벌 여배우의 고백〉과 〈씁쓸한 크리스마스〉를 읽으면서 그의 영화를 볼 때와 비슷한 뭉클한 느낌을 받았다. 문학적 평가를 하는 게 아니다. 그건 내가 할 수 있는 일이 아니다. 그 대신 이 두 편의 글에서 (제목을 빌려 말하는 것을 허락해준다면) 씁쓸한 밝음이라고 할까, 영화에서 빠져나와 문학에서 가져보는 평온함이라고 할까, 여기서는 그런 말들이 허락받고 있다는 천진난만한 수수께끼에 흐름을 내맡기고 있다는 느낌을 안겨주기 때문이다. 알모도바르는 서문에서 자신이 "어렸을 때부터 작가의 재

마지막 꿈

능이 있다는 것을 알았다"라고 자신 있게 쓴다. 틀림없이 그랬을 것이다. 어떤 대목들은 영화의 장면들보다 훨씬 모호하고 섬세하다. 아마 누군가는 알모도바르가 소설가의 숲길을 가지 않고 영화감독의 강변을 따라 흘러간 것을 안타까워할 것이다. 영화의 편에 서 있는 나는 이 책을 읽으면서 참으로 다행이라고 생각한다. 우리는 소설에서 알모도바르를 훔쳐오는 데 성공한 것이다. 다만 이 한 권 정도는 양보할 수 있다. 그래도 아슬아슬한 기분이 드는 건 어쩔 수 없다. 빨리 알모도바르의 다음 영화를 보고 싶다. 그래야 소설을 쓸 시간이 없을 것이다.

마지막 꿈

1판 1쇄 찍음 2025년 3월 20일
1판 1쇄 펴냄 2025년 3월 28일

지은이 페드로 알모도바르
옮긴이 엄지영
펴낸이 안지미
편집 오영나

펴낸곳 (주)알마
출판등록 2006년 6월 22일 제2013-000266호
주소 04056 서울시 마포구 신촌로4길 5-13, 3층
전화 02.324.3800 판매 02.324.3232 편집
전송 02.324.1144

전자우편 alma@almabook.by-works.com
페이스북 /almabooks
트위터 @alma_books
인스타그램 @alma_books

ISBN 979-11-5992-432-3 03870

이 책의 내용을 이용하려면 반드시 저작권자와 알마출판사의 동의를 받아야 합니다.

알마출판사는 다양한 장르간 협업을 통해 실험적이고 아름다운 책을 펴냅니다.
삶과 세계의 통로, 책book으로 구석구석nook을 잇겠습니다.